将门盛华

吾命为凰

千桦尽落 著

上

图书在版编目（CIP）数据

将门盛华：吾命为凰 / 千桦尽落著 . — 重庆：重庆出版社，2022.6
ISBN 978-7-229-16202-3

Ⅰ . ①将… Ⅱ . ①千… Ⅲ . ①长篇小说—中国—当代 Ⅳ . ① I247.5

中国版本图书馆 CIP 数据核字（2021）第 230474 号

将门盛华：吾命为凰
JIANGMEN SHENGHUA: WU MING WEI HUANG
千桦尽落　著

丛书策划：李　子
责任编辑：李　雯　彭昭智
责任校对：杨　婧
封面设计：八牛设计
版式设计：渝北区臻岑广告图文设计

重庆出版集团　出版
重庆出版社

重庆市南岸区南滨路162号1幢　邮政编码：400061　http://www.cqph.com
重庆天旭印务有限责任公司印刷
重庆出版集团图书发行有限公司发行
E-MAIL:fxchu@cqph.com　邮购电话：023-61520646
全国新华书店经销

开本：710 mm×1000 mm　1/16　印张：38　字数：800千
2022年10月第1版　2022年10月第1次印刷
ISBN 978-7-229-16202-3
定价：89.80元

如有印装质量问题，请向本集团图书发行有限公司调换：023-61520678

版权所有　侵权必究

第一章	大梦初醒	1
第二章	来日可期	51
第三章	白家之风	101
第四章	惊天惨烈	145
第五章	英雄归来	197
第六章	引蛇出洞	243
第七章	血债血偿	291
第八章	永生不死	337
第九章	南疆之行	387
第十章	传奇之战	439
第十一章	白家七郎	487
第十二章	三年后见	533
番外一	玉蝉	589
番外二	岁月静好	595

第一章 大梦初醒

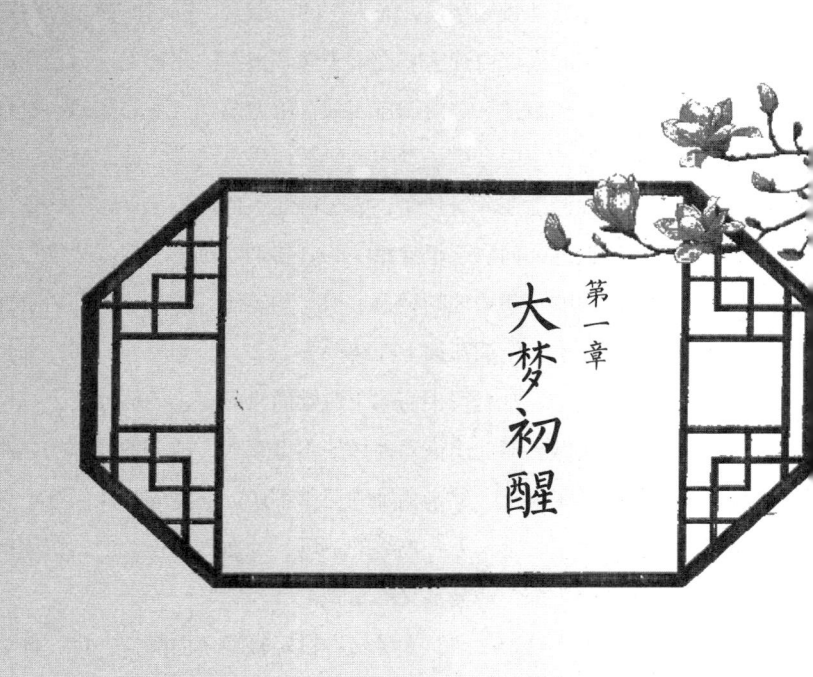

腊月时节，隆冬寒雪。

白卿言喝完一碗苦药，用帕子沾了沾唇角，倚在床头金丝绣祥云的引枕上，凝视插着红梅的白玉瓷瓶出神。

她做了一场极为沉重的长梦，醒后梦中的一幕幕场景竟清晰无比地盘踞在她脑中，如同亲历过一般。

比如，明日腊月十五，二妹妹白锦绣出阁，忠勇侯府世子来迎亲早到了半个时辰。

镇国公府十七儿郎尽数去了南疆战场，长辈提前安排拦门的表亲不成器地凑在后院偏僻处斗蛐蛐赌钱，无人拦门。以致白锦绣提前一个时辰出嫁，迎亲队伍遇到了劫杀梁王的人，白锦绣听说梁王遇刺出手护住梁王，自己却命丧刀口。

想到梁王……白卿言闭眼，用力攥紧身下的床单，气息不稳。

她脑海里全都是梦中临死前，梁王淡漠戏谑的目光和凌厉到让人心惊的五官。

他蹲跪在浑身是血、虚弱得连头都抬不起来的白卿言面前，说了很多。

说他如何联手祖父军中的副将刘焕章，于南疆战场坑杀了白家满门男儿；说他如何用白卿言赠予他的兵书上祖父的笔迹，伪造了坐实白家通敌叛国罪名的书信，又如何把白家一门遗孤逼上死路……

梦中，她蠢得相信梁王对她情义无双，相信他登上高位是为了替白家翻案，甘为他做牛做马随他出征为他挣下不世军功，成全他战神的名声，助他登上太子之位。可他害死了祖父、父亲和她的兄弟不说，连她的妹妹们都没有放过。想起梦中她七个妹妹经梁王之手，无一善终的下场，她血气涌上心口，胃里翻江倒海般绞痛，恨不能活撕了梁王那个薄情寡义的畜牲。

"大姑娘……"大丫头春桃轻轻唤了白卿言一声，捧着攒盒低声道，"洪先生开的药好是好，就是太苦了些！大姑娘吃颗蜜饯儿给嘴里换换味儿。"

她捡了颗姜汁话梅含进发苦的口中，定定看着给她背后加了个软枕的春桃。

而今，她似乎正在重复梦中所遇，比如她醒来后，母亲和梦中如出一辙的关切之语，比如贴身婢女春妍、春桃的所言所行。

"二姑娘，这雪大路滑的，您怎么过来了？"

院内传来洒扫婆子小心翼翼的讨好的声音。

暖阁里，正要弯腰拢炭火的春妍搁下手中火钳子，挑了帘出去行礼，语气不善："二姑娘。"

白家二姑娘白锦绣踏上台阶，解开披风，轻声问给她行礼的春妍："长姐可好些了？"

"托二姑娘的福，大姑娘好着呢！二姑娘明日要嫁去忠勇侯府了，那么多事情等着二姑娘，二姑娘不赶紧准备着，何苦大雪天儿的往我们清辉院跑。"

春妍心里不痛快，话里夹枪带棒的。原本和忠勇侯世子定了亲的明明是她们家大姑娘，就因为大姑娘十六岁那年随国公爷上战场受了伤，落下子嗣艰难的病根，和忠勇侯世子定亲的人选就换成了二姑娘，春妍心里怎能服气？

春桃闻声朝外看了眼，替白卿言拢了拢锦被，问："大姑娘，二姑娘来看您了，您见吗？"

她一下握紧拳头，时至此刻她已经能够确定，她做了一场能预示未来的梦。她想起梦中梁王说，他之所以留她一命，是因为白锦绣出阁当天替他挡了一刀，临死前哀求他此生好好护着她，不要负她。

她心头酸涩，沙哑着声音吩咐："你去迎迎二姑娘。"

春桃应声从主屋里出来，双手交叠，规规矩矩地行礼唤了二姑娘，才道："大姑娘刚喝了药，气色已经好多了，特让我来迎迎二姑娘，二姑娘快请！"

春桃亲自给二姑娘白锦绣打帘。

白锦绣进屋暖气迎面扑来，怕过了寒气给白卿言，她站在进门的火盆前烤了烤，这才绕过屏风朝内间走来："长姐……"

见到白锦绣清丽秀净的面容，羞耻愧疚的情绪在她内心汹涌翻腾。

是她对梁王的当断不断，才让白锦绣以为她钟情梁王，拼死护下这个逼死白家满门的畜牲，她深觉愧对白锦绣，愧对白家。

春桃让丫头给白锦绣端来杌子放在床边，不等白锦绣坐下，嘴里发苦的白卿言红着眼，对白锦绣招手："锦绣……你过来！"

白锦绣拎着裙摆，在白卿言床沿坐下，只觉白卿言整个人如老者般暮气沉沉，她满目担忧地握住白卿言的手："长姐，是不是因为明日……"

不等白锦绣说完，她便摇头，哽咽道："锦绣，长姐希望你能答应长姐，以后不论遇到何种情况，都必须护好你自己，知道吗？"

"长姐？"白锦绣摸不着头脑。

"你答应长姐！"她用力握紧白锦绣的手。

白锦绣见白卿言气息不稳，忙不迭地点头："锦绣知道了，长姐！"

白锦绣明日出阁，琐事繁多，只在白卿言这里略坐了坐，便起身回去。

送走白锦绣，白卿言遣散了所有丫鬟，躺在床上，前前后后将那场梦和白家之事想了个遍，只觉生寒。

梦中，从二妹白锦绣的死开始，白家就被逐渐推入深渊。明日二妹出阁，无论如何，她都不能让白锦绣和白家落得如梦中那般结局。她得做万全的准备，万一那些不成器的表兄斗蛐蛐，也得有人能顶上。再者，得派靠得住的人去一趟南疆，倘若真的如梦中一般刘焕章叛国，说不定她还有机会救下祖父、父亲和叔父他们。若是不能救下，也要先一步掌握证据，不能给梁王陷害白氏一族的机会。这个白家儿郎恐怕尽损于南疆的梦不能瞒着祖母，得提前以缓和的方式让祖母心里有个准备。这样……等前方战报传回大都城时，祖母才不会受不住打击撒手而去。只要白家还有祖母——这位陛下的亲姑母在，就不至于和梦中一样太过被动。

白卿言身体虚弱，又思虑过甚，一阵倦意袭来，她半梦半醒，迷迷糊糊梦到了祖父、父亲，还有她的十七位兄弟。她又梦到祖母弥留之际，拉着她和母亲的手泪流满面，说自己无用，竟在白家最为艰难之际撑不住要先去见祖父了！祖母把护着白家遗孀的责任交给母亲董氏和白卿言，望她们不要负了她的嘱托。

"祖母！"她惊呼一声，猛地坐起身，胸口起伏剧烈。见自己还在清辉院的床上，她的心跳才逐渐平复。雪白的中衣被冷汗沁湿，泪水也沁湿了绣花枕。

她闭了闭眼，想到梦里的情景不敢再耽搁……该布置安排的得尽快安排下去。她强撑着打起精神来，掀开锦被，沙哑着嗓音唤道："春桃……"

"大姑娘！"春妍应声挑了厚帘子从屋外进来，见白卿言坐在床沿，忙拿过夹了薄棉的披风给白卿言披上，说道，"春桃姐姐去夫人那里帮罗妈妈的忙，还没回来。"

瞅着白卿言精神状态不好，春妍不免忧心："姑娘怎么没有叫人伺候就起身了？"

"什么时辰了？"

"未时了。"春妍将床榻两侧的帐子收了起来，"姑娘要不要用点鸡丝粥？小厨房里方妈妈一直用小火煨着，那香味儿可馋人了。"

她拢了拢披风："伺候我起身吧。"

随着一声"大姑娘起了"，刚刚还安静的院落，很快热闹了起来，扫雪的扫雪，备水的备水。

很快，伺候洗漱的丫鬟们捧着漱口水、痰盂、铜盆、巾帕规矩地在房檐下立成一排，春妍这才让人挑帘，带着丫鬟们鱼贯而入。

春桃回到清辉院，听说大姑娘起了，忙拍了拍身上的雪，打帘儿进门伺候。

见白卿言一身素白色绣菱花纹袄裙、披着白狐大氅要出门样子，春桃疾步上前连忙给白卿言系上大氅。

"外面雪正大呢，姑娘您还病着，这是要去哪儿？"

"去看看祖母。"

春桃欲言又止，她知道他们家大姑娘一向主意正，她磨破嘴皮子怕也不顶用，只好侍奉白卿言穿好大氅，从炭盆里取了烧得正旺的炭火装进雕花手炉里。

接过春桃递来的手炉揣在怀中，她吩咐道："一会儿我和祖母身边不用你伺候，你避开人，亲自去一趟前院，让卢平护院过半个时辰在后院假山旁的回廊等着我，我有事吩咐他。"

"是！"春桃应声。

她走了两步，攥紧了手炉，回头瞅着正收拾衣箱，目前对她还算忠心的春妍，道："春妍，让青竹酉时过来找我。"

算时间，此时恐怕白家男儿已经尽损，可……既然老天爷在梦里给她预示，她不论如何还是想拼尽全力一试，万一能保住哪怕一个呢？总比什么都不做的好！

"哎！奴婢收拾完衣笼就去找沈姑娘！"春妍爽朗道。

雪还未停，她一路踩着雪过来，在长寿院外扫雪的小丫头机灵，老远看到她就进院子里禀报。

白卿言人还没到院子门口，祖母身边的蒋嬷嬷就赶忙迎了出来。

"大姐儿，雪还未停你怎么来了？"蒋嬷嬷撑着伞和一众丫鬟疾步走到白卿言面前，动作自然地拿过丫鬟手里捧的新手炉，换了白卿言手中半凉的手炉，又亲自为白卿言撑伞。

白卿言当年被刺中腹部落水，留下了病根格外畏寒，全府上下无人不知。

蒋嬷嬷七岁便在祖母身边伺候，一生未嫁，在那预示梦中……祖母西去后，蒋嬷嬷没过多久就吞金殉主，忠心天地可鉴。

"嬷嬷……"她一边和蒋嬷嬷往长寿院走，一边问，"祖母午睡醒了吗？"

"大长公主醒了，正礼佛求佛祖保佑国公爷和世子爷一行平安凯旋。"

"祖母近日身子可好？"

"大姐儿放心，大长公主身子有太医院院判照料，倒是没有什么大问题，就是将近年关国公爷、世子爷和哥儿他们没回来，大长公主睡得有些不好罢了。"蒋嬷嬷说。

她点了点头，先进了暖阁整理身上的衣裳，蒋嬷嬷有条不紊地吩咐人给白卿言换沾了雪的鞋袜，拿热水给她净手。

"嬷嬷，您先别忙，我有话和您说。"她解开披风递给春桃，在火盆旁坐下，"你们都先下去吧……"

蒋嬷嬷是个精明人，知道白卿言有话要说，静静地站在一旁屏住呼吸，有了不好的预感，面色不大好看："是不是国公爷……"

她凝视着火盆，伸出手烤了烤，沉吟了片刻道："劳烦您，把上次黄太医给祖母的救命良药拿出来备着，另外再准备些参片。"

蒋嬷嬷点头，面无血色。

只听得"咔嚓"一声脆响，白卿言回头朝雕花木窗外看去，竟是积雪压断了树枝。

她冰凉的指尖收紧，抿了抿唇："再让人拿着祖母的名帖，请黄太医过来候着。"

"大姐儿，其实这段时间大长公主总睡不好，隐隐有了预感！"蒋嬷嬷眼眶泛红，"大长公主一向刚强，不至于请太医过来，大长公主撑得住。"

"嬷嬷，还是请太医过来吧。"白卿言垂着眼，眸底已有泪光。

祖母刚不刚强、撑不撑得住，她梦中已经知道了。这辈子，她太害怕失去亲人，即便只是一个梦，也必须做好万全准备。

"莫不是……世子爷也出了事？"蒋嬷嬷扶住门框，腿差点儿软下去。

蒋嬷嬷口中的世子爷，就是白卿言的父亲，大长公主的嫡子。

她看向蒋嬷嬷，眼眶湿红，脊背却挺得直直的。

"嬷嬷不是外人，我不怕和嬷嬷透底，以后恐怕……整个白家都要指望祖母了。这事您心里有数就好，祖母还要靠嬷嬷照顾，您可千万要撑住了。"

蒋嬷嬷只觉脑子嗡嗡直响，一身的虚汗，她点了点头自知事情轻重，大姐儿一个孩子都能撑住，诡谲的宫廷生涯她都撑过来了，没道理还不如个孩子。

蒋嬷嬷打起精神，忙让人带了大长公主的名帖去请黄太医。

她在偏房暖了暖身子，驱散了身上的寒气，估摸着黄太医差不多要到了，这才让蒋嬷嬷去禀报她来了。

"阿宝，你身子不好，怎么还冒雪来了？"

大长公主一看到白卿言便嗔了一句，话里虽然责怪，可大长公主还是如常伸手拉过白卿言摸了摸，见她手还算暖和这才缓和了脸色。

大梦醒来，再见祖母，再听祖母唤她乳名，白卿言只觉真恍若隔世……

她忍着喉头的哽塞，开口道："祖母，我就是想您了。"

大长公主看着白卿言这孩子气的模样，佯装生气地用手指点了点白卿言的额头，把人搂在怀里，慈祥地道："再过一个时辰宫廷画师可就要到了，别人都在闺阁里拾掇自己，偏你往祖母这里跑！"

明日镇国公府二姑娘出阁，这是镇国公府第一位出嫁的姑娘，祖母专程请了几位宫廷画师，要给她们姐妹们画丹青。

真实地抱着大长公主，闻到大长公主身上的檀香气息，她越发地难过，生怕这个消息说出来还是和梦里一般的结果。

见蒋嬷嬷打着帘子进来，对她点头，她知道黄太医已经到了，门口的人也被蒋嬷嬷支开了。

"祖母……"她仰头看着大长公主，"我今天中午做了个梦，梦见祖父、父亲、各位叔叔、兄弟，都没有能从南疆回来，祖母您受不了刺激病倒了，又有人诬告我们白家通敌，我白家所剩皆为女子，没有祖母的保护只能任人鱼肉。"

此梦是预言之梦，她还不敢告诉祖母。

大长公主听到白卿言的话身子一僵，面上血色尽褪，蒋嬷嬷忙倒出太医院送来的救命药丸，端着水送到大长公主面前："大长公主……"

大长公主对蒋嬷嬷摆了摆手，安抚白卿言："傻孩子，只是一个梦而已，梦都是相反的。"

"这梦太真实，太可怕了！"她仰头含泪望着大长公主，"祖母……我在梦里看着满朝欺我白家无男儿，欺我白家无人庇护！阿宝看着妹妹们被母亲匆匆送走，更名改姓终身不得再联系，看着母亲为洗刷白氏冤屈无门……带着一众婶婶在牢中悬梁自尽，留下血书！我真的是怕极了。"

说到触动情肠处，她眼底的恨和眼底的悲惊到了大长公主。

"阿宝莫怕！"大长公主用力抱紧白卿言，"莫怕！有祖母在！"

白卿言陪着大长公主说了说话，她人前脚走大长公主后脚就撑不住，死死拽着胸口的衣裳喷出一口鲜血，人歪在了软榻上。

"公主！"蒋嬷嬷忙扶住大长公主，用帕子擦大长公主唇角鲜血，惊慌喊人，"来人，快请黄太医！"

大长公主一把拽住蒋嬷嬷摇头，忍着泪问："阿宝走远了吗？"

"大长公主放心，大姐儿已经走远了……"蒋嬷嬷声音里带着哭腔。

大长公主攥着蒋嬷嬷手的力道松了些，眼泪断了线似的往下掉。

"阿宝那孩子是我亲自教养长大的，她的心性我还不清楚么？她定是怕我将来骤然得了消息受不了，才有梦境这番说辞，否则这等虚无缥缈的事情怎么会拿到我面前来说，惹我跟她一起担惊受怕！"

蒋嬷嬷也跟着哭了出来，用力攥住大长公主的手："公主，您可得撑住了啊！万一大姐儿说的梦境是真的，咱们镇国公府还得指望着您呢！"

"撑住！我当然要撑住！"大长公主通红的眸子如炬，手肘搁在炕桌一角强撑着坐直了身子，"倘若白家一门男儿真的马革裹尸，连我也跟着撑不住倒下了，镇国公府怕是真要任人欺凌！为了阿宝她们这群孩子，我也得撑住了！"

蒋嬷嬷连连点头："大长公主，黄太医已经来了，让他进来为您诊脉吧！您身体现在可不能出岔子！"

大长公主点了点头，闭上胀痛的眼睛，想到丈夫、儿子和孙子可能已经命丧南疆，肝胆欲裂，撕心裂肺。可她现在没有时间伤怀，她得趁着确切的消息还没传回大都城前好好想想，这消息若是真的，他们镇国公府未来该何去何从。

白卿言从大长公主那出来，正遇到四姑娘带着五姑娘、六姑娘骑马回来。

皑皑白雪中，三个小姑娘一身暗红色骑装英姿飒爽谈笑而来，清如银铃无忧无虑的笑声似能扫清人心头一切阴霾。

满大都城都知道，镇国公府的姑娘和别府的闺秀千金不同，镇国公府从来不拘着女儿家在家做女红、学琴棋书画。镇国公府的姑娘，各个鲜衣怒马，明艳张扬得很。

四姑娘白锦稚看到白卿言站在挂满红绸的回廊里，眼睛一亮急速朝这边跑来："长姐！"

五姑娘和六姑娘眼睛一亮也跑了过来，脆生生喊着："长姐……"

春桃替白卿言擦了擦回廊栏台，扶着她坐下。

"长姐，你身体都好了吗？下雪天都能出来了！"四姑娘白锦稚挨着她坐下满目关切，"那是不是等开春长姐就能带我们去骑马了！教授骑马的师傅好生无趣，都不敢放手让我自己骑！"

五姑娘和六姑娘是孪生姐妹，两人不过十岁出头的小娃娃，粉雕玉琢的，头上梳着两个福包格外可爱。

看着眼前还是镇国公府姑娘的三个小丫头，想起梦中……隐姓埋名的三妹妹白锦桐和四妹妹白锦稚，投靠敌国誓要为白家报仇覆灭大晋国。五妹妹白锦昭刻苦学艺行刺梁王却死于他的剑下，六妹妹白锦华、七妹妹白锦瑟被梁王送入青楼……

还好，此刻她们都还好好地在自己眼前。

她鼻头发酸，注视着眼前三个意气风发的小姑娘，浅浅笑着。

"长姐，小五昨天给你送去的梅花好看吗？"五姑娘白锦昭凑到白卿言面前，满脸得意道，"我母亲说长姐畏寒不能去太寒冷的地方，我看那红梅开得实在漂亮就折了红梅插到白玉瓶里给长姐送去，长姐可还喜欢？！"

"喜欢！我们小五摘的花最好看，长姐今天一早醒来就看到了……"她柔声细语地哄孩子。

"还有我！还有我！我也给长姐剪窗花了！下雪天贴在窗户上可好看了！我还给五婶送了窗花，我母亲说五婶肚子里有个小娃娃，如今五叔和哥哥们都出征在外，五婶难免担心，让我和姐姐要逗五婶开心！"

她笑着点头："嗯，你剪的那两个胖娃娃长姐很喜欢，五婶肯定也喜欢！"

说完，她看向白锦稚："明日锦绣出阁，长姐托付你件事。"

白锦稚握着马鞭的手拍了拍胸脯道："长姐吩咐，小四万死不辞！"

"明日忠勇侯府来迎亲，届时若无人帮忙拦门，你便带家中丫鬟家仆列队拦住了他们，不能让忠勇侯世子觉得我们镇国公府男儿不在，可以随随便便将你二姐娶了去，堕我镇国公府威名。"

"长姐放心！论刁难人，满大都城我白锦稚认第二没人敢认第一！"四姑娘拍着心口保证。

白卿言老远看到卢平来了，笑了笑对三个孩子道："好了，你们快去梳妆准备，祖母请了宫廷画师要赶在你们二姐明日出阁之前给我们姐妹们画丹青，你们记得收拾得漂亮些！"

三个小丫头恭恭敬敬地给白卿言行了礼，这才离开。

卢平不到四十岁，面相看起来格外老成，他对白卿言抱拳行礼："大姑娘，您找我？"

"平叔，边走边说吧。"她起身，走出回廊。

卢平见白卿言面色肃穆，打起精神，接过春桃手中的伞替白卿言撑在头顶，规规矩矩地跟在白卿言身侧。

她紧紧握着手炉，脚步沉稳，避过院中扫雪的下人，才徐徐开口："昨晚有人匿名给我送了消息，约我明日巳时去长安街醉安坊，说有南疆的消息要给我！"

卢平脸色一变："什么人？！"什么人竟然能饶过镇国公府的护卫队，将消息送到内宅大姑娘那里？"

"人，我没有见到，事情我也没有声张！"

卢平垂眸盯着自己的鞋尖，细细思索，手心里已经是一层汗。这消息要是外人送进来的，那他们护卫队可真是罪该万死……

"我思来想去还是有疑虑，南疆的消息平白无故为什么要送到我这里，而不是家中长辈那里！还偏偏选择二姑娘出阁这天。"

白卿言脚下步子一顿，定定望着卢平，面沉如水："所以，明日我想请您替我去醉安坊坐坐，留意一下有哪些形迹可疑的人……"

白卿言是想让卢平亲自去趟长安街，弄清楚梁王遇刺的细节，最好能弄清楚行刺的是什么人，万一要是白锦绣没有避过梁王遇刺，卢平在那里总不会让白锦绣丢了性命。

白卿言无法对卢平直说梁王将会遇刺，才想了此说法。

"卢平领命。"卢平郑重道。

"平叔万事小心，看到形迹可疑的人记下往后再细查就是，以免让整个镇国公府落入他人圈套之中。"白卿言叮咛。

"大姑娘放心，卢平知晓轻重。"

卢平将手中的伞交给春桃，对白卿言行了礼才匆匆离开。

见白卿言凝视着卢平背影出神，春桃低声提醒："大姑娘，我们回去换身颜色鲜亮些的衣裳吧！一会儿要画丹青，颜色衣裳入画也好看些。"

她收回视线，因为久病乏力，声音又轻又浅："我乏了，就不去凑那个热闹了……回吧。"

白卿言回到清辉院时，沈青竹已经站在廊下候了一会儿。

看着眼前年轻鲜活的沈青竹，她眼眶发酸。

沈青竹是从小陪着白卿言长大的，说是主仆更像姐妹。她八岁那年，少年意气求祖父带她上战场，祖父给她两年时间，说如果两年内她能训练出一支女子护卫队就准她跟随上战场，沈青竹就是那个时候被白卿言挑中的。后来这支女子护卫队在沙场数次护她周全，十六岁那年她第二次随祖父奔赴战场，被敌军长矛贯穿腹部，寒冬腊月跌入湍流中，护卫队几乎全军覆没才把她从河里救回来。军医说白卿言能活下来已经是万幸，子嗣方面注定无望。沈青竹自责没有护好白卿言，回来后就自请去军中历练。她被沈副将看重收为义女，可在学成后还是坚决回到白府，死心塌地守着白卿言。

"进来吧！"白卿言道。

春桃亲自替沈青竹挑了帘子："沈姑娘请。"

一身利落装束的沈青竹跟着白卿言进屋，抱拳行礼："姑娘有什么吩咐？"

见白卿言解开大氅递给春桃，放下手炉，坐在书桌前执笔书信，沈青竹没有靠得太近怕过了寒气给白卿言。

白卿言写得很快，放下手中狼毫笔后吩咐春桃："春桃你在外面守着，别让旁人靠近。"

"是。"春桃挑了帘子出去。

白卿言把信封好，攥着信走至沈青竹面前："青竹，你带几个信得过的人即刻奔赴南疆，路上能有多快就多快！把信交于我白家人！事情紧急，除了你我信不过别人！"

"是！"沈青竹没有多问，双手接信，刚要走就被白卿言握住了手腕。

"姑娘还有什么吩咐？"

白卿言手上力气极大，她通红的眼里是滔天恨意："如果……如果我白家人全都不在了，你一定要拿到白家军随行史官记录的行军情况和战事情况！把这封信交给你义父沈将军，找到我祖父的副将刘焕章，杀了他。"

沈青竹震惊地看了白卿言一眼，白家人全都不在了是什么意思？！

白卿言面色沉沉，沈青竹知道事关重大，郑重颔首："青竹领命！"

见沈青竹惨白着一张脸从屋内出来，春桃忙打帘进屋，眉宇间带着忧心："大姑娘……"

白卿言站在火炉旁，垂眸看着忽明忽暗的炭火，心中翻涌的情绪逐渐平复。

尽人事……听天命吧！

"春桃，我乏了。"白卿言神情有些恍惚。

"奴婢伺候大姑娘歇一会。"

春桃伺候白卿言去了头上的珠钗，换了身松快衣裳歪在榻上，小憩了几刻钟，便被母亲董氏身边的秦嬷嬷叫醒，喝了一碗苦药。

看到白卿言喝完苦药眉头紧皱的难受样子，秦嬷嬷也心疼得不行，忙捧着热水让白卿言漱口："大姑娘且再忍忍，洪大夫说这服药再喝个把月，大姑娘的寒疾便能好些！"

白卿言用帕子压了压唇角，从春妍捧着的攒盒里捡了话梅放进口中才好受些。

"明日二妹妹出阁,母亲要忙的事情多。秦嬷嬷您是母亲的得力臂膀,母亲那里离不开您,您不必一日四五趟往我这里跑,您帮我转告母亲不必担心我。"

秦嬷嬷点头:"好,大姑娘放心,老奴一定把话带到。"

见白卿言已经拿起炕几上的兵书,春桃十分有眼力见儿地放下攒盒,笑道:"嬷嬷,春桃送您。"

秦嬷嬷对白卿言行了礼,一边往外走一边细心交代春桃:"明日府里过事,今夜丫鬟婆子难免只顾着热闹,做事疏懒,大姑娘身边的管事嬷嬷明日才能回府。你记得叮嘱看护地龙的婆子加炭火,这屋内的炉火也要烧得旺旺的!大姑娘畏寒,夜里守夜的丫头可得警醒点儿!"

"秦嬷嬷放心!"春桃笑着替秦嬷嬷打帘,"春桃会亲自盯着。"

刚送走秦嬷嬷,春桃站在廊下还没来得及进屋,就见满头满身是雪的春妍从门口进来一溜烟小跑到廊下,她拍着身上的雪花问春桃:"大姑娘醒了吗?"

"醒了,刚服了药,这会儿正看书呢。"春桃替春妍拂去头发上的落雪,"你干什么去了弄得一身寒气,也不怕过给姑娘!"

春妍神秘兮兮地笑了笑:"好事,我先进屋禀了姑娘,姑娘一定能开怀些!"

说着,春妍冒冒失失打帘进了屋内,春桃都没能拦住。

"姑娘!"春妍见白卿言正靠在绣金祥云的大迎枕上看书,福身行礼后笑道,"姑娘,梁王殿下今儿个一大早得了洪大夫入府的消息,怕姑娘身子不舒坦,就悄悄过来到了咱们府后角门,奴婢得了信儿过去,梁王殿下吞吞吐吐说是来取国公爷批注过的兵法书籍……"

白卿言听到梁王二字,浑身僵硬,险些沉不住气,搭在炕几上的手用力收紧,指甲几乎要嵌入那鸡翅木中去,梦中她便是这样亲手将祖父批注过的兵书,送到了梁王手中。

梁王,如同长在白卿言破溃的伤口处冒着毒汁的脓疮腐肉,时时想起便发作,虽不至于要了她的性命,却也能恶心她半天,当真瘆得慌。

克制住情绪,白卿言抬眼,看着还在高高兴兴絮叨的春妍。

"奴婢听梁王殿下身边的童吉说,梁王殿下天不亮就过来了,一直等到现在,奴婢刚才见梁王殿下脸都冻紫了!"春妍一副心疼的模样。

白卿言翻了一页书,并不搭腔。

春妍不解,梁王殿下那样宝玉般尊贵的天家龙子,冒雪屈尊在镇国公府角门外等了一整天，她都为之动容，可瞧她们家大姑娘这么冷淡的模样，难道还是放不下忠勇侯府的世子？

春妍声音更小了些："殿下担心明日忠勇侯府世子娶二姑娘您心里难受，想借着取书的事儿和姑娘说几句话。"

"你替姑娘答应了？！"春桃脸都气青了，"你这丫头胆子也太大了！这要是让别人抓到把柄指责大姑娘和梁王私相授受，大姑娘的名声可就完了！"

春妍一味顾着感动，倒没想到其中利害，听春桃这么一敲打，猛然就被吓了一跳："姑娘，奴婢……"

白卿言如今才看明白，后来春妍完全倒向梁王，大约就是这个时候替她频繁同梁王见面，对梁王暗生了情愫。

她淡淡问："梁王说什么了？"

春妍战战兢兢地开口："殿下说，忠勇侯府见识浅薄，因姑娘子嗣艰难，便让世子改娶二姑娘，是因忠勇侯府要娶的是镇国公府的姑娘，至于是谁不重要！但在殿下心里，他感激忠勇侯府的浅薄，给了他可以求得姑娘芳心的机会。"

梁王就是这样骗了她，骗了她身边忠心耿耿的丫头，还骗了她的母亲，让白家所有人都以为，梁王对她情根深种到不介意她子嗣艰难。

白卿言闭着眼，周身透出寒意。

春妍不知道是不是真的做错了，略显局促地立在那里："姑娘，奴婢……奴婢是不是又做错事了？"

梁王找上门要祖父批注过的兵书，她若不给，以梁王不达目的不罢休的个性，怕是还会想别的办法。他不是想临摹祖父批注的笔迹么？她这里有一本祖父送给她的孤本兵书，上面有高祖皇帝的批注。她就把这本兵书送给梁王，让他去临摹吧。

白卿言披着一头乌黑莹润的长发，让春桃从书架上拿出一只红木雕花的盒子："把这套祖父赠予我的兵书，给梁王送去，替我多谢梁王殿下宽慰！"

"哎！"春妍接过盒子立时又欢喜起来，爽朗地应了一声，"奴婢这就把兵书给梁王殿下送去！"

春桃不放心，一把将春妍扯住，压低声音叮嘱道："你去见梁王的时候小心点儿，千万别给大姑娘惹祸！不然就算大姑娘宽厚，夫人那边你几条命都不够死的。"

"春桃姐姐放心吧！"

春妍性子耿直欢脱，只当是梁王殿下的话劝动了自家姑娘，福了福身，捧着红木雕花盒子又一溜烟地跑了出去。

北风吹得雪花在空中打旋，隔着紧闭的雕花木窗，都能听到外面寒风凛冽。

白卿言回头继续翻看手中的兵书，整个人已经不似最初刚醒来时那般沉不住气。

回想梦中，真正把白家推入绝境的，正是从祖父书房里搜出来的所谓"叛国书信"。这就说明，梁王或是李茂的人早已经混入镇国公府，可以接触到祖父书房的人就那么几个，她不急，还有时间让她把人查出来。

梦里很长一段时间，她都想不明白为什么梁王和李茂要联合刘焕章，将已经没有男丁的白家赶尽杀绝，后来她才懂。梁王他们想要的是白家军，但白家不比其他武将之家只许男子习武学习兵法，人人皆知镇国公府自白卿言这位嫡长女起，不论男女都必须学习兵法、骑术、枪法、剑法。即便是他们斩尽白家儿郎，只要白家还有一个人在，只要那个人不是个草包废物，忠勇的白家军就不可能听第二个人的号令。更别说镇国公府大姑娘白卿言、二姑娘白锦绣、三姑娘白锦桐，她们曾经同祖父一起身披战甲上过战场，和所有白家军同袍浴血而战。

白卿言闭着眼，死死攥着手中书本。在梦里，她每每想起白家满门血仇，心都如油煎火烧一般，恨不能将刘焕章、李茂等人剥皮拆骨，却被梁王的虚情假意捆住，为他做牛做马。

灭顶般的痛彻心扉，她都能隐忍下来。

想是上天可怜白家，让她提前梦到白家未来，虽然不清楚能否来得及改变祖父、父亲和叔父他们的命运，却可以改写白家的结局。

她不能被仇恨冲昏头脑，如今祖母、母亲和整个白家的女眷俱在，她有什么可怕的？慢慢来，不急……

事情得一件一件办。

她一定会亲手把那些陷害镇国公府的奸佞小人，从高位上拉下来。

天还未亮，大雪薄雾笼罩之下的镇国公府，已然炊烟袅袅。

镇国公府正门挂着红灯红绸，府门大开。

前院，管家已经热热闹闹地张罗起来，仆妇家仆井然有序，在角门进进出出。

后院里，二姑娘白锦绣的青竹阁也已经热闹起来，嬷嬷丫鬟忙忙碌碌，其余院落还是一片安静。

清辉院里，两个穿着青蓝色棉袍的婆子，刚用簸箕端着木炭给地龙的火炉加了炭，就见白卿言主屋的灯盏亮了。

辰时。

白卿言用完早膳，披了件风毛极为厚实的大氅，揣着手炉沿着抄手游廊朝白锦绣的闺阁走去。

春桃春妍一行丫鬟跟随白卿言身后，小心伺候着。

白卿言人到白锦绣闺阁门前时，白锦绣已经换上了吉服正准备上妆，听到外间丫鬟们叠声称呼"大姑娘"，白锦绣推开嬷嬷给她扑粉的手，拎着裙摆起身迎了出来，目光又惊又喜。

"长姐，这么大的雪，你怎么过来了？也不怕受了寒！"

白锦绣屋里两盆火炉烧得极旺，很暖和，红色的五福地毯，满屋子的桂圆花生、红帐红喜，喜庆极了。

她将手炉递给春桃，解开大氅，握住白锦绣的手牵着她往内室走，按着她坐在梳妆镜前的杌子上："长姐来送送你，春桃把东西拿进来……"

春桃从门外丫鬟手中接过长长的锦盒进来，对白锦绣行了礼，打开锦盒。

白锦绣看到剑鞘通体银白，雕刻着白家军图腾的宝剑，猛地起身疾步走到锦盒前，小心翼翼地将宝剑拿出来攥在手中，心跳极快："青锋剑？！"

这可是白家的传家宝剑！

当初长姐从战场受伤回来后，失去了忠勇侯府的亲事，祖父担心长姐钻了牛角尖此生不嫁，又怕到时候姑嫂容不下长姐，才特意把传家宝剑传给了长姐。

她将白锦绣鬓边碎发拢在耳后，柔声细语："忠勇侯府的侯夫人是世子的继母，相处难免有磕碰，你记住万事不必委曲求全，你背后是镇国公府。"

梦中，白锦绣成亲当日殒命没有能嫁入忠勇侯府，后来忠勇侯世子秦朗娶了吏部尚书性子软懦的嫡次女，被婆母姑嫂欺凌磋磨得不到三十就病逝了。

听着长姐的贴心话，原本因为要嫁入陌生环境而惴惴不安的白锦绣，心里熨帖得直掉眼泪。

白卿言抽出帕子给白锦绣擦眼泪，反被白锦绣握住了手，她朝白卿言靠近一步，压低了声音认真道："梁王殿下对长姐一往情深，他定会疼惜长姐护着长姐，长姐千万不要错过了好姻缘！"

白卿言想到那场大梦之中白锦绣死前，求梁王此生好好护她不要负她，千万情绪涌上心头，红了眼："快上妆吧！"

巳时，大宅门口传来鞭炮声。

白卿言抬头朝隔扇外看了眼，手指摩挲着茶杯。

"哎呀，这可怎么办啊，二姑娘还没有梳妆完毕呢！"

"这忠勇侯府的公子也太着急了，怎么比原定迎亲的时间早了半个时辰呢？"

"呀！耳坠子找不到了……"

"盖头呢？！盖头也找不到了！"

闺房内丫鬟嬷嬷们乱成一团，推搡着到处找东西。

果然和梦中一样，忠勇侯府迎亲早来了半个时辰。想来，原本被长辈安排拦门的几个表亲，此时应当正窝在偏僻处赌银子。不过不打紧，她已经安排了四妹妹白锦稚摆好了棋盘，在正门候着，今日他们镇国公府绝不能如梦中一般无人拦门，让白锦绣提前一个时辰出门丢了性命。

此时，镇国公府前门新郎忠勇侯府世子秦朗下马，稚嫩俊朗的少年郎英姿不凡，大约是人逢喜事一脸喜气洋洋。

镇国公府嫁女，忠勇侯府娶亲，乃是大都城近年关前最瞩目的大喜事，大都城里有名的纨绔都跟着秦朗前来迎亲凑热闹。

"这镇国公府的十七位郎君去了南疆战场，我们秦二郎这亲娶得可太容易了啊！"右相吕府最小的嫡孙吕元鹏叫嚷道。

因白卿言的祖父镇国公和祖母大长公主还在世，大长公主又不居公主府而住镇国公府，出于孝道白家未曾分家分府，这才有了白家孙辈十七儿郎的称呼。

平时吕元鹏和白家十七儿郎关系亲近，开玩笑来也不忌讳，嚷嚷道："各位！各位！都说镇国公的白家军神勇无敌，出入敌境如入无人之地，我们今日来镇国公府迎亲，也体会体会如入无人之境是什么滋味！各位冲啊！抢新娘子喽！"

镇国公府外笑成一团，又随着吕元鹏一声令下要往里冲。

谁知，人还没来得及冲进去，就见镇国公府训练有素的丫鬟仆人，如列兵般拦住了镇国公府正门，这阵势倒是把各位公子哥吓了一跳。

"这镇国公府是打算派丫鬟来拦我等吗？"吕元鹏瞅着这阵势愣愣开口。

片刻，一身骑马装英姿飒爽的镇国公府四姑娘，手持马鞭从一众丫鬟身后出来，双手背后尽显娇俏与傲骨。

"镇国公府众人听令！"白锦稚举起手中长鞭。

"听四姑娘号令！"镇国公府丫鬟护院齐声应答，宛如军队般齐整有序，倒是震慑了一干来迎亲的纨绔公子哥。

"长姐有命，强闯镇国公府者不必手下留情，莫要人欺我镇国公府无男儿！"

白锦稚挥鞭，吓退一众要往前冲的迎亲纨绔，长鞭破空声莫名让人肃然起敬。镇国公府，果然是国之脊梁，连女儿家亦是铮铮铁骨、英姿飒爽的强硬姿态。

忠勇侯世子秦朗上前，对四姑娘白锦稚作揖行礼："四姑娘误会，镇国公乃我大晋国之柱石，我等在大都城歌舞升平，全赖镇国公府男儿边疆浴血，我等就算再混账，也不敢欺镇国公府内无男儿！还望四姑娘抬抬手，让我们进去吧！"

"那就好！"白锦稚还是那般骄纵张扬的模样，她收起鞭子，"来人把棋盘抬出来！"

镇国公府家仆小心翼翼地抬出一盘棋局和机子放置于门口。

四姑娘白锦稚才道："我长姐说，我白家世代武将之家，棋盘如战场。秦世子的迎亲队伍能破棋局，才有资格进门迎娶我二姐姐！"

门外白锦稚强势拦门，闺阁内白卿言俯身替白锦绣戴上耳坠，道："你放心，就算是祖父和二叔不在，我们镇国公府也不会让忠勇侯府当我们白家无人，轻看了你。"

"长姐！长姐！"白锦稚急匆匆冲进来，喘着粗气在棋盘上落下一子，用手扇着风，"长姐，秦朗在这里落子了，众人都叫好呢，是不是破了？"

算时间还没有错过梁王遇刺的时间，白卿言把手中茶杯递给白锦稚，用帕子给她擦了擦汗，才站在棋盘前一观秦朗落白子的位置。

白锦稚牛饮般灌下茶水，伸长脖子凑在白卿言身边，想看白卿言落子的位置。

秦朗将白子落在这个位置，不但避开了棋盘上的诸多陷阱，也没有盲目冒进，既可以稳住白子优势，又可以为白子大局助势，乍看整个棋局，黑子下一次落子不管落在哪里，都补救不了兵败山倒之态。

思索片刻，白卿言左手压着袖摆，俯身从棋盒里捡起一枚黑子落下……

白锦稚看到白卿言落子的位置，又转头冲到镇国公府门前，按照白卿言的位置在棋盘上落下黑子。

外面全都是惊呼声……随着这枚黑子落下，形势大变，黑子来势汹汹气吞山河，瞬间就要了白子半壁江山。

"妙啊！"吕元鹏惊呼，"这黑子宛如天降奇兵，诡诈得很！转瞬便让杀势逆转，狠戾骇人啊！敢问镇国公府内是何人执黑子？"

"我长姐啊。"白锦稚一副得意扬扬的样子。

一时间，众人都想起镇国公府那位名字唯一和府上男子般同取"卿"字的大姑娘来。

秦朗听到是白卿言执黑子，竟出了神。

忠勇侯府的家仆驰马而来，从人群中挤到了迎亲管事身边，耳语："管事，我们迎亲队伍得改道。一炷香前，梁王殿下在长安街遇刺，京兆尹府已经封了长安街要彻查，迎亲队伍怕是得绕一大圈才能回府！"

迎亲管事心也是一惊，幸亏镇国公府嫡长女设了个棋局拦门，否则按照他们早来半个时辰算，怕是回去的路上正碰上梁王遇刺。

镇国公府自然也得到了这个消息，两家管事碰头一商量，白卿言母亲董氏立刻嘱咐身边的大丫头听竹，让她告知白卿言给迎亲队伍放行，免得耽误吉时。

"大姑娘，夫人那边儿让我来和您知会一声，忠勇侯府管事说迎亲回去得绕点路，拦门的时间差不多了，再耽搁下去……怕错过了吉时！"

一听说绕路，白卿言心放了下来。

她点了点头，让丫鬟出去给白锦稚传话："去告诉四姑娘，就说镇国公府看到了忠勇侯世子求娶我们二姑娘的诚意，盼他爱重我家二姑娘，莫要让我家二姑娘伤心！这盘棋留着等回门的时候再下。"

白锦绣看着自家长姐，眼眶红得一塌糊涂。

鞭炮声响起，秦朗在大都城众多纨绔的簇拥中冲进了镇国公府。

白卿言拥着狐裘立于廊下，看着秦朗执雁而入，揖让升堂，再拜奠雁，敬茶后喜气洋洋地牵着新娘子跨出正厅，往镇国公府门外走。

她唇角浅浅勾起，对身后春桃道："走吧！"

整个镇国公府都是闹哄哄的充满喜气，秦朗一脸的笑意，手握牵红对着向他恭喜的宾客回礼，余光瞥到回廊转角处转瞬而逝的纤细身影，他脚步一顿，愣住。原本他要娶的是白卿言，曾经白卿言随镇国公出征，他也去送过她。他仍记得那时，白卿言还没长开的眉眼，如入画了一般美艳，一身战衣铠甲、手握腰间佩剑何等英姿。他也曾认为自己何其有幸，将来居然能娶这样的姑娘为妻。

少年难耐心头悸动，在出征大军前将家传玉佩赠予白卿言，作揖一礼许愿："愿卿平安归，勿忘等卿人，待卿返归时，为卿执雁礼。"

如今他执雁登门，求娶的却不是她。

到底，是他负了她。

"恭喜世子！"

旁人恭贺的声音传来，秦朗回神笑着对那人回礼，带着新娘踏出镇国公府的门槛。

听到白锦绣上花轿的鞭炮声，白卿言脚下步子一顿，朝镇国公府正门的方向望去。

"大姑娘！"清辉院的洒扫丫头小跑至白卿言面前，福身一礼道，"卢平护院来了咱们清辉院，说有事禀大姑娘。"

白卿言颔首，从春桃手中接过手炉："回吧！"

梦中，宣嘉十五年年末，白家二姑娘在出阁当天为护梁王惨死刺客刀下。随后除夕之夜，战报传来，百年簪缨世家镇国公府儿郎，全部战死沙场。白卿言的祖母——当朝大长公主，得到这个消息时悲痛欲绝当即病倒，没过多久也跟着撒手而去。

宣嘉十六年二月，白卿言的母亲董氏提前得到消息，左丞相李茂联合梁王，要参镇国公白威霆勾结东燕致晋国惨败，数万将士葬身南疆，证据不出两月便会回大都城。董氏当机立断，让忠仆刘管事带着白卿言和白锦桐出关查证，私下交代刘管事，若大都城有变便让刘管事将白卿言和白锦桐当做女儿养育，从此隐姓埋名保命要紧。又让白家暗卫分两拨，护送即将临盆的五夫人齐氏和白家五姑娘等还未成年的孩子，出都城避难。

宣嘉十六年三月，已故镇国公白威霆副将刘焕章进京，作证镇国公白威霆叛国。刘焕章称，他不遗余力才将叛国的白氏一族绞杀，只是他也身负重伤被农夫所救，伤愈后便归来揭发镇国公。当日禁军包围镇国公府，从镇国公书房查抄出镇国公和东燕郡王勾通书信，证据确凿。白氏一族全族已无男丁，宣嘉帝为显仁厚，判白家抄家流放，捉拿白家余孽归案。

白家女眷下狱当晚，白卿言的母亲董氏带着一众婶婶悬梁自尽，留下一封《问皇帝书》力数白家历代功绩，忠心苍天可表！痛陈皇帝纵容奸佞构陷忠臣，使朝廷风气怪诞，居高位者皆为阿谀奉承、趋炎附势之流，怒问当朝皇帝……何以当朝朝政再不见先皇在时文臣死谏、武将死战之清明态势，字字铿锵，振聋发聩。此书，震惊朝野，以星火燎原之势传遍大都城。

已经产下一女的五夫人齐氏得到消息悲愤欲绝，在忠仆和百姓护卫下，带着白家诸人牌位，一口薄棺，身穿孝衣，大雨中自刎于宫门前，以命相逼求皇帝还白家公道，血溅三尺。

她凝视着漫天的雪花，裹紧身上的白狐大氅，朝内院走去，步履缓慢，但一步比一步更坚定。

梦中，祖母临去前，嘱托母亲和她护住白家和白家满门遗孀，她和母亲未曾做到，对白家境遇也无力挽回，哪怕悲愤到五内俱焚，骨血里沸腾着要人命的毒汁毒液，也无法撼动那些人分毫，所以她万念俱灰只求速死。

白卿言拭去眼角细碎的泪珠，唇角勾起，目光变得冰冷锐利。如今，她已然护住了二妹妹白锦绣，来日可期。她绝不会让白家任何一人再殒命枉死，她要不择手段地守住白氏满门荣耀屹立不倒，不管用尽阴谋或阳谋！

她沿抄手游廊转过弯，险些迎面撞到穿着蓝灰色直裰、身披灰鼠皮大氅的男子，手炉滚落廊外，幸亏对方眼疾手快扶住白卿言。

她抬头，正对上一双幽沉似水的眸子，目光分明柔和平静，却似能看透人心、洞悉一切般深邃，说不清的高深莫测。

再见故人……她克制不住要撞出胸膛的心跳。

这位便是与大燕皇帝一母同胞的大燕九王爷，日后大燕的摄政王。他化名萧容衍，以天下第一富商的名头在各国行走，商号遍布各国，帮大燕打探消息。都说第一富商萧容衍儒雅沉稳，为人温和，可她却知道萧容衍的城府有多深，手段有多毒辣。他将人心玩弄于股掌之中，在各国亲贵士族中周旋游刃有余，与大晋国各位皇子更是交情颇深，大都城大多纨绔莫不以萧容衍马首是瞻。

梦中，在梁王造反登基，大燕铁蹄踏入大都城之前，为白家满门女眷所动容的萧容衍把他的随身玉蝉给了她，让她自去逃命。

北风卷着雪花吹入廊内，白卿言手背一凉，忙向后退了一步，福身行礼："多谢。"

萧容衍挺鼻薄唇，眼轮高阔，生得极为俊朗，周身都是已然褪去桀骜的温润气质。

他收回刚才扶过白卿言的大手，下意识地摩挲着手中的白玉蝉，眉目间浅笑温厚，声线醇熟低沉，平稳又从容："无妨。"

跟在萧容衍身边的长随，已经捡起了白卿言掉落的手炉，进退得宜，递还到春桃手中，春桃忙福身道谢。

心如擂鼓的白卿言低头，绕过眼前身形清隽高大的萧容衍，携春桃疾步往内院走。

萧容衍向前迈了两步，复又回头看向白卿言匆匆而去的背影……

几年前，他曾在大蜀皇宫见过她。

那时大蜀战败，他被困大蜀皇宫，杀伐声震天。

镇国公为止杀戮，命白卿言单枪匹马，手提大蜀大将军庞平国头颅，一身铠甲，纵马如飞，穿过层层宫门而来。

那身着一袭鲜红披风的女儿家，快马直冲大蜀正殿高阶，高举庞平国头颅，大吼

"庞平国已死，缴械者不杀！"的情景，犹在眼前。

"萧兄！萧兄你怎么还在这里！"吕元鹏小跑至萧容衍面前，扯着脖子朝刚才萧容衍凝视的方向看去，却什么都没有看到，"你看什么呢？"

萧容衍眉目间带着极淡的笑容，温文尔雅中尽显沉稳金贵："没什么……"

吕元鹏也不深究，扯着萧容衍的手腕往外走："萧兄你怎么如厕这么久？秦朗都把新娘子接走了！我们也快去忠勇侯府热闹吧！"

卢平回来后，换了身衣裳匆匆赶来清辉院，他站在屋檐下来回踱着步子，略显急促的呼吸间全都是白雾，脸色也不大好看。

一见白卿言在丫鬟簇拥中进了院门，他忙迎上去，抱拳行礼："大姑娘……"

白卿言侧头看了春桃一眼，春桃会意将伞递给卢平，和一众丫头立在原地未动。

卢平撑伞护着白卿言，走至院中那棵银杏树下收了伞，白卿言才转身看向卢平："平叔请说。"

卢平喉头翻滚，呼出一口白雾后，单膝跪下："大姑娘，请大姑娘恕罪！"

她握着手炉的手骤然收紧，强作镇定道："平叔，先起来说。"

卢平站起身，愧疚地望着白卿言："今日醉安坊门口，梁王遇刺，身中数刀，伤势极重！京兆尹封路之前我本要回来，谁知遇到了全身是血的故友！带回府后才知，他竟是刺客之一！卢平请罪！"

卢平说着又跪了下来。

白卿言手指轻轻摩挲着手炉，满腔热血因卢平一句"伤势极重"沸腾起来，如果梁王这一次死了，那么倒是可以免去日后很多麻烦。

她心跳速度极快，俯身将卢平扶起："现下平叔将人安置在哪儿？"

"后院柴房。"卢平因给镇国公府惹来麻烦羞愧不已，脸色极为难看，"现在京兆尹封城，卢平更是不敢把人贸然送出府，卢平大意，求大姑娘降罪！"

说着卢平就又要跪，被白卿言拦住。

"横竖人都已经带回来了，请罪也无用，还得想想如何善后。"白卿言一双眼幽沉不见底。

白卿言在树下立了片刻，道："平叔，你带我去瞧瞧。"

她想弄清楚梁王因何被刺，倘若能掌握到什么不利于梁王的证据，也好在他的登天之路上设一道路障。再者，白卿言见过刺杀梁王之人，才能判断这人是否能留。

白卿言只带了春桃，和卢平一起冒雪到了后院柴房，可柴房内除了一摊血迹之外，竟空无一人。

凝视土泥地面拖移痕迹，白卿言视线朝那堆扎放成堆的木柴望去："侠士既得我白家庇护，何以避而不见？"

春桃心头一跳，下意识上前抬起手臂将白卿言护在身后，满目戒备。

白卿言拍了拍春桃的手示意她放下，躲在柴堆后的男人既然被发现，也没有藏着掖着，推开面前的柴火。靠坐其中的男人半张脸都是已经凝结的鲜血，越发衬得脸色惨白。他一身玄色衣衫，身受重伤虚弱无力，浑身却透着一股子狠戾气场。

白卿言表面不动声色，手却死死握紧了手炉。

卢平救回来的这位刺客，竟然是将来太子身边的谋臣秦尚志，不过，在她的梦中秦尚志得不到太子的信任，空有大才不得施展，郁郁而终。

秦尚志上下打量了白卿言一眼，冷笑："大姑娘打算如何处置我这刺客，向梁王邀功？"

"秦尚志！"卢平呵斥。

她抬手示意卢平勿恼："侠士如何知晓，我是白家大姑娘？"

秦尚志低笑一声，露出带血的白牙，散漫靠坐："能让卢平毕恭毕敬，必是镇国公府的主子。镇国公府女儿家皆是习武出身身体底子好，寒冬腊月一身薄棉衫便可御寒，如姑娘这般以上等狐毛大氅加身的……怕只能是早年战场受伤的大姑娘！"

"侠士可否告知，为何刺杀梁王？"白卿言问。

"梁王他不该死吗？！"秦尚志一双湛黑的眸子恨意滔天，"装出一副唯唯诺诺战战兢兢的模样，背地里结党营私，渎职贪墨，草菅人命！为逼我等为他效命，竟杀我等妻儿家小，咳咳咳咳……"

秦尚志说到激动处竟咳出鲜血，他紧紧捂着心口，抬头望着白卿言冷笑瘆人："可怜你白家满门忠骨，忠心得如大晋国的看门狗，不久之后，怕也会落得和我一样家破人亡的下场！"

"你放肆！"春桃恼怒，"大姑娘休要听他疯言，还是让卢平护院将人扭送官府！"

"听凭大姑娘吩咐！"卢平虽心有不忍，却也不能真的连累镇国公府。

白卿言听着秦尚志的话，内心如惊涛骇浪般震惊，原来秦尚志此时，就已经能预见到白家的下场了么？

想到梦中，大燕国那位摄政王萧容衍对秦尚志的评价，白卿言电光石火之间便已下定决心。

她将手中手炉递给春桃，朝秦尚志方向走了两步。

"大姑娘！"春桃不放心。

谁料，白卿言竟对秦尚志恭恭敬敬地行跪拜大礼，秦尚志也似被惊着，不明白白卿言这是要做什么，手紧紧地攥着衣角。

"大……大姑娘！"卢平不知所措。

"先生既知我白家忠骨，又预见我白家困顿，敢请先生教我，白家何以自救？"

白卿言神色坦荡磊落，并未因为秦尚志的话恼火，反倒超乎寻常的镇定，仿佛对秦尚志的话早有所知。

秦尚志如今为白家所救，有恩不报非秦尚志作风，他抿了抿唇："看大姑娘的反应，应已对此有所预见，倒不必秦某赘言！秦某只一句……想保全白家，镇国公得退。"

"白家军的不败神话，已然被今上不喜！镇国公作风忠直，与朝中佞臣积怨已久！众口铄金，积毁销骨！今上已容不下功高盖主的镇国公了。若此次……镇国公不退，白家十七儿郎怕要尽损南疆。"

秦尚志一字一句，正正应验了梦中白家十七儿郎命丧南疆的结局。

白卿言抬眼看向秦尚志，打了一个寒战，今上？！梦中，白卿言从未想过今上会对白家不喜，白家世代忠烈，作风磊落，顶天立地，一身的浩然正气！正如秦尚志所言，白家满门忠骨，忠如大晋国的看门狗！众口铄金，积毁销骨？！她手心收紧，一瞬抓住了脑中灵光。

"多谢先生教我！"白卿言又是一拜。

春桃忙上前扶起白卿言，只听白卿言道："平叔，好生安置秦先生。"

卢平感激应声："卢平领命！"

白卿言望着秦尚志："若秦先生不弃，恳请先生……"

"秦某养好伤就走！"秦尚志不等白卿言说完，便匆匆打断了她的话。

白卿言的意图秦尚志明白，他抱拳："大姑娘见谅，秦某此次冲昏头脑刺杀梁王，致众兄弟丧命已悔恨不已，秦某此生志向在社稷朝堂，舍身碎骨定要阻断梁王登顶之路，绝不愿拘于后院。"

秦尚志的志向何其远大，否则梦中也不会入太子府。

白卿言也不欲挟恩强求，沉默片刻对秦尚志福身后道："朝堂似海，先生如蛟，白卿言在此祝先生尽如所期，蛟龙得水兴云作雨，飞腾升天。"

秦尚志似是意外白卿言会说这番话，他紧捂心口强撑着起身，难得恭恭敬敬对白卿言抱拳行了一礼。

白卿言颔首从春桃手中接过手炉，沿来时的路往回走。

虽然，秦尚志不愿留下帮她，可秦尚志一席话已让她茅塞顿开。

她想到梦里，母亲狱中自尽留下的那封《问皇帝书》，想到大都学子群情激愤、声势浩大为白家求公道的画面，想到梁王在府中头疼不已诉说无法为今上分忧的苦恼模样。众口铄金，积毁销骨，人言可畏。哪怕是手握至高权柄的今上也有怕的事情，怕人言！怕民愤！怕百年后落得残害忠良的名声！如今祖父生死未知……甚至已身死南疆，白家退已不能退。不能退，那她就更进一步，将白家的名望推至鼎盛，让今上忌惮悠悠众口不敢对白家出手。就算最后晋国还是逃不过被大燕灭国的下场，盛名之下……但愿也能保全白家。

去清辉院请白卿言的蒋嬷嬷，没想到会在路上碰到白卿言，三步并作两步上前。

"大姐儿！"蒋嬷嬷福身行礼，"大长公主请大姐儿过去。"

白卿言抿了抿唇："祖母可是有了什么打算？"

蒋嬷嬷红着眼点头。

白卿言这才抬脚，跟着蒋嬷嬷一起朝着大长公主的长寿院走去，路上细细询问了她昨天走后祖母的情况。

"大姐儿放心，大长公主到底是皇室的嫡女，能撑得住。"蒋嬷嬷给白卿言撑着伞，忍不住红了眼睛，"倒是大姐儿，还是个孩子……"

说着话，两人就已经走到了长寿院。

丫鬟替白卿言打了帘，见白卿言进去了，蒋嬷嬷这才将里外的丫鬟全都打发了出去，进屋接过白卿言已经解开的白狐狸毛大氅，道："老奴在外面守着，大姐儿和大长公主好好说说话。"

隔着珠帘，白卿言看到坐在炕上闭眼拨弄着佛珠的祖母，眼眶就红了。

"祖母……"白卿言轻唤了一声。

大长公主张开眼，见白卿言挑开珠帘进来，伸出手："阿宝，来！"

白卿言依言走到大长公主面前，大长公主换了几次气才红着眼问："你告诉祖母，谁给你的消息，竟比朝廷还要快一步？"

"祖父临走前，孙女让之前祖父给我的两个暗卫随行保护祖父，其中一个拼了最后一口气，回来给了孙女消息，说我白家被祖父的副将刘焕章和朝中之人联手坑害！

孙女没有实证不敢声张，悄悄安排把人厚葬了。"

说词是白卿言昨天来长寿院前就想好的，梦中预知太过玄乎，祖母怕是不信，可自醒来之后所发生的种种，皆是她梦中经历过的。

大长公主忍不住悲痛，嘴唇剧烈颤抖着，良久她闭了闭眼，手掌用力拍在炕桌上："我白家男儿可战死沙场马革裹尸，但绝不能为奸佞所害而亡！"

"祖母，如今事已至此，我们还需要早作打算……"她攥住大长公主的手，显然已经有了自己的考量，"我白家男儿倘若真的尽被坑害，怕是有人想要从白家手上夺走白家军！"

大长公主手死死地扣住炕桌边缘。

"但白家军向来只认白家人！祖父、父亲他们凶多吉少，只怕害我们白家的人还有后手，祖母……如今您就是白家唯一的依靠，首当其冲！"白卿言同大长公主分析。

"他们做梦！"大长公主咬紧了牙关，"当年父皇临去之前留给我一支只有帝后才有的皇家暗卫队。多年来养在我陪嫁庄子上，从不曾动过，看来如今不得不动了。"

白卿言颇为意外，她不曾听祖母说过，手上还有这么一支暗卫队，如果是这样她倒是不担心祖母的安危了。

"祖母，就算祖父、父亲、叔父和弟弟们都不在了！还有孙女儿在！"白卿言握住大长公主的手，郑重道，"祖母千万要保重身体，平安康健！有祖母在，孙女就有底气，孙女一定拼尽全力护我白家周全，不让我白家男儿含冤屈死……"

大长公主被白卿言一番话说得热泪盈眶，将白卿言抱在怀里哽咽不能语。

两人缓了良久，大长公主用帕子压了压眼角的泪，问白卿言："阿宝你心中是不是已经有了章程？"

"祸起萧墙，家里的下人怕是要严查一遍，不过这件事得暗地里查，孙女会和母亲商量着办，祖母坐镇就好不必费心！"

大长公主点头。

白卿言想到梦中梁王找来的……所谓二叔外室生的儿子。

她抬眼看向大长公主："还有一事我想请教祖母，二叔……是否有外室？"

白卿言口中的二叔，是大长公主的嫡次子，白卿言父亲的亲弟弟。

大长公主抿住唇。

见大长公主的模样，她心也沉了一下，原来梦里梁王找来的那个，真是二叔外室的儿子。

"没有外室这么严重,但也确是你二叔对不起你二婶,当年你二叔游学时被一位姑娘所救,两个人就有了情谊……"

大长公主欲言又止,白卿言到底是未出阁的姑娘,有些话不能对白卿言明言。

"后来你二叔回府,走之前将祖母赠予他的龙纹玉佩……给了那位姑娘当信物,本打算回府和你二婶商量后,再将那位姑娘接入府中当个良妾,可当时你二婶儿有了身孕,这话也就没有说出口。"

再后来,边关告急,祖父带着父亲和二叔上了前线,大捷回来已经是三年后,等说通了二婶再去找那姑娘时,却得知几年前……那位姑娘家乡闹水患,所有人都以为那姑娘已经死了。谁知道几年前,那姑娘带着男孩儿,找到镇国侯府偏门,眼看着次子和儿媳夫妻和睦,大长公主不想镇国公府因为此事生乱,便瞒着所有人,直接把人送到了自己的庄子上养着。

白卿言听得太阳穴突突直跳。

想到梦中镇国公成了虚爵,二叔的外室子继承了爵位之后,做出那些搜刮民脂、强抢民女、残杀佃户的勾当,将白家祖上积攒下来的名声败坏得一干二净。甚至连白卿言如姐妹般的沈青竹,都被那个混账做成了美人壶,供人赏玩。

白卿言心底翻涌着一阵血气,心头像压了一座山让她喘不上气来,她恨不能立时三刻用刀剐了这个混账!

白卿言不甘心,追问:"确定了是二叔的孩子吗?"

大长公主面色泛白,靠在松软的软枕上,叹了口气:"那孩子,和你二叔小时候几乎一模一样。"

白卿言藏在袖子中的手收紧,指甲嵌入掌心之中,如果他不是二叔的孩子,她怕现在就会让卢平去绝了后患。

但,如果是二叔的子嗣……

白卿言心口揪痛,半晌之后,狠逼着自己下了决心,这才望着大长公主:"那就接回来吧!"

趁着现在孩子年纪还小,或许好好教还能掰过来,就算实在掰不过来……人攥在她的手心里,总比攥在梁王那些人手心里好。

"好,接回来祖母亲自教养!"大长公主用力握了握白卿言的手,"你二婶儿那边儿,也由祖母来说,等你二妹妹回门之后。"

白卿言点了点头,指尖冰凉,强压下心头的恶心厌恶,同长公主说起对白锦桐的打算。

"祖母，孙女深思熟虑后，倒觉得我白家得给自己留一条退路了。狡兔尚且三窟，更何况白家？"

"你说来听听。"

"祖母可还记得，三妹锦桐曾帮我母亲打理中馈，短短半年将铺面收益提了三成，我母亲当时戏言，若三妹妹从商，怕是要成天下首富萧容衍一般的人物。"

大长公主点了点头，她记得因着这句戏言白锦桐真有了从商的念头，镇国公发了大脾气，说白家儿女哪有自甘堕落成商贾之流的。

"祖母，倘若三妹妹愿意，那便给三妹妹身边配上忠心老成的管事，让三妹妹女扮男装施展她所长，暗中积财。"

"暗中积财？阿宝，你这是做的什么打算？你……"大长公主愕然看向白卿言，握着她的手微微颤抖，"你是有了反心？"

白卿言指尖被大长公主攥得生疼，狠狠打了一个寒噤，怔住神。她们祖孙之间的气氛，霎时如被拉满的弓弦，紧绷到极致，稍有不慎一触即发。她怎么能忘了……大长公主是她的祖母，可她更是皇室之女，是大晋国的大长公主，这大晋国是林家的天下。在维护白家之心上，她和祖母最大的区别在于，她为了白家反也在所不惜，可祖母想护住白家，亦想护住大晋国江山。可祖母并不知道今上已对白家不满，皇帝又是如何对白家的。如秦尚志所言，白家落得满门惨死的下场，是这大晋皇帝的意思，如此君上……若真逼她白家满门如梦中那般，她又凭什么不能反？

她闭了闭眼，气息紊乱，如果不是大晋皇帝，白家男儿何以一个不留全部惨死？母亲何以带着众婶婶悬梁自尽？刚刚生产的五婶何以绝望到，带棺自尽于宫门前？！

白卿言每每想起这些就心如刀绞，如蚀骨灼心般鲜血淋漓，痛得浑身发抖。

"阿宝！"大长公主看到白卿言眼底滔天的恨意睁大了眼，一把将白卿言扯到跟前，眸中是凛然骇人的冷冽目光，"你要反？！"

大长公主知道白卿言的能耐，她虽然多年大门不出二门不迈，可当年在白家军中声望极高，倘若她心生了反心，振臂一挥……大晋必乱。大长公主不敢想这样的场面，若是她最疼爱的孙女真的要反……大长公主咬紧了牙，眸底攀满了红血丝，白卿言若真要反，她作为大晋的大长公主决不能坐视，哪怕将白卿言囚禁一生，甚至是……她都绝不能允许动摇林家皇权的事情发生。

白卿言闭了闭眼，死死按住心底滔天的恨意，半晌才幽幽开口："祖母，白家祖训取忠、取义，个人荣辱性命最末，孙女儿万不敢违背祖训！也不敢给白家百年来的忠勇名声抹黑！"

她情绪越发平稳了下来，平和道："三妹妹喜好此道，让她更名换姓、女扮男装远离大都城，将来若白家真有变故，好歹能保全三妹妹！再者三妹妹从商手中宽裕，银钱铺路好歹能为白家打点周转。"

见祖母如炬的目光定定地望着她，似还有不信，她又道："这几日孙女反复思量，若祖父、父亲、叔伯和诸位弟弟不能回来，孙女望祖母允准举家迁回祖籍朔阳。大都城云诡波谲，祖父耿直得罪过不少佞臣，我白家朝中无人，众口铄金，积毁销骨，退回朔阳才能保全我白家。"

听白卿言这么说，大长公主沉默片刻，才松开白卿言，点了点头拨动佛珠。

白卿言说得不错……人言可畏，前些日子捷报频频传来，朝中佞臣明着高歌镇国公战无不胜，弦外之音却暗指镇国公功高盖主不知收敛，这些大长公主不是不知道。

大长公主语重心长道："阿宝，你需得牢记，你是大晋国大长公主的孙女儿，你的体内也流着皇室的血，万万不可生了反心！"

她垂眸看着被大长公主抓得失去血色的指尖，心底抑制不住发胀的倦意和凉意，哑着嗓子应声："孙女记住了。"

瞧见白卿言这副模样，大长公主心头一软，又心疼地抬手轻抚她的脑袋："昨儿个画师将给你们姐妹画的丹青送到了我这里，怎么不见你的？"

"孙女不爱凑这个热闹。"白卿言低声道。

若白家都留不住，留一幅丹青做什么？

同大长公主说了会儿话，她便起身拜别大长公主，刚走到长寿院门口，便听到蒋嬷嬷遣祖母的大丫鬟莲心去唤三姑娘过来。

她立在长寿院门口，看着牌匾出神，难以言喻的酸涩和孤寂蔓延全身。她原以为，祖母会和她一般拼死守护白家，守护他们的亲人，可祖母她是大晋的大长公主，她姓林……大晋是林家的天下！

春桃见白卿言凝视着长寿院的匾额红了眼，以为她是为大长公主的身体担忧，低声劝道："大姑娘，大长公主福泽深厚，过了冬天肯定会康复的。"

白卿言回神，攥紧了手炉颔首："回吧！"

罢了，预知之梦说出来虚无缥缈，祖母信不信还是二话，倘若因此让祖母对她心生戒备，有些事情她做起来就更难了。至少，只要不触及林家的大晋国江山，在护着白家这件事上，祖母和她的立场是一样的。

春桃扶着白卿言刚进院子，就见春妍站在廊下惨白着一张脸焦躁不安地来回走动。

见白卿言进门的春妍立时迎了上来，她绞着手中的帕子行礼，眼眶发红急得不行："大姑娘，梁王今日长安街遇刺，昏迷不醒，危在旦夕！您快请洪大夫去看看梁王殿下啊！洪大夫是院判黄太医的师兄，又盛名在外，一定能救梁王殿下的！"

今日春桃跟着白卿言一起去见过秦尚志，听到春妍这话心忍不住突突直跳。

白卿言一双凌厉的眸子朝春妍看去，她恨不得活撕了梁王，让他就此丧命都是便宜他，还为他请洪大夫……做什么春秋大梦？！

"春妍你莫不是失心疯了！梁王遇刺，自有太医院操心！我们大姑娘请洪大夫去看梁王是个什么说头？！大姑娘还要不要闺誉了？！"春桃厉声训斥。

春妍忙跪了下来，眼泪吧嗒吧嗒往下掉："大姑娘，春妍知错了，春妍也是替大姑娘着急！"

"越说越疯魔！你……"

不等春桃说完，白卿言冷冷地看了春妍一眼："不若我将你连人带身契，一并送往梁王府上可好？！"

春妍大惊失色，睁大眼叩首："奴婢知错，大姑娘息怒啊！"

"春妍，别忘了你是谁的丫头，心思应该放在谁的身上，我容不得身在曹营心在汉的下人！"

说完白卿言抬脚朝内屋走，如果不是留着春妍还有几分用处，她早就叫人将她打发了。

春桃狠狠瞪了春妍一眼，小步追上前替白卿言打帘。

跪在院中的春妍回头看着白卿言的背影，不敢再求情，只一个劲儿地抹眼泪。

她不明白大姑娘怎得如此狠心，梁王殿下对大姑娘那般痴情上心，如今梁王殿下危在旦夕，大姑娘却不闻不问，难道上过战场后真的就是铁石心肠？！

白卿言刚用完午膳，白锦桐突然匆匆来了清辉院，顾不得拍落身上的积雪一头扎进了白卿言房中："长姐！"

白卿言用帕子掩着口，将漱口水吐进痰盂里，瞅着白锦桐双眸发亮藏不住喜悦的模样，心底一暖，只觉能再看到三妹这样鲜活的笑容真好！

她笑着问："可在祖母那里用过膳了？"

白锦桐解开披风，递给身后追着她进来的丫鬟，走至白卿言身边道："你们都先出去吧！"

"春桃，在外面守着……"白卿言侧头对春桃道。

春桃颔首，带着一众丫鬟退出内室。

"长姐！"白锦桐在白卿言身旁的杌子上坐下，激动难耐地握住白卿言的手，"祖母给了我本钱和人手，许我女扮男装从商！祖母不逼我嫁人了！"

大长公主打算接回养在庄子上的孙子，等正月十五带白家姐妹去庆安寺礼佛，届时会以为大晋国祈福为由留在庆安寺，白家三姑娘白锦桐随侍，她也好在寺中好好教导这多年未曾谋面的孙子。

白卿言低头，笑着替白锦桐搓了搓冻得发凉的指尖，又问："祖母告诉你是何因由？"

白锦桐畅快道："祖母说，白家有十七儿郎，将来定是要分府分家的，我有经商之才，托付我为兄长弟弟们挣下一份丰厚的家业！祖母未能实言我看得出，可这又有什么所谓，从商贾之道我所欲也！"

白卿言垂下眸子，想到今日祖母质问她是否有反心时，激动的情绪和不经意间透露的杀气，她眼眶泛红，喉咙发紧几乎透不过气来。

她按捺下心中酸痛，给白锦桐倒了一杯热茶，推至白锦桐面前，抬眼郑重道："今日的话，出我口入你耳，你听了做到心中有数便好……"

有些话，白卿言不能对祖母说，但得告诉白锦桐，她们同为白家儿女，白卿言深信白锦桐如她一般，会拼死护着白家。

白锦桐正色望着白卿言："长姐请说。"

"祖父功高震主，为人磊落耿直不知变通，与朝中常伴君侧的佞臣不睦已久，当今陛下听信谗言，视白家为卧侧猛虎欲除之而后快！祖父南疆处境凶多吉少……"

白锦桐手心一紧，看着眼眶发红滋生深沉杀意的白卿言，胆战心惊："长姐？！"

她喉头翻滚，用力握紧白锦桐的手示意白锦桐听着："命你更名换姓男装行走，是保全你，也是把白家的后路交至你手中！他国富商萧容衍为何会是我大晋国皇子、世家的座上宾？因财能保命……能通天。"

原本只想着施展经商之才的白锦桐，顿时觉得肩上担子千斤重，有些喘不上气。

白卿言嗓音沙哑："我白家簪缨世家，本不缺银钱俗物，缺的是退路。府内有祖母，府外交给你，以你才智能做到何种地步，是你的造化也是我白家造化，长姐望你知晓轻重。"

白锦桐握紧了拳头，再没有刚才冲进清辉院时那般意气风发，顿时沉稳不少，她起身对白卿言福身："长姐放心！锦桐拼尽全力。"

白锦桐怀着沉重的心情从白卿言那里出来，她身边的大丫鬟忙上前给白锦桐披上披风，她反应迟钝地低头看了眼脚下。

长姐个性沉稳谨慎，绝不会无的放矢……

白锦桐站在清辉院外，望着雕梁画栋的镇国公府，竟出了一身的冷汗。大约是白府在大都城盛名如花团锦簇，让她甚至白府众人都迷了眼，如果不是长姐点出，她从未细想镇国公府恐怕已让陛下忌惮。

春桃送走白锦桐，打了帘正要进屋，就瞅见门口两个小丫头不知从哪儿翻出早就被管事嬷嬷收起来的沙袋。

春桃眉头一紧，回头看了眼主屋，拎着裙摆快步从台阶上走下来，压低了声音问："怎么把这个东西翻出来了？"

自从白卿言受伤之后，董氏怕白卿言看到这些东西伤心，便让清辉院的管事嬷嬷佟嬷嬷将这些东西收了起来。

"把什么东西翻出来了？"

董氏在秦嬷嬷搀扶下，踏入清辉院大门。

"夫人！"春桃忙福身行礼。

董氏五官生得极为美丽精致，气度华贵，通身当家主母不怒自威的雍容气派。

两个小丫头被吓了一跳，忙福身道："回夫人，大姑娘吩咐我们，让把大姑娘小时候练武用的沙袋拿出来。"

董氏蹙眉，二话没说朝主屋走去。

春桃忙快步上前给董氏打帘。

董氏进门见白卿言正靠在迎春枕上，解开披风，从丫头手中接过食盒朝白卿言走去："阿宝可是累了？！"

刚才和白锦桐说了那么多话，她整个人疲惫不已。

尤其是想到祖母为维护大晋皇室的态度，白卿言心里更是绞痛难当，以白卿言对祖母的了解……她当时若真说出一个反字，怕是要当场被祖母送进家庙拘住，永不见天日。

抬头看到母亲，白卿言难耐心中翻涌的情绪，险些压不住哭出来，恨不能一头扑进母亲的怀里。

她忍住心口火辣辣的难受，忙笑着起身去迎："这么大的雪，阿娘怎么来了？"

扶着董氏在软榻上坐下，她就立在母亲身旁，拉着母亲的手不肯松开，红了眼眶："二妹妹出嫁，阿娘操劳了这么久，怎么不好好休息休息？"

"这一阵子忙，娘都抽不出时间过来陪阿宝！"董氏抬手轻抚着女儿的一头黑发，"来，坐下！这是娘给你炖的乌鸡汤！"

她点头在小桌几另一侧坐下，看着董氏亲自打开食盒取了汤盅放在她面前，她用小勺舀了一小口尝了尝，极长的睫毛低垂着，遮掩眼底通红。

真好，阿娘还在！

白卿言鼻子一酸，眼泪掉进汤里，忙将头垂得更低，生怕阿娘发现。

"怎么让院里的小丫头，把沙袋翻出来了？"董氏低声问。

白卿言埋着头不敢抬起来，喝了口汤说："我这身子一直不见好，也是这两年在床上躺多了的缘故，想动一动……"

"想动一动是好，可这冬日严寒，还是再缓缓！等春暖花开再动动也不迟！"董氏劝道。

女儿小时候被国公爷当做男儿一般教养，每日捆着沙袋打军拳，蹲马步，吃的苦多不胜数。

当初白卿言身体康健，董氏尚且心疼得不行，更别说现在白卿言身子还不好，董氏怎么能忍心让她将小时候吃过的苦，再吃一遍？

她心头暖洋洋的，眯眼笑着抬头："阿娘，女儿心中有数，不会让自己累着的，再说屋内腕缠沙袋练字怎么会受寒？"

"那也太辛苦了些！娘怕你身子受不住……"

她望着董氏的眼底都是笑意，装作被烫呛到一阵猛咳，咳得眼泪大滴大滴地往下掉，心里难受得受不住。

"快给你们姑娘端杯水来！"董氏忙起身走到白卿言身后，给她顺气，"这么大个人了，怎么喝个汤还呛到！"

不想母亲担心，她仰头接过春桃递来的帕子擦去眼泪，笑道："阿娘，我是受过伤武功废了，可您不能把我当成病秧子娇养，我是镇国公府嫡长女，总得给弟妹做表率。"

董氏抽出帕子给白卿言擦了擦嘴，叹气："满大都城……也就咱们镇国公府的女儿家最辛苦！"

"有阿娘给女儿炖汤，女儿才不苦呢！"她握住董氏的手，将自己脸放至董氏手心中蹭了蹭，尽显亲昵，舍不得放开。

白卿言从小在大长公主和镇国公膝下教养，养得端庄老成，哪怕是年幼时都很少这样和董氏撒娇。

今日女儿突然一副亲昵撒娇的娇憨态，反倒让董氏红了眼，她低笑一声用手指点了下白卿言的脑袋："怎的越大越回去了，还向阿娘撒娇！"

"阿娘，女儿再大也是阿娘的女儿啊……"白卿言亲亲热热说着，心底已经成了一汪酸水。

此生，她绝不会让阿娘走到自尽那一步，粉身碎骨在所不惜！

满屋子的丫头嬷嬷也都是头一次见白卿言撒娇的模样，都用帕子掩着唇直笑。

"我还不知道你，定是想让我允准你胡闹！"董氏甩了下帕子，在小几另一侧坐下，又将汤往白卿言面前推了推，"罢了罢了，你想要练就练吧！切记适可而止，不可勉强！"

白卿言乖巧点头："阿宝知道。"

董氏见没看到白卿言房里的管事的佟嬷嬷，问："佟嬷嬷还没回来？"

"佟嬷嬷儿子这次伤得重，我用午膳前让春妍拿了银子去佟嬷嬷家，转告佟嬷嬷等她儿子康复了再回来当差。"

都是做母亲的，董氏点了点头，又道："你这屋里没有管事嬷嬷不行，在佟嬷嬷回来之前不如……"

"阿娘，佟嬷嬷虽然不在，可春桃沉稳老练十分当用，趁着这个机会我也想春桃多多历练，您就不要操心女儿房里的事了！"

春桃听到白卿言这话受宠若惊，忙福身行礼："大姑娘信任，奴婢定不辜负大姑娘。"

董氏点了点头："春桃是稳重。"

"夫人谬赞，奴婢惶恐。"春桃越发恭谨。

董氏回头看着唇角带笑的白卿言，想起今日白锦绣出嫁的盛况，自己的女儿却嫁期遥遥，心头难耐酸楚，怕被女儿看出什么跟着自己伤心，董氏略坐了坐便先行离开。

第二日一大早鸡鸣时分，洒扫的粗使婆子打着哈欠手端木盆从房内出来，就见白卿言正在院中扎马步，吓得哈欠都收了回去，忙福身行礼："大姑娘！"

"该干什么就去干什么，管好你的嘴。"春桃吩咐道。

白卿言穿着单薄的练功服，汗珠子顺着下巴滴答滴答地跌落，头上和身上都冒着热气。

春桃一脸担忧立在旁边又不敢多言，只能不断绞着手中帕子，频频往滴漏处望，盼着时辰过得快一些。

白卿言汗如出浆，衣裳湿了一半，她已经扎了半个时辰的马步了，这还没有上沙袋，她仿佛已经到了极限。如今，想重新把废掉的武功找回来，就必须将小时候吃过的苦再吃一遍，不论再难，都必须坚持！梦中，为能重新披甲上阵，她吃过更多的苦，几次险些丧命，都凭着一腔恨意撑了过来。如今，她在意的亲人还都在，就是让她承受比梦中沉重千倍万倍的苦，她也撑得住，也必须撑住，决不能在白家危难临头之际，只能当一个废人，看着满门皆亡才破釜沉舟地拼回一身武艺。上天怜她让她预见白家来日，可不是让她碌碌无为任由白家再次倾塌的。

白卿言心口憋着一股劲儿，提着一口气，凭借意志力坚持不懈。

一个时辰一到，春桃忙小跑至白卿言面前扶住她："大姑娘，一个时辰到了！"

白卿言整个人都湿透了，腿软如泥，刚站起身，险些一个趔趄摔倒。

"大姑娘小心！"春桃心疼得眼眶子都红了。

"让人备水！"白卿言哑着嗓子吩咐。

"是……"春桃应声。

今日是白锦绣回门的日子，二夫人刘氏早早就起来张罗女儿回府的事情，这会儿人虽坐在大长公主房中，心却早已飞到了府门外，一直伸长脖子眼巴巴地往外看，等下人通禀女儿和女婿已到。

"怎么这个时辰了还没回来？"二夫人刘氏放下手中茶水，转头遣了身边的大丫鬟青书去前头迎一迎。

大着肚子的五夫人齐氏，忍不住用帕子掩着唇笑道："嫂嫂也太心急了，这二姐儿和新姑爷正是新婚燕尔，难免起得晚，咱们都是过来人，您也理解一二。"

"你看看五弟妹，在母亲这里也敢乱说话！"三夫人李氏打趣道。

董氏坐在大长公主下首，笑盈盈不说话，只垂眸抚着自己腕间的玉镯子，心里略有些不是滋味，毕竟这本是自己女儿的姻缘。

白家几个姑娘也都坐在杌子上，热热闹闹地说着话。

白卿言看着满屋子的热闹，心中又暖又高兴。

很快，二夫人刘氏身边的青书匆匆踏进长寿院院门，身后跟着忠勇侯府的吴嬷嬷。

吴嬷嬷是忠勇侯府侯夫人身边最得脸的嬷嬷，她一看到站在廊下的蒋嬷嬷，连忙快步走到吴嬷嬷面前，福身："老姐姐……"

"今儿个吴嬷嬷怎么来了？我们二姐儿和姑爷可是起晚了？"蒋嬷嬷客客气气拉起吴嬷嬷，笑着问。

吴嬷嬷脸色越发不好，她尴尬道："我们大奶奶昨儿个和我们府上两位姑娘嬉戏时滑了一跤，跌进了湖里呛了水，本也不打紧，今儿个早上不知道怎的，突然烧了起来！这不今天就回不来了……"

蒋嬷嬷心底一惊，忙道："吴嬷嬷稍候，容我进去禀了大长公主。"

屋内，二夫人刘氏乍一听了消息，惊得站起身来："什么？！这秦家是怎么回事儿？！锦绣昨天跌进湖里，今天才来人和我们说，是欺负我们国公爷和锦绣他爹不在，还是怎么的？"

白卿言握着茶杯的手发紧，抬眸透过隔扇看着外面绞紧手帕的吴嬷嬷，顿时咬紧牙怒火中烧。梦中，吏部尚书的嫡次女嫁入忠勇侯府，回门那日也没能回去，听说便是和姑子嬉戏滑了一跤，跌进湖里。她想起吏部尚书嫡次女，最后不到三十郁郁而终的下场，用力握紧茶杯，面色略白。难道，白锦绣嫁入忠勇侯府，也躲不过这个命运？

白卿言端着茶杯的手酸软发抖，不知是因为这几天练得太狠，还是因为太过生气。

"二婶莫慌！"她沉住气，放下手中茶杯，起身道，"祖母，让二婶带了洪大夫去忠勇侯府看一看二妹妹吧！"

"可这……刚成亲，咱们娘家带着大夫去婆家，忠勇侯府会不会觉得我们镇国公府太过嚣张，有怨言？"四夫人王氏性子一向和软，小心翼翼问道。

"二妹妹一身的武艺，水性又好！说嬉戏滑了一跤跌进湖里被水呛了，可信吗？其中必有内情。"白卿言声音往上提，难掩怒火，"祖母，您和母亲一位是当朝大长公主，一位有诰命在身，的确不适合带着洪大夫去！可二婶爱女心切……就不足为奇了。"

"我也去！"四姑娘白锦稚站起身，对大长公主行礼，"祖母，我担心二姐姐！我也去！"

"祖母，我也要去！"三姑娘白锦桐亦是站起身来。

"我也去！我也去！"

屋内几个姑娘都嚷嚷着要去看看白锦绣。

"母亲！"二夫人眼眶子都红了，"求母亲让我去吧！我担心锦绣！"

大长公主绷着一张脸，拨弄着手中的檀木佛珠，她二儿媳妇个性冲动，几个孩子年纪太小沉不住气，这事儿摆明有内情，怕是白锦绣受了什么委屈，人多去些……也好叫忠勇侯府知道，他们镇国公府不是好欺负的。

她看向白卿言，半晌后开口："老二媳妇儿，你带着咱们家几个姑娘一起去看看锦绣。阿宝……你跟着去弄清楚到底怎么回事儿，咱们镇国公府的姑娘，可不是嫁到他忠勇侯府受委屈去的！蒋嬷嬷你跟着老二媳妇儿。"

蒋嬷嬷福身称是。

二夫人刘氏感激不已地对大长公主行礼，蒋嬷嬷一定程度上就代表着大长公主，有蒋嬷嬷陪同……也好让忠勇侯府知道大长公主看重白锦绣。

董氏一听要让自己女儿去，忙道："母亲，阿宝的身子……"

"阿娘，女儿不要紧的，您不让我去看看二妹妹我也不放心！"白卿言安抚董氏。

她此时心如油煎一般，不去看看，她怎么知道白锦绣怎么样了，怎么知道白锦绣还能不能留在忠勇侯府。家里白卿言是嫡长女，在白家没有孩子时，二夫人刘氏也很疼宠白卿言，自是知道白卿言性子沉稳心思细腻。有白卿言跟着……到时候白锦绣不好和她这个做娘说的话，肯定会和白卿言说。

董氏尽管一万个不愿意，还是让身边的秦嬷嬷去打点车马，又叮嘱秦嬷嬷派个得力的人看护白卿言。

忠勇侯府来的吴嬷嬷一听说，二夫人刘氏要带着大夫和镇国公府的姑娘们过府去看白锦绣，一下慌了神，忙说自己回去禀报一下好让他们侯夫人有个准备，就匆匆坐着马车离开。

董氏随白卿言回清辉院，挑了一件风毛极为密实的大氅给白卿言系好，送白卿言出门："阿娘不想让你去忠勇侯府，你偏要去！去了别掐尖要强……不然传出去，别人该说你心量狭窄，见不得二妹妹嫁于忠勇侯世子，知道吗？"

"阿娘，你放心！女儿心中有数！"

镇国公府角门口，几辆宽敞奢华的马车缓缓动了起来，朝忠勇侯府的方向而去。

忠勇侯府。

二夫人刘氏看到躺在床上面无人色的女儿，腿一软差点儿晕过去，坐在床边拉着女儿的手唤着女儿的名字："锦绣！锦绣……娘来了！你睁开眼看看娘！"

二夫人刘氏身边的管事嬷嬷罗嬷嬷扶住刘氏，红着眼道："二夫人，先让洪大夫看看二姐儿。"

白卿言看到白锦绣只有出气没有进气的模样，藏在袖中的手收紧气得发抖，不可遏制的怒火在血液里燃烧沸腾着，恨不能挥刀砍了忠勇侯夫人这人面兽心的毒妇。

她眸色沉沉地朝内室外走了几步，掩唇在四姑娘白锦稚耳边说了一句。

白锦稚通红的眼睛一亮，握着自己腰后的长鞭，点头冲了出去。

"你也去看看，别让四姑娘吃了亏！"她侧身吩咐春妍。

"长姐？！"三姑娘白锦桐上前疑惑望着白卿言，"你和小四说了什么？她干什么去了？"

白卿言攥紧了手炉，声音凉薄又冷戾："不是说二妹和小姑子玩闹么？既然二妹的小姑子这么喜欢玩闹，我们小四爱玩儿的名声在外，不去找她们玩闹玩闹……都对不起这个名声！"

五姑娘和六姑娘围在床前，眼泪巴巴望着白锦绣。

"洪大夫，怎么样？"二夫人刘氏拧着手中帕子，担忧得不行。

"受了寒，高烧不退……这头部是不是也受了什么撞击？"洪大夫挽起袖子，正要在白锦绣头上查看。

忠勇侯夫人身边的吴嬷嬷扯着嗓子嚷了起来："我们大奶奶千尊万贵的，怎么能让你这个乡野大夫触碰？！"

白卿言凌厉的视线朝吴嬷嬷望去。

二夫人刘氏也是个泼辣的，不等身边的管事嬷嬷罗嬷嬷动手，竟亲自将吴嬷嬷一把推开："我的女儿好好地嫁入你们忠勇侯府，现在躺在这里昏迷不醒！你是个什么东西，敢拦着洪大夫给我女儿看诊？！不入流的腌臜玩意儿……"

不等二夫人刘氏再说出什么难听的话来，白锦桐已斜眼睨着吴嬷嬷开口："我们镇国公府的座上宾，到了忠勇侯府就成了乡野大夫？忠勇侯府好大的口气！"

蒋嬷嬷察觉有异，不动声色看向神色紧张的吴嬷嬷。

吴嬷嬷畏畏缩缩立在一旁，偷偷瞄着脸色凝重的蒋嬷嬷，心往下一沉，忙赔着笑脸说："昨儿个大奶奶落水，我们夫人拿名帖请了太医过来给大奶奶瞧过了，二夫人三姑娘误会了。"

"你们世子呢？！"二夫人刘氏见女儿成这样也不见女婿，立时大发雷霆。

"今儿个大奶奶无法回门，世子便去繁星楼参加诗会，会友去了。"吴嬷嬷有意挑唆，故意道。

"这……是不是得让人把世子爷请回来！"罗嬷嬷看向蒋嬷嬷，毕竟蒋嬷嬷是代表长公主来的。

白卿言知道秦朗这位继母不是好相与的，怕是想要挑唆得镇国公府对秦朗不满，故意把秦朗支走的。

她压着怒意说："三妹，命我们镇国公府的仆从，去繁星楼请秦世子回来。"

"这可怎么行？我们世子爷参加诗会，那可是男儿应该做的大事……怎好因为这种小事请世子爷回来！"吴嬷嬷回到自家地盘，到底是要比在镇国公府时嚣张些。

白卿言一双冰冷入骨的幽深眸子，直视吴嬷嬷这个刁婆子，厉声问："这是你的意思，还是你们侯夫人的意思？"

心思被挑破，吴嬷嬷被白卿言看得心里发虚，缩在那里不吭声，想到这位白家大姑娘曾经随国公爷去战场，手刃敌军将领头颅，她心就慌得厉害。

每一次被这白家大姑娘看一眼，吴嬷嬷就觉得心里直突突。

"我这就去！"白锦桐深深看了那位吴嬷嬷一眼，拎着裙摆出门。

白卿言在软榻上坐下，手中握着暖炉望着吴嬷嬷，又问："我二妹妹的陪嫁丫头，怎么到现在一个都不见？"

吴嬷嬷一个激灵，心叫不好。

刚才因为忧心女儿又忙又乱的，二夫人刘氏没顾得上，这会儿才发现，白锦绣的陪嫁丫头一个都不见了。

刘氏怒气冲冲指着吴嬷嬷："我女儿的陪嫁丫头呢？！说话！"

"回二夫人、大姑娘的话，大奶奶落水都是因为丫头们伺候不周，我们侯府规矩严，不比国公府那么宽厚，主子出了问题都是奴才伺候得不好，所以我们侯夫人做主，全都给提脚发卖了！"吴嬷嬷垂着眼，心虚道。

白卿言简直要被气笑了，胸口起伏剧烈，差点儿捏碎手中的手炉，真是好一个规矩严！

"侯夫人这真是好大的做派！手都伸到儿媳妇儿的嫁妆里了！我女儿的陪嫁丫头，身契都是我女儿的陪嫁，你们夫人倒好，趁着我女儿昏迷，竟然敢把人给发卖了！"二夫人刘氏气得心口疼，也不知道女儿嫁的这是个什么魔鬼窟。

动了儿媳妇的嫁妆，这名声传出去可不是好听的，吴嬷嬷当下就慌了，忙道："这是得到大奶奶允准的！"

二夫人刘氏心里更堵了："你这是打量着我女儿没醒来，蒙我是不是？！"

二夫人刘氏话音前脚刚落，后脚一个丫鬟就跌跌撞撞跑了进来，发髻也散了，脸上还有一道鞭痕。

"不好了！不好了！白家四姑娘疯了……她要打死我们二位姑娘和我们夫人！"

吴嬷嬷一听睁大了眼，匆匆拎着裙子往外跑，刚踏出门又忙折返回来，对二夫人刘氏福身行礼："二夫人、蒋嬷嬷您二位可得管管啊！白家四姑娘是魔障了不成？敢在我们忠勇侯府打人？！"

双手交叠立在那里的蒋嬷嬷，闻言看向神色镇定自若的白卿言。

四目相对，白卿言望着蒋嬷嬷的目光澄澈，蒋嬷嬷当下就明白白卿言这是故意要将事情闹大，略略对白卿言颔首。

二夫人刘氏冷笑一声："我女儿躺在这里生死未明，我管你们二姑娘和夫人死活！"

吴嬷嬷瞅着二夫人刘氏的反应，愣住，这白家人简直……简直不讲理，她只能求救一般望着蒋嬷嬷："蒋嬷嬷？！蒋嬷嬷您说句话啊！"

蒋嬷嬷看着床上面无人色的白锦绣，亦是心疼不已："老奴全凭二夫人吩咐。"

来时长公主交代过蒋嬷嬷，什么都大不过自家孙女儿的性命。

白卿言记得梦中，吏部尚书夫人为了女儿的处境着想，大事化小忍气吞声，却为后来埋下了隐患。此生对她而言，什么都不如白锦绣性命要紧，事情闹大了才好让忠勇侯府有所忌惮。

白卿言心中已有章程。俗话说不破不立，但愿秦朗别让她失望，能借着这次真正地立起来。如果秦朗真的扶不上墙立不起来，即便是大都城有爵位的清贵人家从无和离先例，她也要在南疆消息还没有传回来……镇国公府的威势还在时，强压着秦朗和离。和离，总好过让白锦绣和吏部尚书嫡次女一般，被磋磨一生。

洪大夫也已经帮白锦绣看完诊，他摸着山羊须看了白卿言一眼，见白卿言微微对他颔首，他垂眸道："二姑娘这是头部先受到了撞击，又跌入水中！寒水入肺，又高烧不退，怕是……"

二夫人刘氏腿一软，若不是身旁的青书扶住怕是要瘫倒在地。

白卿言沉着脸上前对二夫人刘氏行了礼，道："二妹妹危在旦夕，您是要留在这里照顾二妹妹，直到二妹妹康复，还是要接二妹妹回国公府医治，二婶得您来拿主意！"

吴嬷嬷眼睛瞪圆了，出嫁女没有夫家同意就擅自离家是万万不能的！这要是让白家二夫人把白锦绣带走，两家怕是断交了。

"二夫人不可！大奶奶才嫁进忠勇侯府您就把人抬回去，这让人怎么看忠勇侯府？旁人不知道还以为两家要断交啊！就算是大长公主她老人家也断不会答应，是不是蒋嬷嬷？！"

"我女儿才嫁进忠勇侯府就命在旦夕！我管别人怎么看你忠勇侯府！"二夫人刘氏用力攥着胸口衣裳，转头望着蒋嬷嬷，"嬷嬷！烦请您去回去告诉母亲一声……锦绣被人砸了头推进湖里，身边一众丫鬟全都被人发卖一个不留！身边连个伺候的人都没有，我必须将锦绣接回府中照料！母亲要是不同意……我就把锦绣接回我娘家！"

蒋嬷嬷颔首，对二夫人刘氏行礼："老奴这就回去禀告大长公主，二夫人宽心，大长公主一向心疼二姑娘，断断没有为了什么交情，不顾孙女儿性命的道理！"

吴嬷嬷听到这话跟天塌了一般，差点儿跪下。她没想到这二夫人刘氏为了护着女儿，竟不顾两府颜面，不顾白锦绣以后在他们忠勇侯府的前程。

"青书，你手脚麻利，陪蒋嬷嬷一起回去！"

说完，二夫人刘氏就凑到床边，握着女儿的手忍不住哭了起来。

青书得了二夫人刘氏的吩咐，立刻应声，扶着蒋嬷嬷就疾步往外走。

"蒋嬷嬷！蒋嬷嬷不可啊！"吴嬷嬷追着喊道。

蒋嬷嬷充耳不闻。

吴嬷嬷没有拦住蒋嬷嬷，忙给二夫人刘氏跪了下来："二夫人！万万不可闹到大长公主那里去啊！"

二夫人刘氏此时握着女儿的手，看着面色惨白怎么都叫不醒的女儿，已然哭得什么都顾不得了。

春妍一路小跑进来，掩着唇在白卿言耳边道："忠勇侯府护院往后宅去了！大姑娘……要是四姑娘吃亏了怎么办？"

"锦昭、锦华，你们在这里陪着二婶儿。"白卿言带着满身肃杀，立在原地，任春桃给她披上白狐大氅。

她看了眼守在白锦绣床前直哭的二夫人刘氏，慢条斯理道："我过去看看，四妹冲动……别没轻重伤了侯夫人。"

眼看着没法拦蒋嬷嬷，吴嬷嬷也得赶紧去给侯夫人报信，她眼睛一转，连忙从地上爬了起来："老奴给大姑娘带路！老奴给大姑娘带路！"

春桃扶着白卿言出了新房，疾步朝侯夫人的院子走去，吴嬷嬷一路想要往白卿言的身边凑，都被春妍不客气地用帕子甩开。

吴嬷嬷知道白卿言是被大长公主教养长大的，在大长公主面前说话极有分量，便一路小心翼翼地对白卿言哭丧着脸，道："白大姑娘，其实这事儿真不能怪我们府上二位姑娘，本来我们世子是和您定的亲，可是后来嫁进来的却是大奶奶，我们二姑娘这才和大奶奶拌了几句嘴。"

白卿言脚下步子一顿，侧头朝吴嬷嬷看去，似笑非笑……难怪梦中吏部尚书嫡次女愤懑离世之后，尚书夫人能用雷霆手段收拾了蒋氏，连忠勇侯府主母蒋氏身边的贴身嬷嬷，都是这般成事不足败事有余的东西，忠勇侯败落之象已显。

"你这个刁婆子再胡说八道，信不信我撕了你嘴！你这是想把你们府上二位姑娘做下的好事，算在我们大姑娘头上吗？！"春妍一下就恼了。

"春妍，把人捆了交给二夫人！转告二夫人这位嬷嬷刚才的话……忠勇侯府的二位姑娘，是和咱们二姑娘拌了嘴动手伤人的！"白卿言睨了眼吴嬷嬷继续朝前走，"这可是忠勇侯府侯夫人贴身嬷嬷……亲口说的，将来若是见官，这位嬷嬷可是人证。"

被按住的吴嬷嬷听到"见官"两个字，脸色一变，腿软如泥当下就跪了下来："白大姑娘！老奴可是忠勇侯府身边的嬷嬷，您不能捆我！老奴也没说我们二姑娘动手伤人啊！这要是损了我们二姑娘的名声，老奴就是舍了这条命也赔不起啊！"

白卿言置若罔闻。

一行人还没靠近，白卿言就听到婢女们哭天喊地的声音，一行护院在一位蓬头乱发的嬷嬷带领下，急匆匆往侯夫人的院内跑。

白卿言握紧了春桃扶着她的手，春桃会意脚下步子更快了些。

"把伤了我二姐的那两个小蹄子，给我交出来！"

白锦稚手握一条长鞭在院子里挥得啪啪直响，满地的枯枝残雪……

丫鬟仆妇们身上多多少少都有被白锦稚抽出来的血痕，仆妇们忌惮白锦稚的身份不能还手，只能瑟瑟发抖地大声求白四姑娘抬手饶命。

忠勇侯府带头的那位年轻护院三步并作两步，一把抓住白锦稚抽来的鞭子，一张冷厉的脸绷着，直视白锦稚。

"请白四小姐适可而止，这是忠勇侯府不是你们镇国公府！容不得白四小姐这般放肆！"

白锦稚咬紧了后槽牙，发力想抽回鞭子，却发现拼尽全力都无法抽回分毫。头一次在旁人手上吃亏的白锦稚睁大了眼，咬紧牙关脚下扎稳，竟还是抽不回鞭子。

"小四……"

白卿言唤了白锦稚一声，那护院这才松开白锦稚手中的鞭子。

白锦稚收鞭，深深看了护院一眼，朝白卿言方向走来："长姐……"

年轻护院看着白卿言和白锦稚，在一群丫鬟仆妇的簇拥下，沿廊下朝主屋方向走去，转头对身后的护院道："在这里守着，以防那位白四小姐再伤人。"

房内，侯夫人蒋氏抱着自己两个女儿，缩成一团瑟瑟发抖。直到听到外面丫鬟仆妇冷静下来叠声称呼"白大姑娘"，这才放松下来整理衣容。

等丫鬟进门禀报白大姑娘过来时，侯夫人蒋氏已经端着架子坐好，两位侯府小姐发髻散乱，也都抽抽搭搭地用帕子抹眼泪。

"请白大小姐进来。"侯夫人蒋氏拿过手炉捧在手中，眼底划过一抹幽沉。

镇国公府从大晋国建国开始，在大都城猖狂太多年了，以至于一个小小的白府四姑娘，都敢在他们忠勇侯府挥鞭！不过风水轮流转，半个月前蒋氏从忠勇侯那里听说了一桩秘闻，她知晓……很快百年簪缨世家镇国公府，就要随镇国公一起覆灭了，将来这大都世家之首，就是他们忠勇侯府的。就算他秦朗娶了镇国公府的女儿又如何？将来镇国公府覆灭白家的女儿还不是会成为秦朗的拖累？这世子之位迟早是她儿子的。

见白卿言进屋行礼，侯夫人蒋氏心中已没有了对白家的忌惮，提起自己的气派开口："白大姑娘倒是懂礼，白秦两家是姻亲，本夫人托大也算得上是你们的长辈，今日便说上一两句。即便是姑娘家有什么龃龉，也断断没有一个晚辈当着长辈面挥鞭的，怎的白四姑娘竟被教养得如此放肆？这番作为和市井泼妇有何区别？"

一想到两个女儿身上的鞭痕，蒋氏心就难受得恨不得让人给白锦稚两个耳光。

"你女儿伤了我二姐，将我二姐推进湖中如今生死不明！你忠勇侯府可真是谋人性命的好教养！"白锦稚丝毫不怵蒋氏的主母威仪。

大都城镇国公府四姑娘白锦稚，最是侠义心肠，曾向纵马驰街撞伤老人家的纨绔挥鞭，今日为了替白锦绣讨公道更是不吝惜名声。

可白锦稚不在意，白卿言在意。今日要是让蒋氏把这些话扣在白锦稚的头上，白锦稚的名声怕是要蒙上污迹。

不等蒋氏再开口白卿言已经直起身，一双清冽冷肃的眸子望着蒋氏，质问："侯夫人既如此懂礼知礼，以长辈自居，指点我镇国公府家教，怎的将侯府二位姑娘教养得如此恶毒？做小姑子的谋害亲嫂性命，这番作为与禽兽何异？！"

"你！"蒋氏原本是为撒气，结果却一口气堵在嗓子眼儿，她手扣紧了炕几边缘，眼神越发不善起来，强忍着怒火，"我们姐儿不过是和嫂嫂玩闹罢了，谋害亲嫂这样的罪名，白大姑娘可别空口白牙，往我忠勇侯府姑娘头上扣。"

白锦稚正要发火，却被白卿言按住，她眸色沉了下来，强压着活剐了蒋氏的念头，可眸中杀意已露。

蒋氏被白卿言看得有些惧怕，不自在地理了理自己的领口。

白卿言冷笑勾唇，慢条斯理开口："我二妹妹头上那么大个血窟窿，如今生死未卜，侯夫人便说是姑嫂玩闹！如今忠勇侯府两位姑娘不过破了层油皮，侯夫人就将无礼数、无教养、市井泼妇这样的帽子往我四妹妹头上扣，侯夫人这是打量着我等年纪小好欺负？！不如……我着人请了我祖母大长公主来可好？"

提到白家的老祖宗大长公主，蒋氏意识到自己失了气度，白家就算满门男儿尽灭，还有一位当朝大长公主在。

蒋氏压住情绪，用帕子按了按唇角，压不住火挤对白卿言："白大姑娘真是口齿伶俐，可口舌易生是非，白大姑娘今年已有十九，却迟迟不见媒人上门说亲，白大姑娘本就子嗣艰难，若爱逗口舌之利的名声要再传出去了，谁家还敢求娶白大姑娘？白大姑娘，我这番话可都是为了你好！"

名声这样的东西，白卿言早就不在意了，白锦稚却气得脸色通红："你……"

只听白卿言声线冰凉，不急不恼道："侯夫人还是留着这番好……为您的两女一子多想想！我二妹妹嫁入忠勇侯府不过三天，先有侯府两位姑娘谋害性命，后有侯夫人插手我二妹妹嫁妆。传出去……不知谁家敢娶秦家女，谁人敢嫁秦家郎？！"

蒋氏一身冷汗，她生了两个女儿才得了一个儿子，看得和眼珠子似的。她为了维护两个女儿，听了吴嬷嬷的法子将白锦绣身边的丫头发卖，可她情急之下忘了，那些丫头都是白锦绣的陪嫁。这要是真的计较起来，以后她儿子娶亲怕是艰难。

"忘了同侯夫人说一声，您身边的吴嬷嬷，亲口说府上二姑娘同我二妹妹发生口角动手伤人，我已经着人捆了把人送到我二婶那里，蒋嬷嬷也已经回镇国公府请示祖母，侯夫人好自为之。"

说完，白卿言对蒋氏行了一礼，带着白锦稚朝屋外走去。

"母亲！"伤了人的大姑娘抖如筛糠，惊慌失措地问忠勇侯夫人蒋氏，"这可怎么办啊？"

"娘！"二姑娘吓得哭出声来。

虽说是二姑娘同白锦绣发生了口角，可白锦绣头上那一下是被大姑娘砸的，二姑娘又把人推下了水。

蒋氏知道还得再忍一忍，如今的镇国公府白家还是大都城最有权势的世家，想要息事宁人，她还得忍气吞声伏低做小："快去请侯爷！"

可不等蒋氏赶过去伏低做小，白家二夫人已经命人抬白锦绣出忠勇侯府，蒋嬷嬷更是带来了长公主的车驾，声势浩大接白锦绣回府。

蒋氏一听心突突直跳，她真想不到这二夫人刘氏竟如此不顾白锦绣日后处境，拿出撕破脸的架势，名声都不要了。

那日镇国公府二姑娘十里红妆出嫁，忠勇侯府世子风度翩翩，门当户对的才子佳人，至今日还让人津津乐道，没承想今日回门，竟听说白家二姑娘命悬一线。

忠勇侯府外早就围满了看热闹的百姓，议论纷纷。

忠勇侯夫人蒋氏在丫鬟婆子簇拥下，急匆匆追了出来，当着众人的面拿出伏低的态度，含泪哭道："二夫人！二夫人……这大雪天的把锦绣挪回镇国公府，只怕对锦绣病情无益。刚刚四姑娘也用鞭子狠狠抽了我那两个女儿，她们也知道错了……以后再也不敢和嫂嫂在湖边嬉戏了！要是我还有照顾不周的地方，二夫人尽可指出！万万不可这般啊！"

已经上马车的白卿言握着手炉，挑开马车窗帘瞅着一副柔弱做派的蒋氏，不由冷笑。

话说得如此漂亮，看似服软，暗里指责他们镇国公府太过霸道，姑嫂嬉戏失足跌进湖里，镇国公府四姑娘不分青红皂白，在忠勇侯府对他们府上二位姑娘挥鞭不说，还得理不饶人……大雪天强行将有伤在身的出嫁女，抬回镇国公府。

"她满口喷粪！"

四姑娘白锦稚按住腰间的马鞭就要下马车，被同车的三姑娘白锦桐按住。

"别说忠勇侯夫人是有品阶在身的诰命夫人，你若是冲动在忠勇侯府对忠勇侯夫人挥鞭，正中她下怀不说，你的名声就完了！"白锦桐拍了拍白锦稚的手，道，"你好好在车上坐着，我去长姐马车上和长姐商议！"

正要上马车的二夫人刘氏，激动颤抖的声音带着哭腔，愤怒道："我女儿才嫁入你们侯府三天！已经连命都快没了！我还怎么敢再让女儿留在你们这虎狼窝一般的忠勇侯府？"

忠勇侯秦德昭还未走到门口就听到妻子伏低做小的致歉，又见二夫人刘氏如此咄咄逼人，把他们侯府说成魔窟一般，不由怒火中烧，撩起长衫下摆跨出府门。

"二夫人，莫非是忘了白锦绣已嫁入我侯府？！"秦德昭负手而立，绷着张炭黑的脸，看起来十分唬人。

蒋嬷嬷怕刘氏冲动说出什么话让旁人拿捏住话柄，上前一步行礼还未开口，就听白卿言清冽的声线传来……

"侯夫人一张利口能将黑说成白……将杀人夺命说成玩闹嬉戏！我们逼不得已大雪天挪二妹妹回府，侯夫人上下嘴皮子碰了碰，倒成了蛮横霸道！着实是让人大开眼界。"

白锦桐见春桃打帘扶白卿言下了马车，便立在马车旁静静看着。

忠勇侯秦德昭藏在背后的拳头握紧，深沉的目光望向步伐沉稳的白卿言："白大姑娘慎言。"

蒋嬷嬷忙上前扶住白卿言，将人护在身边。

二夫人刘氏通红着一双眼，情绪激愤道："忠勇侯，你的两个女儿可真是厉害了！将我女儿的头砸出那么大个血窟窿，寒冬腊月又把人推入水中！这是多大的怨愤，竟如禽兽般对我女儿下此死手？！"

秦德昭转头看向蒋氏，蒋氏一脸惨白忙摇头，秦德昭又看向二夫人刘氏："二夫人，这可是有误会？"

"狗屁的误会！"二夫人刘氏气得口出秽言，眼泪婆娑指着侯夫人蒋氏，眼神恨不能活撕了她，"你问问你的好夫人！她身边的刁婆子都已经亲口承认，你府上两个女儿伤了我女儿，她倒好转头轻描淡写说是姑嫂嬉戏落水！趁着我女儿昏迷，把手伸到我女儿嫁妆里，将我女儿陪嫁丫头全部发卖，我女儿正是需要人照顾的时候，身边连个伺候的丫头都没有，这分明是要我女儿的命啊！"

二夫人刘氏说到激动处已然哭出了声，她死死地揪着胸前的衣裳，眼中恨意滔天："你们这哪是侯府？！你们这根本就是要人命的魔窟！我真是瞎了眼，把女儿推入你们忠勇侯府这个火坑里！你们这都是人吗？你们这是一窝子的畜生恶狼啊！"

"二夫人！白锦绣失足落水昏迷，谁也不想！"秦德昭顿时火冒三丈，"我敬你是亲家，你再口出恶言，别怪我不客气！"

"侯爷……"白卿言绷着脸，冷言慢语道，"我二妹妹水性，放眼整个大都城，能比得上她的男儿也凤毛麟角，失足落水能致昏迷？侯爷不觉可笑？"

秦德昭满心烦躁："不管怎么说，白家二姑娘已是我忠勇侯府的儿媳妇儿，我秦家的人！你们白家人说带走带走，当我忠勇侯府是什么？！"

白卿言抬眸，已显戾气："诚如侯爷所言……我二妹妹嫁入侯府是侯府的人，可我二妹妹被侯府二位小姐所伤命在旦夕，侯府不管不说我们娘家还过问不得？我祖母大长公主也过问不得？这是结亲……还是要命？！"

"一派胡言！"秦德昭气得脸色铁青。

"侯爷既称我胡言，可敢叫府上两位姑娘以性命盟誓，说她们未将我二妹妹额头砸出血窟窿，未将我二妹妹推入水中……"白卿言慢条斯理抬脚踏上忠勇侯府高阶，灼灼目光凝视秦德昭，气势越发逼人，一字一句，"可敢让侯夫人盟誓，未擅动我二妹妹嫁妆丫头，若有虚言全族不得善终，全身长满烂疮腐肉而亡？！"

侯夫人蒋氏竟是被白卿言身上那一身战场磨砺出的戾气骇住，扯着秦德昭的衣袖："侯爷……"

"侯夫人和府上的二位姑娘敢吗？！侯夫人和二位姑娘若敢说一个敢字！我白卿言今日枭首饮鸩向忠勇侯府谢罪！"白卿言说得又稳又快，三言两语把事情挑明，看热闹的百姓议论纷纷。

"哎呦，擅动儿媳妇嫁妆，这可是要谋财害命啊！"

"可不是！看不出这忠勇侯府竟然是这样的做派！"

"听说他们侯府还有一个嫡出的小公子，谁要是把闺女嫁入忠勇侯府可真是倒了八辈子血霉了。"

闻讯从繁星楼快马赶回来的秦朗，老远就看到忠勇侯府大门前又是车马又是看客，又正好听见白卿言那一番话，他心突突直跳，止步不敢前。

忠勇侯秦德昭紧攥着拳头，咬着后槽牙强硬道："你们白家的姑娘在镇国公府内行事张狂，不修身养性谨守女德，成日摆弄刀枪剑戟也就罢了！如今竟还将手伸到他人后宅，当街诋毁长辈，就不怕有人参镇国公、镇国公世子纵女无度，养而不教？！"

白锦稚和白锦桐两人气得火冒三丈，白锦稚已然从马车里出来，如果不是白锦桐按着，怕白锦稚都忍不住要上前，和忠勇侯用鞭子理论了。

白卿言一双沉稳清明的眸子，朝忠勇侯秦德昭望去，大怒，高声厉言："若有人想参我祖父、父亲，那便只管去参！我白家女儿是不学女德女戒，我们学的便是保家卫国、与千军万马浴血厮杀的本事！学的是宁马革裹尸粉身糜骨，也绝不能使我晋国百姓国君受辱的硬骨忠胆！我白家儿女仰不愧于天，俯不怍于人！倘若做事取直，不屑于后宅钩心斗角、尔虞我诈的肮脏手段，行而光明，做而磊落，便是行事张狂，我白卿言不但今日张狂……日后会更张狂！"

"好！"

"好一个行而光明做而磊落！镇国公府一家……不论男女当真是一身的傲骨气节！"

有人忍不住叫好。

一时间围观百姓，想起镇国公府女儿家，也曾在国难时血战疆场。想到远在南疆征战的镇国公，将白家男儿全部带上疆场保家卫国！距镇国公南疆征战已半年有余，出征时的盛况百姓犹未能忘，镇国公府满门的白家男儿一身戎装站在那里，便是顶天立地的浩然正气。

百姓看不下去便低声议论。

"这忠勇侯府还不是欺负人家镇国公府满门男儿不在！"

"真他娘不知羞，他们在这大都城歌舞升平，全靠人家白家男儿南疆浴血，哪儿来的脸欺负人家镇国公府的姑娘！"

"说白家女子不学女德女戒，摆弄刀枪剑戟，可会女德女戒的女子里又有几个能上战场？忠勇侯挂着个忠勇的爵称……却从不见上战场，还不如人家白府女儿家！还有脸说这些话！"

秦德昭咬紧了牙，气得脸色发青，负在背后的手攥紧了大拇指上的扳指："白大姑娘好厉害的口舌！"

"比不得侯夫人舌灿莲花，将黑说成白！"白卿言丝毫不怵秦德昭身上威仪，怒色已然显露在脸上。

秦朗不敢再看，忙从人群中挤进来，他向忠勇侯和忠勇侯府人行礼之后，不敢直视白卿言，垂着眸子对二夫人刘氏长揖到地："岳母大人。"

白卿言视线不动声色落在秦朗身上。

眼睛通红的二夫人刘氏瞪着秦朗，目眦欲裂，恨不能上前抽他一耳光。

"我本以为秦世子才名在外，是大都城难得的好儿郎，可没想到竟是这般没心肠的人物，新婚媳妇儿被你两个妹妹险些害了性命，躺在床上昏迷不醒，你竟然还有兴致去繁星楼吟诗作对！你还是个人吗？！"二夫人刘氏捂着心口，哭出声来。

"昏迷不醒？！"秦朗一脸大惊，转头朝侯夫人蒋氏望去，"可母亲分明和我说……"

"侯爷！"侯夫人蒋氏心一慌，忙先秦朗一步开口，"是我让世子爷去参加诗会的,内宅的事情再大,也不能耽搁了男人的应酬前程啊!都是我不好……我也没有想到锦绣会病得这么重!锦绣一伤着我就让人拿了我的名帖去请太医过来了!太医说休养几日不要紧的!可今日二夫人带来的乡野大夫偏说锦绣危在旦夕,这我也不知道该信谁好了!"

侯夫人蒋氏哪能让秦朗当着大都城这么多百姓的面儿,将她哄骗秦朗的说词公之于众,只能把一副委屈难过的模样做了一个十足十。

站在马车旁的白三姑娘白锦桐,目光冷肃:"乡野大夫?!我还是头一次听人将太医院院判黄太医的师兄……称为乡野大夫!"

秦朗抿着唇,身侧手收紧,脸色越发难看。他不能当着满街看热闹的百姓说,蒋氏不让他去看白锦绣,说爷们儿见了血不吉利。蒋氏还告诉他白锦绣很好,她怕白锦绣受寒落下病根才让白锦绣卧床静养,又让她娘家的侄儿在今日回门之日,强拉着他去繁星楼参加诗会。

白卿言冷笑:"侯夫人这意思,是我二妹妹不孝不肯醒来惹我二婶伤心了?!敢问侯夫人请的是哪位太医?我这便让蒋嬷嬷拿了我祖母大长公主的名帖去,一并将院判黄太医请过来,三位大夫一起断一断我二妹妹到底伤势如何!"

忠勇侯夫人蒋氏面色惨白,她断断想不到名声在外的洪大夫,一直就在镇国公府上,更想不到白家今日是带洪大夫来给白锦绣诊脉的。

"侯夫人……您倒是说说请的哪位太医啊?!"白三姑娘白锦桐逼问。

秦朗闭了闭眼,撩开衣衫下摆,对着二夫人刘氏跪了下去,重重叩首:"岳母大人,一切都是小婿的错!"

"我当不起你这声岳母大人!你这哪是称呼,你这是要我女儿命的催命符!"二夫人刘氏坐进马车内,带着哭腔道,"回府!"

白卿言被春桃扶上马车前,睨了眼长跪不起的秦朗,她竟不知身为忠勇侯世子的秦朗如此愚懦,难怪连自己的发妻都护不住。

母亲董氏派来看护白卿言的陈庆生,不动声色地将车凳放在白卿言脚下,毕恭毕敬弯着腰立在一旁出言提醒:"大姑娘小心脚下。"

陈庆生是董氏奶娘的外甥,春桃的表兄,这人别的本事没有,但却和大都城三教九流的人物都有所来往,还有一条便是对董氏的忠心。

看热闹的百姓几乎是一路跟着镇国公府的马车,到了镇国公府门口。

董氏早早得了信,亲自带了人在镇国公府门口接昏迷的白锦绣。

趁着众人都忙着将白锦绣往府里挪，白卿言将陈庆生唤到一旁，交代了几句。陈庆生忙点头称是，一溜烟便消失在了人群中。

镇国公府在二姑娘回门之日昏迷不醒，被大长公主车驾接回镇国公府的事情，像长了翅膀，没出一个时辰，便成了整个大都城最热闹的谈资。但最为人津津乐道的，还是忠勇侯指责白家姑娘不学女德女戒，被白家大姑娘回敬得哑口无言那段。酒肆之中，长街之上，就连烟花柳巷之地都对此事谈论不休。

"白家大姑娘、二姑娘和三姑娘，那可都是同镇国公沙场征战过的巾帼，女儿家怎么了！谁说女儿家只能在后宅相夫教子，女儿家也可以顶天立地！"

"与千军万马浴血厮杀，马革裹尸粉身糜骨决不能使百姓国君受辱！我大晋国上下……也只有最忠勇的镇国公府，才能教养出如此巾帼气魄的女儿家！忠勇侯……呵，只知道趁着白家男儿不在欺负人家女眷，真是枉称忠勇！枉称男人！"

"白家满门忠骨，磊落，耿直，不论男儿女郎各个都是顶天立地，一身的浩然正气！"

偶有醉酒的男子，说起女子无才便是德，当以内宅后帷相夫教子为重，也都被湮灭在对镇国公府的盛赞声中。

第二章 来日可期

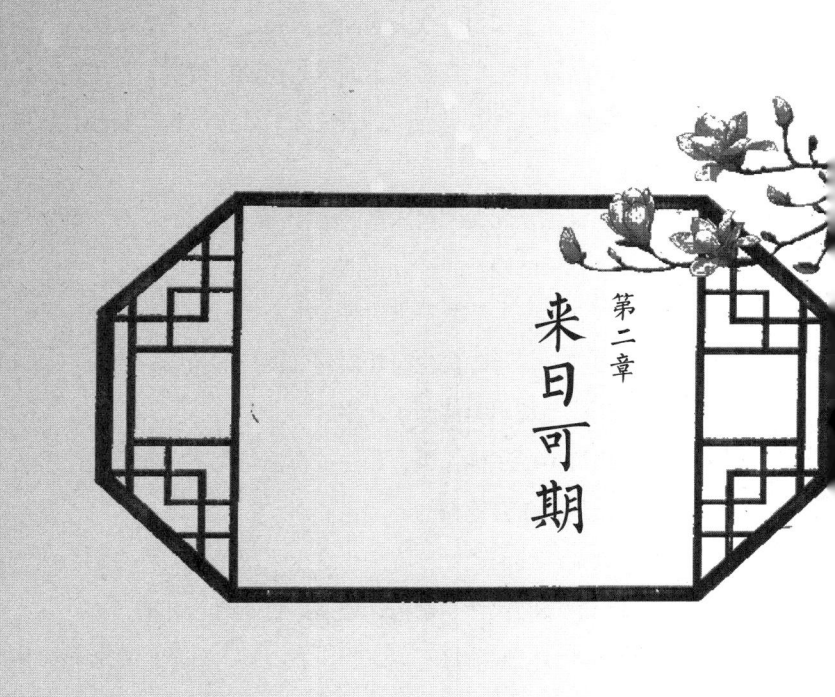

镇国公府。

二姑娘白锦绣成亲第三日命在旦夕，被横着抬回府中，令镇国公府上下，如同绷起了一根弦。

仆人奴婢井然有序，从角门进进出出点亮灯笼，不敢高声言语。

二夫人刘氏就守在白锦绣床边，握着女儿发凉的手指，眼泪如断了线一般，低声唤着女儿的名字。

太医院院判黄太医同师兄洪大夫在隔间外，商议着给白锦绣如何用药。

大长公主和白府众夫人面色沉重，守在白锦绣闺阁，等着两位大夫商议出结果。

三姑娘白锦桐看着床上面无人色的白锦绣，被屋内沉重的气氛压得难受，刚打了帘出来喘口气，就见春桃的表兄陈庆生恭敬地弯着腰，压低声音和站在廊下的白卿言说话。

陈庆生余光看到有人从屋内出来，立时收了声，恭敬地站在白卿言身侧对白锦桐行礼："三姑娘安。"

"你去吧！"白卿言对陈庆生道。

白锦桐看着陈庆生行礼后匆匆离开的背影，走至白卿言身旁低声问："那像是春桃的表兄，长姐给他派了差事？"

白卿言拢了拢狐裘，和白锦桐沿着廊下往暖阁走了几步。陈庆生此人，白卿言是打算让他跟着白锦桐的。

她柔声细语道："陈庆生这个人极擅和人打交道，大都城内……三教九流，不论是茶馆酒楼的伙计、掌柜，还是达官贵人府邸的管事仆从，只要他想都能结交，什么消息他都有门道能打听。正月十五过后，你出门在外把陈庆生带在身旁，对你定有所助益。"

"长姐……"白锦桐喉头滚动，想起那日白卿言同她把话说得那般清楚，把白家处境分析得那般透彻，顿时觉得肩上担子千斤重。

刚才，白卿言指派陈庆生在各茶馆、酒肆烟花之地散布今日忠勇侯府门口之事，意图把镇国公府磊落、耿直、顶天立地的声望再推上一层楼。这是她对陈庆生的考较，倘若这件事办得漂亮，她就敢把人送到白锦桐的身边，没承想陈庆生事情办得要比她预期的更好。全然没有让镇国公府一人出面，凭借他结交的关系将这件事散了出去，连他自己也是片叶不沾身，手段老成又利落。

她和白锦桐正说着话，就见守门的婆子匆匆踏入青竹阁院门，疾步至廊下对守门丫头道："烦请通报蒋嬷嬷一声，忠勇侯世子在我们国公府外身负荆条，说要负荆请罪，也不肯进门，就在府外跪着，右相小嫡孙……同好几个公子也跟着一起来了，像是都吃了酒，老奴们也不知道该怎么办好。"

白锦桐大感意外，侧头看向镇静自若的白卿言。

一般夫妻两人即便闹了天大的矛盾，男方择日登门郑重向长辈请罪也就是了，清贵人家哪有男子为妻致歉负荆登门的，这可是让全天下都知道了家丑。

不过白锦桐稍想了想也明白，今日的事情闹得这么大，忠勇侯府要是不拿出态度来，怕是没法收场。

只是，白锦桐一想到躺在床上只有出气没有进气的白锦绣，就气得双眼发红，她咬紧了牙："二姐躺在床上生死不明，他还去吃酒！吃了酒才来负荆请罪求得谅解，这也太便宜他了！"

白卿言没有吭声，秦朗能来说明还有救。

过了半盏茶的时间，蒋嬷嬷从屋内出来，随那看门婆子一起往外走。

白卿言就知道……定是祖母和二婶儿商量好了，遣蒋嬷嬷请秦朗进府。毕竟忠勇侯府伏低做小的态度拿了出来，满大都城清贵人家又从无和离先例，长辈们为二妹妹未来着想，也不能任由秦朗这样跪在府外。

"二婶！你糊涂了不成？我二姐伤成这样躺在床上，凭什么还让他踏入我们镇国公府的大门！"四姑娘白锦稚愤怒的声音从屋内传来，"依着我的意思，就该让我出去一鞭子给他打回去！怎的还要请进来？"

"那能怎么办？！你二姐已经是他秦家妇，我朝清贵人家没有和离的先例，难道要让你姐姐青灯古佛一辈子？！"二夫人刘氏亦是满腔的愤懑不甘，"我苦命的锦绣啊！娘当初就不该答应让你嫁入忠勇侯府啊！那样的婆母，那样的小姑子，那样的夫君！这以后的日子……你可怎么过啊！"

白卿言垂眸轻抚着手中手炉，掩住眼底微红之色，她断断不会让白锦绣憋屈过一辈子，白锦绣是她白卿言舍命都要护住的妹妹，轮不到任何人来作践糟蹋！

"我去一鞭子把他抽回去！"白锦稚愤怒的声音，险些要把青竹阁房顶掀翻。

白卿言抬头，就见她怒气冲冲地从屋内冲了出来。

三夫人李氏怕女儿闯祸忙跟出来，却没能拉住白锦稚，急得直甩帕子，忙吩咐院内的粗使婆子去把白锦稚给捆回来。

可白锦稚自小武艺出众，就这几个粗使婆子，哪里能是白锦稚的对手？怕到时候拦不住人还得挨上几鞭子。

白卿言上前对三婶儿李氏福身："三婶儿您莫急，我和锦桐去看看四妹妹，必不会让她闯祸。"

"对对！阿宝……平时锦稚就最听你的话了！锦桐你护着点儿你长姐，快去把那个不成器的东西给我追回来！"三夫人李氏急急道。

"三婶儿放心！"白卿言带着白锦桐走下台阶，疾步朝前院走去。

蒋嬷嬷到了府门口，见秦朗身负荆条跪在府门口，大都城里那帮和秦朗关系要好的好些纨绔也都跟来了，这架势倒像是来助威的。

右相小嫡孙吕元鹏喝多了酒，笑嘻嘻地对蒋嬷嬷作了半揖："嬷嬷，我等陪秦朗来负荆请罪了，也想来看看二姑娘，不知道二姑娘伤势如何了？"

御史中丞之子司马平，见吕元鹏一副吃了酒的憨态，忙拽了拽吕元鹏的衣袖，险些将本就晃晃悠悠站不稳的吕元鹏给拽倒。

司马平只能长揖到底给蒋嬷嬷赔不是："蒋嬷嬷见谅，今日元鹏吃多了酒，还望嬷嬷海涵。"

萧容衍拥着灰鼠皮大氅，立在不远处的马车前，身姿挺拔，哪怕立于暗处也难掩其超尘拔俗的身姿，十分引人注目。

见大长公主身边的蒋嬷嬷亲自出来，萧容衍唇角勾起笑意，深邃的眉目间尽是沉着平静。

秦朗身上沾了些许酒气，但还算醉得不太厉害，知道蒋嬷嬷代表着大长公主，重重地一叩首："秦朗前来向大长公主、岳母大人，请罪！"

"还不快把世子扶起来！"蒋嬷嬷吩咐身后的仆从小厮。

仆从小厮弯腰含胸，从蒋嬷嬷身后疾步走出来，恭恭敬敬地扶起秦朗。

蒋嬷嬷对秦朗福身后，道："大雪未停，世子爷又吃多了酒，老奴已经遣人去忠勇侯府禀报，世子爷先进府略坐坐喝口醒酒汤，稍后侯府便会派人来接您，世子爷请……"

见镇国公府的下人扶着身负荆条的秦朗往里走，萧容衍缓慢转身，正要上马车，竟被从人群中挤出来的吕元鹏一把拉住。

"萧兄，主意是你出的，你可不能溜了！咱们得看到最后……"

说罢，满身酒气的吕元鹏便扯着萧容衍往镇国公府台阶上跑："哎哎哎！别关门别关门！蒋嬷嬷、蒋嬷嬷……我好不容易登门，怎么也得去给老祖宗请个安啊！"

右都御史的公子和一帮纨绔忙喊吕元鹏。

"元鹏！"

"元鹏你别扯着萧兄胡闹啊！"

"吕元鹏……"

吕元鹏充耳不闻，毫无贵公子仪态，泼皮无赖般拉着萧容衍强行挤进镇国公府大门。

谁知吕元鹏扯着萧容衍刚进镇国公府门，没走两步，就见四姑娘白锦稚一脸怒不可遏，从灯火通明的长廊冲了出来，扬起鞭子就朝秦朗抽去。

吓得吕元鹏当即打了一个酒嗝。

"四妹！"

白锦桐身手极好，在白锦稚挥鞭那一刻已然护在了秦朗面前，稳稳接住力道狠戾的鞭头，巧劲下了白锦稚手中长鞭，攥在手中，表情肃穆："休得无礼！退下！"

蒋嬷嬷也被唬了一跳，攥着帕子的手按着突突直跳的心口，余光看到白卿言一颗心才放了下来。

"三姐！你拦我做什么？"白锦稚红着眼，指着秦朗，"二姐躺在床上生死不明，他还去诗会，还去吃酒！忠勇侯府一窝子的黑心烂肠，他也是个没有心肝的！"

秦朗羞愧难当，拳头收紧："三姑娘不必拦着，四姑娘的这一鞭我该受。"

萧容衍隔着纷纷落雪，不经意瞥了眼长廊中徐徐走来的身影，从容又静默。

白卿言拥着狐裘立在廊下，红色灯笼映着落雪纷纷，亦勾画着白卿言素净精致的眉眼，她眸色黑深平淡，整个人如同入画一般，极为恬静淡然。同今日在忠勇侯府门前，气场张扬逼人的镇国公府嫡长女，判若两人。

"白锦稚，退下。"

白锦稚闻声回头看到白卿言，含泪瞪了眼秦朗，这才心不甘情不愿地转身回到白卿言身侧。

白卿言看到白锦绣那副样子躺在床上，恨忠勇侯府也恨秦朗，可到底还是能体谅秦朗处境艰难，遇到蒋氏那么一个继母又有孝道压着，他也的确艰难。

秦朗借着酒劲儿，才敢正面直视白卿言，不知是不是喝了酒的缘故，白卿言长开了之后惊艳绝伦的样貌直直入目，秦朗心中百味陈杂，愧疚地握紧了腰间的玉佩，掌心起了一层黏腻，忙收回视线垂眸不敢看白卿言。

"那……那就是镇国公府的嫡长女吗？！"吕元鹏看呆了，雪落在睫毛上全然不觉。

萧容衍深沉的眉目一派平静,藏在灰鼠皮大氅之下的手慢条斯理摩挲着玉蝉,若有所思般不愠不火地浅浅应了一声:"嗯。"

白卿言刚走出长廊,便对上萧容衍似水般沉静的目光,她脚下一顿。

萧容衍过分幽邃的眸子含笑,浅浅对她颔首,尽显温厚稳重。

白卿言攥着手炉的手下意识收紧。

梦中,白卿言曾在战场和无数狠戾者交锋,能让白卿言记住的屈指可数,忌惮的更是凤毛麟角,但从没有谁能如萧容衍这般,让她有如此强烈的畏惧感。

萧容衍沉稳内敛的儒雅外表之下,是如虎狼般吞并他国的野心勃勃,谈笑间取人性命,高深得让白卿言到死都没有看透过他分毫。

再看到吕元鹏,她便知晓为何萧容衍会和秦朗一起来。

她闭了闭眼,强按住心头不安和对萧容衍的过分在意,抬脚走出长廊……

蒋嬷嬷连忙转身拿过仆人手中的伞撑开,上前扶住白卿言。

"秦世子。"白卿言和秦朗保持相对谨慎的距离,对他福了半礼,"世子薄衣单衫负荆请罪,可是心里已有解决章程?"

秦朗低着头,羞愧道:"还……还不曾。"

白卿言心头一梗,心中多了几分恨铁不成钢的怒火,难怪梦中秦朗护不住自己的妻子,只知道歉又有什么用?

她压不住火,声音也提高了不少:"秦世子见了我祖母、我二婶,也要这般回答?如此我倒要问问秦世子,今日负荆登门请的什么罪?替忠勇侯侯夫人请罪,还是替府上两位姑娘请罪?或是替世子自己请罪?"

寒风卷雪,穿隙而过。

秦朗眼眶发红,却终是什么都没说,只抱拳对白卿言长揖到底:"秦朗羞愧,无言以对。"

那日秦朗前来镇国公府迎亲,她布棋局拦门,观秦朗棋路并非是懦弱守旧、胸无丘壑之人。棋风察人……白卿言以为,秦朗当心有大志又有格局谋略才对。

思虑片刻,白卿言握紧了怀里的手炉,狠狠压下心头恼火,才慢条斯理地开口:"我大晋开国时,但有大功者皆封侯拜将,定国侯得爵位世袭罔替。侯府两位嫡子,依礼法长幼之序长子袭爵,然定国侯偏爱幼子,欲捧幼子上位,又不得不顾及祖宗礼法,因此闹得家宅不宁兄弟阋墙。定国侯病逝,长子袭爵位,幼子怀恨举刀弑母杀兄,酿成悲剧。"

白卿言提起定国侯,秦朗立时便通透,如今忠勇侯府这一出出闹剧,何尝不是因为这个爵位?继母想让秦朗的幼弟承袭爵位,碍于祖宗礼法不得明言,暗地里却给秦朗使过不少绊子,逼走教授秦朗的恩师,使他名声受损。这次更是为了挑拨他与镇国公府,对白锦绣下了黑手。

见秦朗面色惨白,紧握的拳头青筋直跳,白卿言便知道秦朗听懂了。

忠勇侯府主母蒋氏心思,秦朗比白卿言更懂。可懂有什么用,上有孝道压着,秦朗就算是有三头六臂也施展不出来。

白卿言觉得秦朗并非全然无救,这才平缓镇定地徐徐道:"以铜为鉴可以正衣冠,以史为鉴可以知兴替,以人为鉴可以明得失。古有尧舜禅让,而今世子何不效仿?毕竟……忠勇侯如今已然成了一个虚爵,世子胸有乾坤心有大志,何愁挣不了一份锦绣前程?"

"长姐!"白锦稚一脸惊骇。

秦朗瞳仁一颤,猛然抬头看向面色沉静的白卿言,她的意思……是让他自请让出世子位,她怎能说出这样骇人的话来?!

这些年秦朗不是没有想过反抗和应对,他明面上和大都城纨绔混在一起,暗地里也苦下功夫,想在科举考试中夺得头筹。可这也是为了稳固世子之位,他竟是从未想过还可以不要这个位置。

不止白锦稚被白卿言的话惊到,就连白锦桐听得也是心口直突突。

和萧容衍站在稍远处的吕元鹏盯着面沉如水的白卿言,微微侧头低声问萧容衍:"萧兄,你能听到这白家大姑娘同秦朗说什么吗?怎么蒋嬷嬷一脸惊慌?该不会是让秦朗和他们家二姑娘和离吧?"

萧容衍唇角带着极淡的笑容,掸了掸被风吹落沾在大氅上的枯叶,举手投足极为优雅:"强行入镇国公府已是失礼。偷听更非君子所为。"

萧容衍没有想到,白卿言竟有这样的格局和气魄。

他观大都城身居高位者,竟没有几个能比得上白卿言一个女儿家的眼界。只是秦朗在大都城的锦绣堆里长大,即便对忠勇侯府之事洞若观火,也实难拿出破釜沉舟的魄力,就怕白大姑娘这一番苦心白费。

"二姑娘醒了!二姑娘醒了……"

后院传来丫头清脆如铃的声音,整个镇国公府都像是松了一口气,"二姑娘醒了"

的呼声此起彼伏。

白卿言眼底掩不住欣喜，眉目间的沉重都被喜气取代。

秦朗喉头翻滚，亦是伸长了脖子朝着镇国公府内宅里望。

"长姐！"白锦稚回头朝内宅方向望了一眼，满目惊喜地攥住了白卿言的手臂，"二姐醒了！我们快回去看看！"

丫鬟提着灯笼一路疾步而来，在白卿言身后福身行礼："大姑娘、三姑娘、四姑娘，二姑娘醒了！"

白卿言颔首，回头望着秦朗道："不能解母忧为不孝，不能护妻周全为不义！世子当知不破不立！抑或是……世子当真为了这虚爵，宁做不孝不义之徒？言尽于此，世子好自为之。"

白卿言浅浅福身行礼后，不自觉地深深望了萧容衍一眼，带着白锦桐、白锦稚二人匆匆往后院走。

蒋嬷嬷对秦朗做了一个请的手势："请二位公子厅内稍坐，世子……这边儿请！"

"蒋嬷嬷……"

吕元鹏喊了一声，正要追上前准备跟着去内宅凑热闹，就被萧容衍拦住："这是镇国公府和忠勇侯府的私事，你我不该掺和。"

白卿言姐妹三人赶到青竹阁时，白锦绣正靠在床头，柔声细语地安抚泪人儿似的二夫人刘氏。

一进屋，白锦桐和白锦稚就扑到了床边，关切地询问白锦绣身体状况，白卿言立在屏风旁心中百味杂陈。

虽然早知白锦绣无事，可白锦绣未醒，她心头到底是悬了把刀，现下这把刀挪开……她总算是安心了。

蒋嬷嬷打了帘进来，对大长公主行礼之后道："大长公主，世子爷已经在垂花门处候着了。"

大长公主手里拨弄着佛珠，看向白锦绣："二姐儿，你若不愿意见他，便不见。"

白锦绣经此大劫心中已有章程，她目光清明，勾起毫无血色的唇角道："祖母，这不是世子爷的错，我不怪他，我想……单独和他说说话。"

秦朗和白锦绣到底是夫妻，单独相处也没有不合礼数之处，大长公主颔首吩咐儿媳妇董氏："你们妯娌都散了吧，折腾了一天，让孩子们也回去歇着，蒋嬷嬷你留下，一会儿世子是去是留你遣人去忠勇侯府说一声。"

"是！"蒋嬷嬷应声。

白锦绣抬眼看到屏风处的白卿言笑容越发明丽，想让自家长姐放心，白卿言没有走近回以笑容，只是眼角竟红了。

对白卿言来说，只要白锦绣没事就好……其他的什么都不重要。

今日白锦绣虽然没醒，可在忠勇侯府外的事情她都知道，如果今日不是白卿言将事闹大，往后她在忠勇侯府还不知道要经受婆母怎样的折磨。

后宅女眷安抚了白锦绣之后陆陆续续出了青竹阁，蒋嬷嬷这才请了秦朗入青竹阁院门。

白锦稚就立在白锦绣上房门口，通红的眼瞪着进门的秦朗，用力握紧背后鞭子，见蒋嬷嬷对她摇头，她这才咬着牙松开鞭子，走出房檐下离开时还是气不过，用肩膀狠狠撞了一下秦朗。

秦朗进屋看到靠坐在床头、脸色惨白、呼吸虚弱的白锦绣，羞愧难当，想询问白锦绣可好，又想到自己在白锦绣受伤之后被蒋氏以孝道压着不曾去看过她，愚懦至极，顿时无颜开口。

直到屋内火盆银霜炭发出极其轻微的一丝爆响，秦朗才连忙长揖到底，哽咽得一个字都说不出来。

"世子衣衫单薄，劳烦蒋嬷嬷为世子取件大氅披风来。"白锦绣轻柔的嗓音缓缓。

蒋嬷嬷立刻着人取下秦朗身上的荆条，给秦朗披上大氅，上了热茶，又将火盆端至秦朗身前，这才带着丫头们退下，守在门口。

不多时，和白锦绣说完话的秦朗魂不守舍地从上房出来，对蒋嬷嬷作半揖："秦朗告辞，改日再来向大长公主、岳母大人请安！"

说完，也不等提灯丫头，便匆匆出了青竹阁。

秦朗前脚走，二夫人刘氏后脚便折返了回来，她不放心白锦绣，左右夫君也不在家中，今夜便打算扎在这青竹阁守着女儿。

蒋嬷嬷见青竹阁安顿妥当，吩咐丫头们今晚好生照顾白锦绣，这才冒雪从青竹阁回了长寿院，细细和大长公主说了今日的事。

"将二姐儿一抬进青竹阁，大姐儿就立时吩咐了下去，命全府上下管好自己的舌头不得妄议二姐儿受伤之事，也不许和府外的人嚼舌根子，一经发现打五十棍发卖！府上的下人倒还老实，我听海嬷嬷说今日不少清贵府上的婆子下人来咱们府使银子打听，下人们死活都没敢往外吐什么。"蒋嬷嬷轻轻给大长公主捏着肩膀。

大长公主点了点头。

蒋嬷嬷接着又将请秦朗进门后前院发生的事说与大长公主听，白卿言劝秦朗效仿尧舜禅让之美的话也没瞒着。

大长公主闭眼，手中拨弄着佛珠，缓缓开口道："阿宝看得通透，有孝道二字在秦朗头上压着，秦朗如果没有舍弃爵位的勇气，即便是成为忠勇侯亦是要被蒋氏拿捏在手心里，锦绣是秦朗的妻，夫妻一体，将来日子也必定艰难。"

蒋嬷嬷点了点头表示赞同之后，又叹气道："大长公主您是说，大姐儿这是为二姑娘未来打算。可老奴只觉秦世子要是丢了世子的位置自己争取功名，我们二姑娘不是也要跟着多吃几年苦？"

"好歹有我在总是能帮衬一二，总比半辈子被蒋氏拿捏在手心里好。阿宝将话说得那么明白，端看秦朗那孩子能不能痛下决心了。"大长公主叹气道。

第二日一大早，大雪已停。

天才刚亮，秦朗未带随从独自一人立在镇国公府门口，求见大长公主。

大长公主刚起还未用早膳，听蒋嬷嬷禀报秦朗来了颇为意外。

大长公主隐约猜到秦朗已经想明白打算舍弃世子之位，也知道为何秦朗不禀报他父亲忠勇侯而来寻她，心底倒有些欣赏秦朗这般决断。

"着人请秦朗进来吧。"大长公主吩咐蒋嬷嬷，"让人准备车，今日怕是要进宫一趟。"

秦朗一进长寿院主屋，便对大长公主郑重跪下："孙婿未能护妻周全，以至锦绣险些丧命，愧对祖母、岳母，羞愧难当。昨日回府反躬自省，孙婿虚担忠勇侯世子之位，却有负忠勇之名，身强体健不能为君尽忠，身为人子不能解母忧，身为人夫不能护妻安宁，上辜负父母，下亏欠妻室。愿悔罪自新，自请去世子位，发奋读书，盼不蒙祖荫，他日亦能成我大晋有用之人。"

昨夜秦朗一夜未睡，本想如白家儿郎那样投身战场挣下军功，却也知道自己并非那块料，他的身手保命足矣，上阵杀敌怕是艰难。

自古以来，战时武将当道，太平人间文官天下，思来想去秦朗只有求取功名这一条路。

"起来吧！"大长公主眉目间尽是欣慰，"用过早膳你同我入宫。"

秦朗又是重重一叩首："多谢祖母。"

秦朗心知肚明，即便是蒋氏心中日夜盼着秦朗自请去世子位，也绝不会让秦朗在白锦绣出事的当口有所动作，所以秦朗便绕过忠勇侯和蒋氏来求大长公主。

这些年秦朗心中也有愤懑，现下白锦绣昨日刚出事，今日秦朗便来镇国公府求大长公主带他入宫自请去世子位，打的就是要把蒋氏放在火上烤的主意。他就是要告诉世人出于孝道他不能替妻子在继母那里讨回公道，愧对妻室，只能自请去世子位自苦。昨日忠勇侯府门前那一闹，大都城人人皆知忠勇侯夫人蒋氏将手伸入了儿媳妇嫁妆里。今日秦朗果断做出抉择，这连番动作下来，必然会将蒋氏的名声按进泥里。

大长公主对秦朗越发欣赏，看似优柔寡断，可一旦下定决心便是雷霆之速，取舍之间不用阴谋诡计便让蒋氏身败名裂，很是厉害。

清辉院。

白卿言晨练刚结束，就听春妍说秦朗今早登门去了祖母院里，这会儿已经跟着祖母一起出门准备进宫了。

"奴婢现在想想真是后怕，幸亏嫁入忠勇侯府的不是姑娘，那个忠勇侯府当真是如二夫人说的那般，是个火坑魔窟！"春妍扶着浑身冒热气的白卿言往内屋走。

白卿言皱眉，听着春妍的话心里一阵腻味，还没想训斥，春桃已经先一步道："春妍，这话以后莫要再说了！"

春桃替白卿言打了帘，见白卿言进屋，接着对春妍说："你是大姑娘的贴身丫头！如今二姑娘还躺在床上，让旁人听了你这话，怎么想我们姑娘？！"

"我也就在姑娘面前说说！"春妍嘻嘻一笑，先春桃一步钻进了上房。

进了屋，春妍压低了声音讨好似的对白卿言说："姑娘，今儿个早上梁王殿下身边的童吉来了，他替梁王向姑娘传话，说殿下没有大碍，让姑娘勿要忧心。"

白卿言紧攥着洗脸的帕子，竟然没有死？可真是命大……早知道，她应该买凶埋伏，狠狠往梁王心窝子里补上几刀，保证他绝无生还余地。

白卿言闭了闭眼，压下心头戾气，将帕子甩在铜盆里。

春桃心惊胆战地戳春妍的脑门："你怎么又去和梁王身边的人混在一起！我们是大姑娘的丫头，要是让别人看到了……"

"春桃姐姐，我晓得轻重！"春妍一脸不高兴地打断了春桃的话，凑到白卿言身边道，"我这不是怕姑娘担心梁王殿下嘛。"

白卿言光是听到"梁王"两个字就硌硬得不行，强忍下心里的不适吩咐春桃摆早膳。

"春妍今年有十六了吧？"白卿言问。

春妍耳根一红，福了身欢快道："回姑娘，奴婢下个月就十六了。"

白卿言似笑非笑看着春妍："春妍这是长大了心思也多了，到底是女大不中留，等佟嬷嬷回来，我会吩咐佟嬷嬷给你留意一个好人家，再给你备一份嫁妆，也不枉我们主仆一场。"

春妍面色立时惨白一片，忙慌跪了下来："大姑娘，奴婢……奴婢没有存这个心思，奴婢定是要生生世世跟着大姑娘的，大姑娘在哪儿奴婢就在哪儿！就是将来姑娘出嫁，奴婢也肯定是要跟在姑娘身边伺候姑娘和姑爷的啊！"

白卿言看了春妍一眼，春妍怕是已经认定了她白卿言将来除了嫁入梁王府没有其他出路，便打着当她陪嫁入梁王府的念想，否则也不必这么费劲巴巴地替梁王来讨好她。

她只觉好没意思，不欲费口舌教导春妍，拿起筷子用膳。

眼下春妍还收拾不得，若能给梁王传信的春妍走了，难免梁王会找国公府其他人，到时候她在明，梁王的人在暗，更是头疼。

春妍虽然成日里把梁王赞个无遍数惹人厌烦，好歹不是个心机深沉的人，什么都写在脸上。

一连几天，白卿言早晚练习，全身酸痛得吃饭时筷子都拿不起来。

春桃替白卿言盛了一碗鸡汤小米粥，一脸担忧道："姑娘，再这样下去奴婢怕姑娘身子吃不消。"

"这几天早晚一身汗，我倒觉得轻快许多。"

听白卿言这么说，春桃也不好再劝，只低头看了一眼战战兢兢跪在那里抹眼泪不敢起来的春妍直摇头。

用完早膳，白卿言更衣要去看望白锦绣，这才让春妍起来伺候。

春妍含泪将手炉递给白卿言，规规矩矩退到一旁，眼泪吧嗒吧嗒掉。

自从跟了大姑娘以来，这还是她第一次被大姑娘罚得这么没脸，进进出出的丫头都看到她跪在那里。

白卿言披上狐裘大氅刚踏出清辉院，就见一直候在门口和洒扫婆子说笑的陈庆生匆匆上前，他对白卿言行礼："大姑娘……"

"边走边说吧！"白卿言道。

"是……"陈庆生微微弯腰恭敬跟在白卿言身侧，压低了声音道，"小的打听到二姑娘陪嫁的六个心腹丫鬟并没有被发卖，大约是因为忠勇侯府人翻了二姑娘的嫁妆也没有拿到身契的缘故。大姑娘小心脚下……"

陈庆生提醒白卿言绕过脚下冰道，接着说："忠勇侯府看门的汉子说，他婆娘昨晚告诉他，除了二姑娘身边的明玉姑娘被吴嬷嬷带出府好生安置之外，其余五个丫头都被溺死！"

白卿言脚下步子一顿，侧目看向陈庆生，陈庆生这是告诉她明玉叛主？白锦绣的陪嫁丫头，都是母亲和二婶儿一起选的，出嫁那日白卿言见过，都是本分又聪慧的姑娘。可五条大好年华的人命说溺死就溺死，忠勇侯夫人蒋氏这后宅妇人，竟如此心狠手辣。

陈庆生继续道："因怕五个丫头身上衣饰让人查到忠勇侯府头上，忠勇侯夫人身边的吴嬷嬷便让人剥光了五个丫头的衣服，大雪之夜一卷草席丢去乱葬岗了。两个奉命去埋尸身的下人不知道内情，嫌冻土难掘，想着反正是被主子溺死的丫鬟而已，便懒得费劲挖坑，随随便便将尸身丢在雪中指望一夜大雪掩埋，便吃酒去了。酒肆老板说两人去时，一个于心不安，另一个安抚说等来年冰消雪融，这尸骸早就被冬日觅食的野兽吃了。"

白卿言心头怒火丛生，片刻又闭了闭眼强压下去："你接着说！"

"小的又从私娼窑子的管事那里打听到，昨儿个二姑娘身边大丫头明玉姑娘的哥哥……要了两个窑姐儿，说是得了一笔横财。小的便留了个心眼儿，现下已经摸清楚了，明玉姑娘完好无损地被挪到了忠勇侯夫人蒋氏的陪嫁庄子上。"

"表哥你怎么什么脏的臭的都和大姑娘说……"春桃红着耳朵声音极小道。

"大姑娘恕罪，是小的疏忽了！"陈庆生忙跪下请罪。

"无妨，你起来吧！"

陈庆生的确是聪慧又有本事，白卿言让陈庆生去查白锦绣陪嫁丫头的去处，没承想他查得这么快，顺藤摸瓜又打听得这样详尽。

"你先去垂花门候着，一会儿怕是还得辛苦你再跑一趟。"白卿言想了想又道，"你让人去乱葬岗将二姑娘陪嫁丫头的尸身找到，原地不动找人看管好就报官，别让野兽糟蹋了她们。到底是我们白家出去的人，哪怕是丫鬟……也不能就这么平白无故地丢了命，落得曝尸荒野的下场。"

"是，小的领命。"

春桃扶着白卿言往青竹阁走，心里不免感叹……当初明玉要被她那黑心的爹娘卖进窑子里，是二姑娘看她可怜买了她还把她留在身边，给了她天大脸面让她做一等大丫头，她如今竟然背叛二姑娘。

春桃不免又想到了春妍，心头突突直跳，抬头看向白卿言，心里隐隐有了某种猜测："大姑娘……您是不是信不过春妍了？"

知道春桃的机敏和忠心，白卿言没有瞒着："春妍长大了，心也大了，对梁王的事情如此上心如此殷勤，你当真看不出点儿什么？"

白卿言之所以还留着春妍，无非因为想看看梁王还让春妍做些什么，眼见春妍和梁王府的人接触越来越密切，她甚至已经怀疑那封放入祖父房中的书信和春妍脱不了关系。

春桃紧抿着唇，难怪最近大姑娘疏远了春妍，也疏远了梁王。只是如果姑娘是为着这个，耽误了姑娘的好姻缘，春桃倒是觉得不值当。

白卿言到青竹阁时，白家几个姐妹都已经围在床边和白锦绣说说笑笑了。

她站在院中，听到屋内妹妹们插科打诨一片说笑声，心情难以言喻的好。

白卿言在梦里失去过所有亲人，所以这辈子什么苦都能吃，什么也都舍弃，此生……她哪怕粉身糜骨，只要能死死守住长辈安泰，守住妹妹们这样轻快无忧的笑声，她也就知足了。

听到外面丫头婆子们叠声称呼"大姑娘"，白锦绣忙抬头往门口方向望去，白锦桐更是迎了出来扶住白卿言："长姐来了……"

"说什么呢？老远就听到笑声了。"白卿言心头软和得一塌糊涂。她将手炉递给春桃，解开大氅。

春桃忙上前接过大氅，随即低着头规矩地立在白卿言身后。

白锦稚放下手里攥着的一把瓜子，站起身行了礼，高高兴兴道："正说昨日在忠勇侯府，长姐连敲带打一番话，将忠勇侯夫人那个老虎婆气得头顶冒烟呢！"

"长姐最厉害了！"五姑娘一溜烟跑到白卿言面前，扯着白卿言的衣袖撒娇，眼里全都是崇敬，"我长大后，也要像长姐这么厉害。"

白卿言抬手摸了摸五姑娘头上的小福包，看着妹妹无忧无虑的甜软笑容，心头暖流驱散了她身上的寒意，让她整个人都暖和了起来。

"长姐快坐！"白锦桐把白卿言按在杌子上，又把四姑娘白锦稚和五姑娘六姑娘给撵了出去，让她们去厨房给白卿言拿点心。

白锦绣今天一早，就听白锦桐说了昨晚白卿言对秦朗说的那番话，眼眶微红，哽咽道:"长姐……"

知道白锦绣想说什么,白卿言握住白锦绣的手轻轻拍了拍,温和地对白锦绣笑着,慢声细语说:"今早秦朗登门,求了祖母进宫自请去世子位,虽然以后秦朗没有了世子位,可让世人知道蒋氏为母不慈,你们也好有借口搬出忠勇侯府,关起门来过自己的日子。"

白锦绣被白卿言一番话说得眼眶发热,越发觉得愧对长姐赠予她传家宝剑时的嘱咐,她哽咽点头:"我知道,长姐!昨晚我也是这么和世子说的。"

见白锦绣吧嗒吧嗒掉眼泪,白卿言心疼不已也红了眼,她用帕子给白锦绣擦去眼泪:"届时让我母亲和二婶给你们挑选一些得力的婆子仆人,没有婆母拿捏,一切都会好起来的!别怕……我们镇国公府和祖母一直在你身后,这大都城内没有任何人能欺辱我白门女儿家。"

"没想到秦朗真能有这样的气魄做出决断。"白锦桐在白卿言身边坐下,眸色沉沉,"但愿忠勇侯府伤了二姐的那两条蛇蝎,能知道我镇国公府厉害,以后再不敢招惹二姐。"

"一薰一莸,十年尚犹有臭。性本恶,改?难如登天。"白卿言伸手烤了烤火,抬眼望着白锦绣浅笑,"要想让她们乖觉,就得一次出手便打断她们的脊梁,按死她们的靠山!让她们知道什么是疼,什么是怕,以后听到你二姐的名讳腿就哆嗦,如此……你二姐才能得安生。"

"靠山?!长姐说的是侯夫人蒋氏?"白锦桐眼睛一亮。

白卿言既出手,便绝非吓唬吓唬忠勇侯夫人母女了事,忠勇侯夫人母女此类专注于后宅阴私之流最是烦人,如同跳蚤,不按死,迟早要张狂起来给白锦绣制造更大的麻烦。她不欲给白锦绣留后患,也不欲让白锦绣手沾这些脏污,便打算此次就将忠勇侯府这位侯夫人料理清楚。

白卿言问:"你陪嫁丫头的身契呢?"

"在我妆匣最下面那层……"白锦绣知道白卿言定是要用,示意白锦桐去拿,"祖母和娘给我的陪嫁庄子地契和丫头们的身契,我都放在这里,本打算回门的时候再回来拿的。"

白锦桐起身从红木螺钿的妆匣子里拿出身契递给白卿言。

白卿言挑出明玉的身契,将其他的递给白锦桐让她放回去:"这些身契好好留着,将来还有用。"

"明玉,她是不是……"白锦绣握紧了身下锦缎,"她……"

不想让有伤在身的白锦绣再费精神,她轻轻握住白锦绣的手,叮嘱:"你好好养伤要紧,不必为这些背主的东西费神,交给得力的人去处置就好。"

说着,她转头把明玉的身契递给春桃,话里有话:"告诉你表哥明玉背主忘恩,二姑娘虽然心善可天理是断断容不得的,这件事办好了重重有赏。"

也好叫镇国公府的下人睁大眼好好看看,背主到底是个什么下场。

春桃称是,双手接过身契,退出青竹阁。

当日,大长公主晌午带着秦朗从宫里出来不到一个时辰,忠勇侯世子自请去世子位的消息便传遍了大都城。

忠勇侯夫人蒋氏得到这个消息时,腿软如泥一下跌坐在椅子上,汗出如浆。

"母亲,这可是好事啊!母亲怎的脸色如此难看?"秦二姑娘高高兴兴地扯着蒋氏的衣袖,一脸喜气。

秦朗自请去世子位,他们弟弟就可以成世子了。

蒋氏此时连训骂女儿的劲头都没有,她死死按着自己心口,知道这下自己的名声全完了,自己名声不要紧,可她的孩子还小……以后谁敢娶秦家女,谁敢嫁秦家郎!

怒气上头,蒋氏一个耳光打得秦二姑娘跌坐在地上。

秦二姑娘单手捂着火辣辣的脸,瞪大眼望着蒋氏,双眸含泪:"娘?!您为什么要打女儿?!"

"蠢货!如果不是你和白锦绣因为口舌之争大打出手,事情怎会弄得这么大!"

蒋氏骂完女儿,又强撑着打起精神来,只要陛下的明旨没有发下来,就还有回旋的余地。今日已经来不及进宫了,她明日便进宫求请皇后让陛下开恩,切莫去秦朗的世子位,做出一个好继母应有的姿态,表明忠勇侯府只能有秦朗这一位世子,也许情势还能挽回。

"吴嬷嬷!"蒋氏喊了一声,见脸色蜡黄的吴嬷嬷从外面进来忙吩咐,"快向宫里递牌子,明日我要进宫拜见皇后娘娘。"

吴嬷嬷对蒋氏行礼之后,道:"夫人,出事了!刚庄子上的徐管事带着满脸的伤来了,说今天有镇国公府的人,带着一干打手护院,冲进您的陪嫁庄子上,拿着明玉的身契把明玉给捆走了!"

蒋氏一口气没上来跌坐在软榻上,险些背过气去。

"夫人！夫人！"吴嬷嬷连忙扶住蒋氏。

"镇国公府这是什么都知道了？他们会不会也知道咱们府上把那几个丫头给溺死的事？"蒋氏捂着心口只觉喘不上气来。

"虽说富贵人家打杀几个丫头不是什么大事，可明玉那个丫头前因后果什么都知道，要是她什么都吐给镇国公府，到时候大长公主那边儿不好交代……"吴嬷嬷忧心忡忡地望着正吧嗒吧嗒掉眼泪的秦二姑娘。

"娘！"秦二姑娘光是想起大长公主通身的威仪就吓得腿软，哭着扯住蒋氏的衣裳，"这可怎么办啊？！大长公主要是知道了，肯定不会放过我和姐姐的！"

蒋氏这一次算是踢到铁板了，若不是早从忠勇侯那里听说镇国公府白家将有大难，她也不敢如此张狂行事随意拿捏白锦绣。她还是冲动了，想要拿捏白锦绣，大可以等到镇国公和白家男儿尽数战死沙场的消息传回大都再动手，更何况白家背后还有一个大长公主，是她被董氏压了这么多年，只觉好不容易要出头了，就没有忍耐住狂妄了。

吴嬷嬷眼珠子一转，给蒋氏倒了一杯茶，凑近蒋氏开口："夫人，二姑娘，咱们先别急！老奴思量着……就算是大长公主知道这件事儿，也不会闹太大不能收场，顶多吓唬吓唬夫人和咱们府上两位姑娘。您想啊，总归白锦绣已然是秦家妇，忠勇侯府不好，身为秦家妇的白锦绣能好？她是夫人的儿媳妇，还得在您的手上讨生活，您一个孝字就足以把白锦绣辖制得死死的！大长公主不会连这点道理都不知道！"

蒋氏听了吴嬷嬷的话点头，很快镇定下来，再想到用不了多久南疆消息就会传回来，蒋氏慌乱的心绪逐渐大定。

见蒋氏脸色好看了不少，吴嬷嬷继续道："再说了！她白家大姑娘不是说，能胜过白锦绣武艺水性的男子满大都城都凤毛麟角吗？那前线战场被捅了一刀都能爬起来，怎么在咱们侯府被石头碰了下就活不成了？白日里在咱们侯府奄奄一息，转脸回到镇国公府就醒了？这事儿本不过就是两位姑娘和她嬉戏……不小心致她落水的小事，她便不依不饶的，这分明是想要借这事儿拿捏您这个婆母，毫无妇德可言！"

吴嬷嬷一想到昨日白大姑娘让人捆了她，让她没脸，就气得不行！她可是忠勇侯夫人身边最得脸的嬷嬷，她收拾不了那个白大姑娘，还折腾不死这个白锦绣吗？这口恶气她总要出了才行。

蒋氏气得胸口起伏："镇国公府果然都是些满心算计的东西！我就知道她打的是这个主意！她想得美！"

"夫人莫生气！老奴倒觉得夫人不妨先忍下来，等把白锦绣接回府以后，您这个当婆母的让她来您面前好好立立规矩，就是他镇国公府也挑不出错来！"吴嬷嬷替蒋氏抚着背，低声说。

蒋氏长长呼出一口气，挺直了脊背说道："你说得对！不过我们还是要拿出伏低做小的态度给人看！吴嬷嬷你去备份厚礼，明日我们从宫里出来，去拜访大长公主顺道去接白锦绣回府，你亲自去库房挑，上好的千年人参……不拘什么越贵重越好！"

"还是夫人大度，身为婆母屈尊去看儿媳，这满大都城也找不出夫人这么仁慈的婆母了！老奴这就去准备！"吴嬷嬷忙出去让人开库房。

蒋氏端起茶杯喝了一口，只盼着白家男儿死在南疆的消息赶紧传来，等看到镇国公世子夫人董氏哭天抢地的样子，那个时候她才能畅快。

当初做姑娘时，董氏家世才貌样样都压蒋氏一头，蒋氏迫于母族式微只能对董氏低头，一直盼着一朝翻身。后来她嫁入高门忠勇侯府，即便是续弦也总算是能压董氏一头了，结果不知道这董氏烧对了哪路香，没过两年竟然嫁给了镇国公府的世子，爵位比她夫家还要高。

她入忠勇侯府两年无孕，董氏倒是一进镇国公府门就怀上了。十月怀胎董氏一朝产女，她可算是松了一口气，可谁知镇国公和大长公主跟魔怔了似的竟把个女娃娃当成宝贝，比府里的男儿还要疼爱！蒋氏鼻子都气歪了。

这些年她憋着一口气，不想和董氏差得太远了，就盼星星盼月亮地指望着秦朗能行差踏错，自己的儿子成为忠勇侯世子，可天不遂人愿！如今老天爷有眼，让董氏的丈夫儿子都死在南疆，镇国公府一门男儿尽损，往后这大都城再也没有她白家立锥之地，她可算是出了一口恶气。想到往后董氏的可怜，蒋氏心里痛快了些，决定当下还是得忍忍，就让镇国公府再猖狂几天。

蒋氏算盘打得倒是响，可不等她牌子递到宫里，皇帝就准了秦朗去世子位并让宣旨太监送上丰厚的赏赐。

"忠勇侯之子秦朗，不愿靠祖荫碌碌无为终了此生，一腔热血一身忠胆自求功名为君分忧，当是士族之子表率。赐黄金百两、宅院一栋，望秦朗勤勉苦读，来年殿试之上，朕……翘首以待。"

跪在忠勇侯府众人最前端的秦朗，顿时热泪盈眶，郑重叩首接旨谢恩。

宣旨太监笑容满面地看着站起身眼眶发红的秦朗，笑道："公子壮士断腕之气度让人钦佩！皇后娘娘让老奴转告公子，陛下很是看重公子，望公子切莫辜负陛下所期，当为士族之子典范，住新宅走新路，日后前程似锦指日可待。"

秦朗一听是皇后娘娘传的话,当即跪下又是郑重一叩首:"多谢陛下、皇后娘娘挂怀!秦朗……必不辜负陛下、娘娘所期,定当勤勉自立!"

忠勇侯脸色铁青,虽然皇帝亲口下旨嘉奖秦朗,可是秦朗自请去世子位不是跟自己这个做父亲的商议,反倒是请大长公主帮忙。再者,陛下赐宅,皇后娘娘叮嘱秦朗住新宅走新路,这便是把他们忠勇侯府不睦的事情抬到明面儿上来,他明日怕是会被满城勋贵臊死。

忠勇侯回头以凌厉骇人的目光瞪向蒋氏,蒋氏立时脸色煞白,抖如筛糠。

蒋氏知道这次不但让丈夫忠勇侯丢了颜面,她的名声也彻底完了,她盼了多少年希望秦朗行差踏错,世子位就落在她儿子的头上!可如今秦朗真的不要了世子位,这个位置反倒如烫手山芋,她羞于让自己儿子接手。

秦朗将圣旨奉于香案,正准备回自己院中时,被忠勇侯叫住,扬手就是一耳光打得秦朗半张脸都是麻的。

"你这个忤逆不孝的东西!自请去世子位这样的大事,说都不说一声!这世子位对你来说难道是萝卜青菜吗?说不要就不要!还惊动了大长公主!你这是踩着我们侯府的脸面为你自己挣前程啊!"

秦朗眼眶发红,喉头翻滚,沉默半响退后一步,对忠勇侯行叩首大礼:"自母亲去后,父亲再娶续弦。不知何以谨守孝道为继母不喜,悬梁苦读亦是让父亲不满,儿百思不得其解。直至金秋时节,儿见幼弟绕父母膝下,父亲感慨幼弟才学惊艳出口成章,继母落泪称何以幼弟非长子,祖训礼教待幼弟不公,儿才知父母钟意的世子人选乃是幼弟!儿无大才,也知不能解父母忧虑为不孝。儿反躬自省,自请去世子位,以求自赎一二,实非不孝。不日儿将搬出侯府,愚愿……侯府和睦,父母康健,妻室平安,求父亲谅解!"

忠勇侯浑身颤抖,看着秦朗起身再次长揖到底转身离开,他抬了抬手……到底没有能唤住秦朗。

白卿言用过晚膳后练了一身汗,身体隐隐有了适应的迹象,不似前两日那般酸痛。

沐浴后,春妍正给坐在灯下看书的白卿言用帕子绞头发,就见春桃端着热茶进来。

"大姑娘,您吩咐表哥的事情已经办完了,夜深他不便入后宅,让奴婢禀姑娘一声。"春桃将热茶放在白卿言手边。

陈庆生是个极有慧根的人,对陈庆生,白卿言现在已经没有什么不放心的,即便今天她把话说得含蓄，但事情应该怎么办想必陈庆生很清楚。

白卿言视线从书本上挪开，问："你表哥是怎么办的？"

春桃原本不想让这些脏烂事情污了白卿言视听，可白卿言既然问，春桃也没有瞒着的道理："表哥请了卢平护院带着人杀到忠勇侯府人蒋氏的庄子上，用身契强行将明玉给抢了出来，就那么捆了明玉一路敲锣打鼓进城，把人送到了明玉家里，说……明玉背主，虽然二姑娘念在明玉伺候多年的分儿上不计较，但也断断不敢再用，所以让人把明玉送回家，准许明玉家里人用钱把人赎回，日后好自为之。"

陈庆生很聪明，这做得很漂亮……白府的名声可不能有污点。

白卿言心情舒畅地合了书本放在鸡翅木的小几上，知道还有后续，端过茶喝了一口："你继续说……"

"明玉的兄长惧怕镇国公府威势，七凑八凑找钱庄借了钱，才把钱还给咱们府上！我表哥走之前，暗地里敲打了一下明玉的兄长！后来钱庄的小厮又去明玉兄长那里提点了一下！明玉兄长就以家门不幸为由，打断了明玉双腿，将明玉卖到私娼窑子里去了！"

白卿言放下茶杯，陈庆生果然是个宝。她眼底有了笑意，又问："还有呢？"

春桃耳根一红，还是说了："我表哥说让姑娘放心，他已经打过招呼，明玉现下是最下等的窑姐儿，只要喘着一口气就得……"

春桃已然说不下去。

听明白话的春妍打了一个冷战："这……平时陈庆生看起来那么温和随性的一个人，怎么下手这么毒辣？好歹……和明玉也算是旧相识。"竟然让明玉成了最下等的娼妇，真正的千人枕万人骑。

春桃小心翼翼望着白卿言，也怕白卿言觉得陈庆生太残忍冷血。

"你表哥做得很好！也好让那些心存他念的下人看看，背主是个什么下场。"白卿言对春桃笑了笑，"明日拿一百两银子去赏你表哥。"

"奴婢替表哥谢过姑娘。"

白卿言回头看了眼面色惨白的春妍："你去小厨房看看羊乳羹好了没有，给二姑娘送去。"

"是！"

春桃十分有眼力见儿地接过帕子替白卿言绞头发。

春妍一走，白卿言便道："你告诉你表哥再替我做两件事……"

"但凭姑娘吩咐。"

白卿言拿起书本，随手翻了一页："蒋氏命人溺死二姑娘陪嫁丫头的事，可以闹起来了！"

前有白锦绣受伤落水，性命垂危被镇国公府接回。后有镇国公府大张旗鼓将背主的明玉，从蒋氏陪嫁庄子上揪出来，送回她家。现下满大都城的百姓同权贵人家，早已经对白锦绣落水一事猜测纷纷，偏偏镇国公府上下口风紧得不漏一丝风声。得不到一点确凿音讯，闲来无事的后宅妇人、酒肆闲汉早就抓耳挠腮好奇得不行。此时再将被蒋氏口称发卖的陪嫁丫头之死抖出来，不仅旁人要给蒋氏编排上一出大戏，忠勇侯府的声誉也会被架在火上烤。事情一件一件，不急不缓地往外抖，循序渐进才能让看戏的人欲罢不能，眼睛都盯在忠勇侯府身上。届时就端看忠勇侯是要保全蒋氏，还是要保全忠勇侯府名声了。

"闹起来之前……派人去五个陪嫁丫头家乡的里正那里，消了她们的奴籍，等事毕也好让她们以良籍身份好好安葬。"

春桃从不质疑白卿言的安排，忙应声："是，一会儿伺候姑娘安置，我就去交代表哥！"

"另外，便是三日后祖母要派人去庄子上接两个人，我同祖母想试试这两个人的品行，让你表哥放手去安排。"

关于二叔这个遗落在外的子嗣，二夫人刘氏听了虽然气恼，但也还是接受了。毕竟当初二叔外出游历被一个姑娘所救，两人有了情愫这样的事情，二婶是知道的。至于多出来的这个孩子，府上不是没有庶子，她也都一视同仁，不过是多双筷子的事情，她不愿意计较那么多。

白卿言扭头眉目含笑望着春桃，眼神不掩亲密温和："你表哥的确得用，过了年我打算让他去外面再历练两三年，到时候混个管事绰绰有余，我也能放心把你交给他。"

春桃一张脸红透娇嗔道："姑娘！"

白卿言看着春桃面泛红酡，双眸含春的羞臊模样，浅浅笑着拍了拍她的手。春桃跟了她这么多年，她的心思瞒不过白卿言。梦中春桃为了护着她跟她去了南疆，还未和陈庆生成亲就已经天人永隔。如今……白卿言必定要让春桃风光大嫁，高高兴兴地和她的心上人厮守一生。

第二日一大早，白卿言刚用完早膳，就听外面小丫头来禀，白锦绣那五个陪嫁丫头的家人跪在府门口，哭求白锦绣告知白锦绣婆家将他们女儿卖去了哪里。

他们听说白二姑娘仁慈，准许明玉家人赎回那个背主的东西，想着女儿还算忠诚，即便伺候不好要发卖，卖给他们自家也好。贫苦人家，多是不愿意将女儿送进青楼，又出于无奈才将女儿送进高门大户当奴才丫头，只求儿女能有一口饭吃，不至于饿死。镇国公府世代忠良仁善之家，女儿能跟在白二姑娘身边也是造化，可若是重新被发卖，他们可真是怕极了女儿会落得和明玉一般的下场，被卖进窑子求生不得求死不能。

她用帕子掩唇将漱口水吐进痰盂里，才开口："春桃你去二姑娘那里取了那五个丫头的身契，交给郝管家，让他派个口齿厉害的管事，将身契交还给那五个丫头的爹娘，就说我们府上二姑娘落水之后一直昏迷不醒，也不清楚五个丫头被发卖到了哪里。如今国公府也正派人打听……哪个人牙子敢不见身契就把人带走发卖的，如果找不到五个陪嫁丫头，我国公府头一个报官求公道。"

"是！"春桃应声出了上房，疾步往白锦绣的青竹阁小跑而去。

郝管家得了吩咐，立时派管采买的刘管事拿着身契去门前。

刘管事临走前，郝管家捻着胡须思虑片刻道："今天一大早我便得了世子夫人的吩咐，专程派人去找城内那几个人牙子……问二姑娘陪嫁丫头的下落。世子夫人不问忠勇侯夫人，反倒让咱府上自己查，加上咱们姑爷也已经自请去世子位！这架势……我们府上必是要和忠勇侯府撕破脸，所以一会儿你不必顾忌侯府是亲家，只管将二姑娘的委屈说清楚！"

"郝管家放心！"刘管事心里跟明镜儿似的。

国公府的刘管事一出门，见国公府门口除了那五个陪嫁丫头的亲娘老子之外，还围了乌压压一堆百姓看客，当下就让下人把几个陪嫁丫头的爹娘扶了起来。

刘管事眼眶发红道："各位，真对不住！我们家二姑娘遭了大难，被人砸晕了推进湖里生死不明，被抬回府后几位太医使尽浑身解数，才把二姑娘从阎王爷手里夺回来！二姑娘醒来得知自小跟着她的丫头被婆母发卖，又哭晕过去一回！再醒来是怎么也不信，说这陪嫁丫头的身契还在自己手里，哪家的人牙子不见身契就敢把人带走！所以今儿个大早，我们世子夫人已经派人去找大都城里那几个人牙子问话了。"

说着，刘管事又从胸前拿出五位丫头的身契，让她们爹娘上前认领。

发了身契刘管事才说："我们二姑娘命我将陪嫁丫头们的身契还与诸位，等找回诸位的女儿，如果还愿意留于二姑娘身边伺候的，二姑娘便把人当做家生子厚爱，不会亏待。若不愿的，二姑娘也会送回各位家中去，等出嫁时我们二姑娘定会送上一份丰厚的嫁妆，以全主仆情谊。我们大姑娘感激各位的女儿，是为了护着我们二姑娘才被发卖，已经派人去各位里正那里，帮你们各家姑娘消除奴籍，等你们姑娘回来，就是正儿八经的良籍百姓了。"

"大姑娘、二姑娘大恩大德啊！"几个丫鬟的亲娘老子连忙叩首道谢，"可……就怕找不到我那可怜的女儿啊！"

刘管事拱手："诸位放心，怎么说这陪嫁丫头都是从国公府出去的，真要是找不到我国公府定然报官！"

围观的百姓，一时间赞起白家高义来。

"看看人家镇国公府，对百姓一片赤胆忠心，对奴仆也如此心存义气！五个陪嫁丫头因二姑娘被发卖，人家不但要把人找回来，还消了这五个姑娘的奴籍，这可真是天大的恩德了。"

"这白家二姑娘也太糟心了，竟然摊上这么个婆家！"

"忠勇侯夫人也真是顶好的人品，丫鬟那可是儿媳妇长了脚的嫁妆，身契都没有拿到手就敢卖，呸！不要脸！"

"你们知道什么啊！这里面定是有内情的！"有看客抄着手故作深沉道，"你们想想看，国公府拼着和忠勇侯府撕破脸，也要把半死不活的二姑娘抬回来，再来就是二姑娘那个陪嫁丫头明玉，竟然被人从忠勇侯夫人陪嫁的庄子上搜出来，六个陪嫁丫头……就她没有被忠勇侯夫人发卖！其中猫腻你们还看不懂吗？！"

"对啊，再就是秦世子负荆请罪，自请去世子位！啧啧啧……这功勋世家的水深啊！"

"都说有了后娘就有了后爹，这话不假！秦世子也不容易啊！镇国公府的姑娘们宁折不弯，怕是那忠勇侯夫人害怕拿捏不住儿媳妇，才借了两个女儿的由头，想要……"有人做了一个抹脖子的动作。

"这事儿到底是怎么回事儿，怕是镇国公府也是一头雾水，只有被发卖的那五个丫头和忠勇侯夫人自己知道！"

"那五个丫头多半已经丢了性命！你们想想那身契还在白家二姑娘手里呢！发卖……哪家人牙子敢收？这其中龌龊，也就只有忠勇侯夫人自己知道喽。"

"还有白二姑娘之前那个陪嫁丫头，她肯定也知道内情……就是那个背主的，被她哥打断腿卖进窑子的明玉，可惜已经疯了，疯疯癫癫什么也问不出来，只逢人就傻兮兮地笑着说，忠勇侯夫人许她做秦世子的妾室。"

"哟！知道得这么清楚，你去过那窑子睡过了？"

看热闹的人笑成一团。有眼尖的老远看到忠勇侯府的车马，忙嚷道："那不是忠勇侯的马车吗？！"

"忠勇侯府竟然也有脸来人家镇国公府！"

"嘘嘘嘘！不要命了！忠勇侯府是什么样的人家，背后说道说道也就罢了，要是让人家听到，万一被记恨上了，小命没了都不知道上哪儿哭！还是住嘴吧！"

随着忠勇侯府车马停在镇国公府门前，看热闹的百姓都噤声，用鄙夷的眼神打量着下了马车的忠勇侯夫人。

白锦绣身边五个丫头的爹娘，是恨毒了忠勇侯夫人，碍于权势却也只能懦懦站在一旁，低头不敢言。

忠勇侯夫人蒋氏带着厚礼，大张旗鼓登镇国公府大门，说前来向大长公主请安，也是想将白锦绣接回侯府照料。

二夫人刘氏不愿见忠勇侯夫人蒋氏，托世子夫人董氏应付，自己踏踏实实窝在青竹阁陪有伤在身的白锦绣。

忠勇侯夫人进门没有主子相迎，反倒是被镇国公府粗使的婆子请进去的，虽说她是来伏低做小的，可这般被怠慢还是心生怨怼，藏不住情绪将满心的狠戾表露在了脸上，盘算着等镇国公府男儿皆亡的消息传回来，要怎么把这口恶气出出来。

吴嬷嬷扶着蒋氏往镇国公府内走，撇着嘴道："这国公府也太怠慢夫人了。"

大约是听了吴嬷嬷替自己鸣不平，蒋氏情绪反倒平和了下来，她笑着说："昨儿个你还劝我，今天怎么反倒是你沉不住气了？总归白锦绣是我的儿媳妇儿，他们国公府给我没脸，我能给白锦绣好脸吗？只要今天能把白锦绣接回府，压着不让秦朗搬出忠勇侯府，侯爷的颜面也好看些！反正这日子还长……咱们且看着。"

"夫人英明！"吴嬷嬷谄媚笑着，扶住蒋氏往内宅走。

吴嬷嬷跟了蒋氏这么多年，太了解蒋氏的脾性，刚才她若不抱怨，蒋氏一会儿见了镇国公府的世子夫人，怕是藏不住火。她先开口抱怨……让蒋氏反过来安抚她，蒋氏便会觉得她自己度量大城府深，是天底下最能耐的能耐人，才能稳住，将情绪藏在心底。

刚走进镇国公府垂花门，蒋氏就见镇国公世子夫人董氏身边的管事嬷嬷立在那里，见蒋氏过来，秦嬷嬷笑着福身行礼道："给侯夫人请安，大长公主刚才遣了丫头过来说，今日身子不爽就不见侯夫人了！二夫人忙着照顾我们二姑娘也不过来了，我们世子夫人和大姑娘、三姑娘正等着侯夫人呢，遣我过来迎一迎。"

吴嬷嬷一听白大姑娘也在，顿时老脸抽抽，心里怕得慌。要知道那白大姑娘可是上过战场，真正见过血杀过人的！

蒋氏脸色也不怎么好看，大长公主不见她也罢了，她刘氏拿什么乔，打量着给她端架子么？

虽说世子夫人来接待她也不算辱没，可那个白大姑娘一点儿礼数都没有，看着温和有礼，说话时杀气凌厉。那日在他们侯府门口，连他们侯爷都被顶撞得哑口无言，让蒋氏见她，蒋氏怎么能不觉瘆得慌？

心里不乐意归不乐意，明面儿上蒋氏还是要装出个长辈的样子来："白大姑娘身子弱，怎么不好好歇着，这倒让我心里不落忍了。"

秦嬷嬷带头在前面走着，听到蒋氏拿白卿言的身子说嘴，心里翻了一个白眼，表面不显却也没有搭腔，只自顾自挺直了脊背在前方带路。

蒋氏讨了个没趣，甩了甩帕子，不再吭声。

秦嬷嬷一直带着蒋氏进了屋，也不见董氏出来迎一迎，进门见董氏和白卿言、白锦桐正在说笑，怠慢之意明显，顿时火冒三丈。

"倒是我今日来得不凑巧，想给大长公主请安，大长公主身子不爽！连亲家母都要照顾锦绣不得脱身！"蒋氏笑盈盈进门道。

董氏听到这酸话，一双凤眸朝蒋氏望去，想起四姑娘白锦稚说，那日在忠勇侯府这蒋氏拿白卿言的身体和年龄挤对白卿言，董氏心里已然恨上了蒋氏，也没有给什么好脸。

董氏抽出帕子压了压唇角，看着蒋氏，沉着脸开口："听侯夫人这话的意思，我母亲病得不是时候，专挑您来的时候病了。我二弟妹也没有轻重，放着您这么大尊侯夫人不来觐见，偏偏要去照顾自己奄奄一息的女儿。"

蒋氏喉头一哽，被怼了一个没脸，笑意再也挂不住。

董氏贤德又温厚的名声在外，一向都是宗妇表率。可白卿言却知自己母亲一向厉害又护短，旁的事董氏都大度能忍，可谁要是欺负了她的儿女，那董氏可是什么都不惧怕的。

礼，白卿言和白锦桐还是要守的，她们起身草草对蒋氏行了一礼。

白卿言落座，便笑着问："侯夫人今日上门，难不成是为了让我镇国公府上下正门迎接，显摆您身份尊贵的？一进门就连珠炮似的问我祖母和二婶儿的罪？"

一听白卿言说话，蒋氏就直突突，想来还是那日忠勇侯府门前，被白卿言给吓到了。

蒋氏手心里都是汗，她来之前就清楚今时不同往日，他们忠勇侯府被拿了错处，得狠狠地撇下脸面做小，才能先让镇国公府出了这一口恶气，可这镇国公府董氏和白大姑娘说话也太可恨了些。

蒋氏指甲都要掐断了，才服软道："我岂敢问大长公主的罪！"

"侯夫人这话的意思，就是怪罪我二伯母了……"白锦桐当即冷下一张脸，"我还以为今日侯夫人登门是来赔不是的，没承想竟是来问罪的！"

蒋氏本就度量小，只觉国公府一个庶出的小蹄子都敢把蹶子尥到她脸上，顿时黑了脸："一个庶出的也在我面前大呼小叫，董氏你也不管管？传出去不怕别人质疑你们国公府的家教？"

董氏重重放下茶杯，不悦地朝蒋氏瞪去："侯夫人还是多关心关心你们侯府的家教吧！你两位嫡出的女儿，不过同新嫂生了龃龉，动辄就要害新嫂性命！侯夫人又将手伸到儿媳妇嫁妆里，在儿媳妇伤重昏迷之际发卖儿媳妇陪嫁丫头，这事已经传遍大都城，满城的清贵人家都拿这当笑柄谈资！侯夫人不思量如何挽回你们侯府声誉，还厚颜指点我镇国公府家教，好大的脸！"

董氏这话可是将蒋氏的脸面踩进了泥里。

"你！"蒋氏心口起伏剧烈，气得浑身发抖说不出一个字来。

吴嬷嬷知道今日来的目的是接白锦绣，阻止秦朗搬出忠勇侯府的，忙笑着打圆场和稀泥。

"哎哟，世子夫人您误会了！我们夫人真不是这个意思！我们夫人就是再怎么着……也断不敢让大长公主来迎我们夫人啊！我们夫人这是关心大长公主和我们大奶奶，心好嘴拙不会说话，怎么能是问罪呢？"

吴嬷嬷赔了笑脸，又不动声色扯了扯蒋氏的衣袖："我们夫人是听说大奶奶醒了，今天是专程来接大奶奶回府的！这既然来了，就断断没有不给大长公主请安的道理，听说大长公主病了觉得自己来得不是时候，这才说了这么一嘴！世子夫人您和我们夫人也算是自小的交情了，您还不知道我们夫人吗？！"

蒋氏按捺下心头怒火，几乎绞碎了手中的帕子才压下脾气，道："可不就是这个理儿！世子夫人咱们自小相识，我就是这么个脾气，都是误会了。"

董氏根本就不接蒋氏这一茬，戴着上好翡翠手镯的手搭在扶手之上，当家主母的气派真要提起来，不知道比蒋氏高了多少个格调："这么说，今日侯夫人登门，是来致歉？"

"也是想接锦绣回府，说到底锦绣已然是我秦家妇，不好总待在娘家，没的叫人笑话。"蒋氏说。

"蒋逢春，你也别在这里和我绕圈子了！"董氏连名带姓直呼忠勇侯夫人名讳，"昨日圣上明旨下发赐了秦朗宅子，秦朗一旦搬出去住，就等于将忠勇侯府不睦，将你两个女儿对我们锦绣动手的事情挑到明面儿上来！你这边眼看着没有办法了，这才登我镇国公府的大门想把我们锦绣接回去，企图辖制秦朗不许秦朗搬出侯府，来全你们侯府的面子，是也不是？！"

陡然被董氏不留颜面地戳穿，蒋氏脸色越发不好看，吴嬷嬷忙接话："世子夫人，我们侯夫人这也是为了一家子着想，一家人不说两家话！您说……这好好的父亲母亲都在呢，怎么能搬出去住？您看镇国侯府如此兴旺，还不是因为不分家，所以才有了白家十七郎这样的福气！这……父母在世就搬出去，将来我们世子爷仕途上，怕是要被人拿孝道说事了。"

一个嬷嬷，犯不着董氏自降身份搭腔，董氏只端起茶杯喝茶，白卿言不紧不慢地开口问："这话是侯夫人的意思？"

蒋氏也不愿和白卿言搭话，想端茶喝口水，这才发现董氏连杯茶也没给上，顿时火冒三丈地甩了甩帕子："我这也是为了秦朗他们两口子好。"

"侯夫人真是好大的口气，皇后娘娘叮嘱姐夫住新宅走新路，您竟说不让姐夫搬出府是为了姐夫好，难不成您比皇后娘娘还英明？！"白锦桐抬眉问。

蒋氏心里咯噔一声，给她一万个胆子，她也不敢质疑皇后娘娘的话，训斥道："你休要胡言！"

白卿言目光灼灼，声线轻漫："侯夫人今日来，没有带侯府两位姑娘向我二妹妹请罪，摆着谱进了我镇国公府的大门，嘴皮子一碰就是要把我二妹妹接回去！侯夫人是觉得我们白家怕你忠勇侯府，还是觉得我白家会蠢到将我二妹妹送回忠勇侯府任你磋磨？！"

"不怕明着和侯夫人说……"白锦桐也慢条斯理开口，"那日姐夫上门负荆请罪，我二姐姐告诉姐夫，我二姐生受了你女儿那一石头不还手，为的就是拿命给姐夫出府铺路，倘若姐夫没有搬出忠勇侯府分家的勇气，便配不上我白家女儿，和离是免不了。即便拼到鱼死网破，一纸休书求去……我二姐也断不会再和姐夫过下去了！"

蒋氏和吴嬷嬷都睁大了眼，怎么也想不到白锦绣看起来柔柔弱弱的一个人，竟然能用这样的毒计！和离？！清贵人家哪有和离的！

蒋氏气得手都在抖，白锦绣好恶毒的心肠，这分明就是要把她往死里逼啊！

白卿言凉薄的视线扫过吴嬷嬷，冷笑："如今陛下下发明旨，皇后娘娘殷殷叮嘱，谁敢用孝字说嘴秦朗前程，就是指责陛下和皇后娘娘！秦朗已然收拾箱笼只等搬出侯府，大好的日子等着我二妹妹。倒是侯夫人这么多年暗室欺心、不择手段，要的不就是这个世子位吗？如今秦朗光明正大让出来，侯夫人怎么又不敢磊落接着了？"

吴嬷嬷惊了一身冷汗，刚才她就在拿孝字说嘴。

"董婉君，我今日好心亲自上门接白锦绣回府！你满大都城打听打听有我这么大度的婆母吗？我竟半分好没落下！一杯茶还没有喝上，反倒被你镇国公府两个孩子把脸按在地上踩！"蒋氏也是气得不行，连名带姓地直呼董氏，把红木小几拍得啪啪直响，"我就算是继母，可秦朗的父亲我们家侯爷总还在吧！父母在不分家，你们白家二女儿刚成亲就撺掇秦朗搬出侯府，还有没有孝道可言？传出去不怕千夫所指吗？"

董氏徐徐往茶杯里吹了口气，懒得和蒋氏饶舌，只道："你以为我不知道你是怎么想的，你自以为我们白府把姑娘嫁到你们侯府，你又是正经的婆母，就算顾及着往后锦绣的前程，我们白府上下也得敬着你！可蒋逢春……我们白家世代硬骨，不是谁想啃就能啃得动的，还是回去掂量掂量你的牙口想清楚再来吧。"

"董婉君！"蒋氏拍桌而起，摔了帕子就要走，"我们走着瞧！日后有你哭着倒霉的时候！"

吴嬷嬷连拉带扯才堪堪将怒火冲天的蒋氏拦住，一个劲儿地使眼色："夫人，大奶奶受了伤，世子夫人是娘家人，难免生气说话不好听，您也多包涵包涵！您这脾气太直，要是真走了两家误会怕是解不开了！"

白卿言抬眼瞅着要甩帕子走人的蒋氏，慢条斯理地开口："说到我二妹妹的伤，敢问侯夫人，我二妹妹落水昏迷之后……您将我二妹妹的陪嫁丫头卖与哪家人牙子了？那五个陪嫁丫头的爹娘正跪在我们国公府门前求问，我也好奇哪家的人牙子后台如此硬，那五个陪嫁丫头身契还在我二妹妹手中，就敢从侯夫人手中把人带走！还是……其他五个丫头同明玉一样，被侯夫人养在了庄子上？"

吴嬷嬷一颗心扑通扑通乱跳。吴嬷嬷是等蒋氏发落了那几个丫头之后，才想起身契之事，可惜到现在都没能从白锦绣的嫁妆里抄检出那几个丫头的身契。原本留下明玉是打算到时候镇国公府追究起来，就让明玉这个贴身大丫头站出来，说是白锦绣自己让明玉把身契拿给蒋氏的。可谁知，镇国公府居然命人拿了明玉的身契，将明玉从蒋氏的庄子上强行捆了出来,那不用说,其他五个陪嫁丫头的身契肯定也还在镇国公府。

不等吴嬷嬷斟酌开口,心虚不已的蒋氏已经借故发火:"白锦绣刚进秦门不思孝顺公婆,不恪守妇道,反用奸计煽动夫婿分家,你们国公府还有脸问我那几个丫头!就是白锦绣本人……我这个做婆母的打死她,满天下也没有人说一个错字!吴嬷嬷还不走!"

吴嬷嬷满头汗跟上蒋氏。

"侯夫人,今日出了这道门,要是打着宣扬我二妹妹撺掇秦朗搬出忠勇侯府,把污水泼到我二妹妹身上的主意,我劝你还是省了!我们镇国公府肯定是一概不认,我母亲势必也是要替我二妹委屈委屈,解释一二。"白卿言起身,笑盈盈地开口,"我母亲是圣上亲口称赞的大都城宗妇表率……侯夫人想想凭您纵女害人性命,擅动儿媳嫁妆的声誉,若是再添诋毁儿媳妇名声,那可就真妙不可言了。"

关于白锦绣同秦朗说的那番话,传出去不利于白锦绣的名声。

白锦桐立在白卿言身侧,故作无奈地摇了摇头:"我将二姐的话说与侯夫人听,就是指望着侯夫人给她这已经被架在火上的名声添一把柴,浇一碗油!长姐也太好心了,何苦提醒她?"

"董婉君,你们镇国公府这是要和我们忠勇侯府撕破脸吗?"蒋氏目眦欲裂绞着手中的帕子。

董氏懒懒抬眼:"你那两个女儿险些害死我国公府二姑娘,你还敢在我镇国公府跟前要脸?!"

白锦桐负手而立,勾唇凉薄笑着:"忠勇侯府的脸皮难不成是城墙吗?我们国公府大张旗鼓把我二姐接回来!还没撕破?!"

"你们……好!你们白府且嚣张着吧!"蒋氏怒火攻心,气得全身都在颤抖,口不择言道,"用不了多时,有你们好哭的!吴嬷嬷我们走!"

白卿言视线抬起,幽深的目光凝视着蒋氏的背影。

立在门口的秦嬷嬷见蒋氏带着风从厅内出来,规规矩矩上前引路把人往外送,蒋氏一肚子邪火全撒在了秦嬷嬷身上:"怎么着?出个府还要监视吗?怕我偷了你们镇国公府的东西不成!"

忠勇侯夫人一走,董氏就丢下茶杯,满目厌恶:"蒋氏这德行,总以为全天下就她最聪明,旁人都是个傻子,凭她算计!"

当初白卿言与秦朗的婚约，是在秦朗的母亲病重垂危时定下的。早年秦朗的母亲还未嫁时，因曾被董老太君和董氏从山匪手中救下一命保住其贞节，秦朗的母亲感念万分和董家来往密切，更与董氏意气相投结为姐妹。后来秦朗的母亲病重，自知时日无多，便将秦朗托付于董氏，私下跪求董氏将来若得嫡女许给秦朗，如此董氏便是秦朗名正言顺的母亲了。将死姐妹跪求，年幼心软的董氏胆大包天一口应下，将随身玉佩当做信物赠给了秦朗的母亲，私自将此事定下。秦朗母亲一片拳拳爱子之心，自知和忠勇侯秦德昭无深情厚谊，怕来日继母进门忠勇侯世子之位改弦更张，为稳固秦朗世子之位，只能以托孤为由，连金兰姐妹都算计其中。若非秦朗母族日渐式微，若非知道董氏得了镇国公府大长公主青眼，只等董氏祖父三年孝期一过便上门提亲，秦朗母亲哪会如抓到一根救命稻草似的，跪求还未嫁人的董氏定什么婚约。

再后来秦朗母亲去世，忠勇侯迎娶蒋氏续弦。蒋氏是个什么东西，董氏心里一清二楚，自白卿言出生之后，心里便一直都替白卿言捏了把汗。岂料，白卿言初长成便腹部受伤子嗣艰难，国公爷要退掉国公府和忠勇侯府的婚约时，忠勇侯亲自上门来游说，将秦朗婚约的对象换成了白锦绣。本来国公爷也不同意，可不知道忠勇侯和国公爷说了些什么，国公爷就同意了。董氏作为儿媳妇也不好说什么，也怕说多了让二夫人刘氏以为她是不满将婚约换给了白锦绣，劝了两句不见效之后，索性闭口不言。没想到多年后白锦绣成亲，竟然让孩子吃了这么大一个亏，早知如此当初她就应该极力反对。

"母亲也莫气了。"白卿言出言安抚董氏，"没去忠勇侯府之前，我以为忠勇侯夫人多厉害的人物，现在看来也不过如此。眼下秦朗搬出忠勇侯府的事情势在必行，回头您和二婶儿给锦绣多挑一些得力的嬷嬷仆人送过去，没有婆母拿捏，何愁锦绣日子过不好？"

董氏叹了一口气，点头，好在皇帝下发明旨，皇后也开了金口，就算她蒋氏三头六臂，这事儿也是板上钉钉更改不得了。

想到刚才白卿言追问蒋氏那五个陪嫁丫头的去处，董氏犹豫了片刻，还是照实对女儿说："昨日你二婶儿托我遣人去寻你二妹妹余下的五个陪嫁丫头，想弄清楚事情的来龙去脉以求后报。虽说今早我派了人去询问城内人牙子，可心底清楚……那五个陪嫁丫头多半已经没了。你二婶儿性子泼辣耿直，又不知蒋氏那个人毒辣，怕没往这方面想，我也不知该如何同你二婶儿说。"

五个陪嫁丫头怎么说都是国公府出去的丫头，打狗还得看主人，大都城哪个人牙子不要命了，敢在没有身契的情况下动镇国公府出去的人？也就二夫人刘氏信这话。

"母亲何苦要和二婶儿挑明了说，这五个陪嫁丫头我们国公府找不到，那就报官，让官府来找。"白卿言主意很正。

愁眉不展的董氏抬头看向面沉如水、从容自若的女儿，顿时眉开眼笑："我儿说得对！是娘痴了！自家的下人找不到，自然是要报官了！还得让管事带着那五个姑娘的身契和生身父母，一起去报官！"

白卿言面色深沉地从厅内出来，反复琢磨忠勇侯夫人临走前怒急攻心那句——用不了多时，有你们好哭的。这话像是别有深意，她垂眸凝视着脚下的石板路，不免猜测忠勇侯夫人是否知道些什么，所以才敢在白锦绣刚入门就下手？

那日在忠勇侯府，蒋氏侯夫人的款儿十足，丝毫不惧自家女儿伤了人。一向谨小慎微的忠勇侯……即便是因为他白家不给他们侯府留脸，挪走白锦绣恼火，但在是非对错已见分晓的情况下，何以还那么强硬？

她只觉脊背发汗，白家的事情……这大都城内到底有多少权贵牵扯其中？

白锦桐缓步跟在白卿言身侧，一脸痛快："看着那恶妇气到发抖的样子，可算是出了一口恶气！"

不见白卿言搭腔，白锦桐又不免想到那五个陪嫁丫头，她抱了一丝希望问："长姐，那五个丫头真的如大伯母所说……凶多吉少吗？"

她闻声回神，倒也没瞒着："你二姐姐的陪嫁丫头，除了明玉之外，全部被溺死。这位侯夫人怕丫头身上的衣饰容易露了身份，便命人扒了五个丫头的衣裳，大雪之夜一卷草席丢到乱葬岗了。"

她摩挲着手炉，眸色冷清："这个时辰，京兆尹府应当已经接到报案，派人前往大都城郊外乱葬岗，查看那几具女尸了。"

眼下整个都城的人目光都聚在忠勇侯府和镇国公府身上，光她知道的，就有不少清贵人家明里暗里在他们两个府邸打探消息。忠勇侯府蒋氏自然是一股脑地委屈诉苦，镇国公府世子夫人董氏这边儿一问三不知，只说要等着找到被蒋氏发卖的那五个陪嫁丫头道明事实，二夫人刘氏为女担忧谁都不见。可这些世家和百姓，越是打探不出什么，就越是会杜撰猜测，然后眼巴巴等着那五个陪嫁丫头被找回来，以证自己多英明。

饶是上过战场的白锦桐，都被蒋氏这干净利落的手段惊到，她看向白卿言："长姐，你这是都查清楚了，所以才让大伯母报官把事闹大的？"

白卿言慢条斯理地踱着步子："京兆尹府接到关于五具无名女尸的报案，我们府上恰巧在找被忠勇侯夫人发卖的五个陪嫁丫头，京兆尹都不用细查，便能想到口称发卖了五个陪嫁丫头的忠勇侯夫人，定会让我国公府派人过去认尸。"

"可长姐……"白锦桐单手负于背后，颇有几分男子英气，"在我朝，这丫鬟仆人，向来只能算是主子的私产、会动的物件儿罢了，就算闹到官府那里，也只能说这忠勇侯夫人手伸到了二姐的嫁妆里，已经坐实的名声闹这一遭，伤不了忠勇侯夫人皮毛，划算吗？"

"所以，今早府上已经派人去消了那五个陪嫁丫头的奴籍，你二姐姐也把那些陪嫁丫鬟的身契，发还给了那五个丫头的父母。"

白锦桐眼睛一亮，双手缠上了白卿言的臂弯："消了奴籍就是良籍百姓了，随意杀了百姓可是要偿命的！上次长姐同二姐姐说，好好留着这些丫头的身契有用处，就是为着今天吗？！那……此次真能要那个毒妇偿命？不若我们再想想办法，将这案子的结果按死？反正那毒妇就是千刀万剐也不冤枉了她。"

白卿言望着白锦桐双眸明亮的模样，只觉隐隐担忧，眼看白锦桐就要离家，可这性子还略微欠缺些稳重。既然同白锦桐说了这些，也好趁着这个机会用这件事，将道理掰开了揉碎了同白锦桐说得更通透些。

白锦桐是她们所有姐妹中最为聪慧机敏的，只是年纪尚小有时难免意气用事，可她最大的好处便是只要道理讲明便立时通透。

"那便只有将蒋氏赶出忠勇侯府，你二姐姐方能彻底不受这位婆母的辖制掣肘。否则即便是分府而居，这位忠勇侯夫人今天头疼明天脑热，孝道压着让你二姐姐侍疾，你二姐姐不能不去。再说回忠勇侯府那两位姑娘，她们母亲不在，长嫂如母，你二姐姐为长嫂，将来定是要操持这两个姑娘的婚嫁，届时侯府两位姑娘敢在你二姐手中翻出什么幺蛾子？是不是这个理？"

白锦桐想了想，颔首。

"所以，案子审出什么结果来不重要！忠勇侯夫人判死，对我们来说可喜，但不是目的所在。我们要的是忠勇侯夫人……牵扯上人命官司引发的后果如我们所愿。一旦沾上人命官司，就算最后不能让忠勇侯夫人为那五个陪嫁丫头偿命，她的名声也会蒙上杀人的污点。权爵世家沾上人命官司，必会惊动御史台，御史们眼明心亮必定摩拳擦掌盯着，少不了要参奏弹劾，这是其一。教养在忠勇侯夫人身边的两女一子，母亲名誉受损他们在大都城也难抬头，这是其二。"

"你再想想……以忠勇侯逐利舍义的本性，他还会让名声接二连三受损的忠勇侯夫人留在忠勇侯府，连累他的儿女？我们的目的眼看着要达成……倘若这中间你使了手段欲置蒋氏于死地，弄巧成拙又如何说？"

见白锦桐目光略有滞涩，白卿言站定替白锦桐拢了拢披风，柔声道："过一阵子你就要独自出门在外，长姐借这件事同你讲这些，是想让你明白……做事不论用以何种谋划都要记清楚你所期望达成的目的，所有手腕伎俩皆为此铺路，万不可为谋得更多再使手段，以免卵覆鸟飞。再者凡事不能单看结果，拿这个案子来说，审出什么结果不重要，要多想想这后果是不是你要的。结果、后果，二者看似相近，实则天差地别。"

白锦桐自誉颇有才智，虽知不如长姐，可也觉得差得不会太远。如今看长姐收拾忠勇侯府这一番干净利落的动作，毫无累赘，行一步，前望九十九，心思缜密让人追之莫及。白锦桐此刻才知道，她要同长姐学的实在是太多了。

"锦桐谨记长姐教诲，铭记于心，必不敢忘。"白锦桐恭恭敬敬地对白卿言一拜，心悦诚服。

白卿言将白锦桐拉起来，攥着她的手说："你即将离家，外面世界之大不比家中，长姐这才多说了几句，望你行事慎之又慎。"

"锦桐知道了！长姐放心！"白锦桐红着眼握了白卿言的手，笑开来，"我送长姐回内院。"

她刚和白锦桐走了两步，老远看到在国公府养伤的秦尚志立在不远处似在看她，轻笑着福身行礼。

不明所以的白锦桐也跟着福了福身。

秦尚志望着白卿言皱眉，欲言又止，最终抱了抱拳转身离开。

秦尚志曾对白家大姑娘言，要想保全镇国公府得退。可观白家大姑娘这两天的言行举止，像是因白家二姑娘被伤一事冲昏头脑，拼着和忠勇侯府宁为玉碎不为瓦全的架势，全然是将镇国公府也架在了火上烤。

秦尚志本想提醒她月满则亏，水满则溢。但见白卿言眉目清明，怕是另有打算。他也就不再赘言，但愿这位白大姑娘真的能保全这白家满门忠骨。

"长姐，那人是……"

"是我们府上的一位客人！"她说。

回到清辉院，她屏退左右，闭眼立在火盆之前，来回想忠勇侯夫人蒋氏走之前那句话。忠勇侯夫人一个后宅妇人，自是搅弄不起什么风云，可忠勇侯秦德昭呢？秦德昭如今在户部任郎中，后来南疆的消息传回来，白家落难，东燕、大凉合军直逼三棱关，祖父的副将刘焕章请命出战，秦德昭擢升户部尚书负责粮草之事。

她陡然睁开眼，想起两个月前送往南疆前线的那批军粮辎重，顿时浑身发麻。兵马未动，粮草先行。粮草，兵之基本也。忠勇侯负责粮草筹备，怕早知这批粮草会出问题，甚至粮草出问题便是秦德昭动的手脚。

二夫人刘氏听说今日为了白锦绣，董氏已然和忠勇侯夫人撕破了脸，心中难以言喻的感激，如今才想起来当初董氏劝她好好思虑这门婚事，真真儿是为了她们家锦绣好，是她不识好歹还以为董氏心里存了什么怨怼，故意挑拨。

当天晚上，二夫人刘氏安顿好白锦绣，带着厚礼去了董氏那里，妯娌两人一直聊到深夜，二夫人刘氏才红着眼从董氏这里出来。大约是得了董氏的提点，二夫人刘氏现下也顾不上一股脑生气，开始想着怎么张罗秦朗新宅的事情来。

她长长地舒了一口气，对身边的管事嬷嬷罗嬷嬷道："罗嬷嬷你明儿个吩咐庞嬷嬷让她去从家生子里挑出一些踏实肯干老实的丫头、仆妇，先送到陛下赐给姑爷的新宅里去张罗，再让万嬷嬷去找王人牙子，挑些好的也送到新宅去！"

"二夫人放心，老奴一定办妥当！"罗嬷嬷扶着二夫人刘氏往自己院里走。

"罗嬷嬷，有件事儿我得和你商量，我知道你在我身边伺候多年，你的男人和孩子都在镇国公府，可锦绣……我真的不放心，你说我这当岳母的，又不能一头扎到女婿新宅去，所以我想让你暂时跟在锦绣身边，帮衬那孩子一把！除了你……我谁也信不过！也只有你能拿捏得住之前给锦绣的陪嫁婆子管事一流。"

二夫人刘氏停下步子，拍了拍罗嬷嬷的手。

罗嬷嬷被二夫人刘氏说得眼眶发热，连连点头："二夫人放心，二姐儿是我看着长大的！我定会替夫人守好二姐儿！再说了您看大长公主、世子夫人还有咱们大姑娘、三姑娘都是会拼死护着咱们二姐儿的！"

二夫人刘氏用力握了握罗嬷嬷的手，主仆俩踩着雪深一脚浅一脚地回去了。

雪下了一夜，密密的雪花片覆盖了国公府古朴的青砖碧瓦。

天还未亮，大厨房已是炊烟袅袅，仆妇婆子忙得热火朝天。

来给国公府送菜、送肉的农户聚在国公府灯火通明的后门进进出出，寒暄说笑，拐着弯儿打听国公府和忠勇侯府的闲言碎语。

卯时，各院内下人房挨个亮了灯。

打着哈欠的粗使婆子从屋内一出来，被这隆冬寒风吹得一个激灵，见春桃陪着白大姑娘一如往常地在院子内扎马步，大姑娘整个人跟从热水里捞出来一般头顶蒸腾着热气，婆子习以为常地行了礼，不敢出声打扰，拿了扫把出院门洒扫。

白卿言用完早膳，正倚窗靠在金线绣织的祥云大引枕上看书，母亲董氏身边的听竹就来了清辉院。

听到外面婆子笑着同听竹打招呼，春桃忙迎了出来，见听竹已经立在檐下，笑着问："听竹姐姐一脸喜气，可是有什么好事儿啊？！"

听竹是真的高兴，搓了搓发凉的双臂，笑着同春桃道："今年登州董家的老太君同董家二爷来大都过年，昨儿个傍晚就进了城。老太君怕咱们夫人心急就没有派人过来，今儿个一大早，老太君让董二老爷和董二夫人带着厚礼给大长公主请安，这会儿正在长寿院说话，专程让我来请大姑娘过去。"

"那可真是好事！咱们夫人几年都没见董老太君了，这下可该高兴了！"春桃替听竹挑起厚毡帘。

"可不是么！"听竹笑着进了门。

听到隔扇外听竹的话，白卿言合了书本，吩咐春妍给她更衣。

她记得，梦中二舅舅董清岳就是在腊月十九带着外祖母到了大都城，只是那时白锦绣新丧，她大病一场，二舅舅登门那日她浑浑噩噩不曾见过。后来，国公府出事，其他婶婶的母家避之不及。她的二舅舅登州刺史董清岳，冒死上表替白家求公道。她的大舅舅鸿胪寺卿董清平携全家，披麻戴孝为白家满门收尸。

梦里的无数过往涌上心头，白卿言眼眶发热，整个人像被泡在酸涩之中，迫不及待地想前去拜见为白家出过头的二舅舅。

隔着羊脂玉和翠玉镶嵌的锦屏，听竹见春妍已经给白卿言披上狐裘，笑着上前行礼："大姑娘，登州董家二爷同董二奶奶来给大长公主请安，夫人遣我来请大姑娘。"

白卿言笑着拿过丫鬟刚装好炭的手炉颔首："我听到了，走吧！"

一进长寿院，白卿言顾不上去暖阁换鞋袜，径直去了上房，穿着湛青色棉袄的婆子忙给白卿言打了帘，向里通传大姑娘来了。

白卿言立在门口，一手将暖炉递给春妍，一手去解大氅，春桃刚上前替白卿言脱了白狐大氅，就见白卿言抬脚进了上房。

春桃还从未见过白卿言如此着急过，忙将怀里的大氅递给春妍，跟了进去。

上房内，大长公主倚在金线绣制的祥云大引枕上，笑着道："阿宝今日来得如此快，想来是想舅父舅母了！"

白卿言一身淡黄色绣折枝纹的袄裙，越发衬得发黑如鸦羽，明艳清雅，窈窕无双，通身的嫡女气质。

二舅舅董清岳今年三十有八，不同于大舅舅董清平那般看起来斯文儒雅、随性平和。他皮肤黝黑，生得十分威武，明明是董家幼子却比大舅舅更显不怒自威，也比大舅舅更稳重。

白卿言一看到董清岳就忍不住红了眼，梦中二舅舅为白家上表，却被污是镇国公府同党，夺了官职发配边疆。

二舅舅头戴枷手临行前曾高呼："忠魂被污，英烈不存！这大晋江山我且看它如何覆灭！"

"祖母！母亲……"白卿言对大长公主和董氏行礼之后，又郑重对董清岳夫妇行大礼。

二舅母崔氏忙起身扶住她："阿宝这是干什么？"

她反握住崔氏的手，扶着她坐下："多年未见，外祖母可好？舅舅、舅母可好？"

董清岳放下茶杯笑开，唇角露出虎牙略损他一身威仪，倒显出几分和煦来："都好！尤其是你外祖母十分惦念你！一晃三年，阿宝一下就长大了。"

今日，董清岳和崔氏一起来，是得了董老太君的吩咐来白家为她的嫡次子董长元提亲的。一开始崔氏并不乐意，即便是她再喜欢白卿言，可这儿媳妇要比儿子大了三岁不说，子嗣方面还艰难，娶回去可该怎么办？在登州的时候崔氏哭也哭过了，闹也闹过了。可董老太君和丈夫皆说，正是因为白卿言子嗣艰难，恐怕为人继室都艰难，只有娶回自己家里放在自家人身边才不会被婆家欺负了，到时候给长元纳一房妾室，生的孩子都记在白卿言名下，这样白卿言不会受婆家欺负，老来有子，董长元也有了后。可就算是如此，那孩子到底根子上也是庶出的，这清贵人家谁不想多要几个嫡子？然而就算崔氏再不愿意，董老太君和丈夫拿定了主意，她也没有办法，今日只能乖乖前来。

崔氏笑着拍了拍白卿言的手，面上带笑眼底苦涩，真真儿是有苦难言。

董氏听闻这事自然是高兴得不行，虽说白卿言嫁入自己母家算是低嫁，可如此一来董氏就再也不怕白卿言在婆家受欺负。白卿言上有外祖母护着，下有亲舅疼着，左不过要给董长元取一房妾室传宗接代而已，就算是白卿言子嗣上没有什么磕绊，这也是旁人求都求不来的好姻缘。

"你外祖母今日命我和你舅母先来，一是来给大长公主请安。二是，你外祖母想你，可奈何舟车劳顿今日实在是走不动了，特让我们来接你去你大舅父府上。"董清岳笑着说。

在白卿言还没来之前，董清岳夫妇已经和大长公主说了结亲的意图，这次接白卿言过去，是为了让白卿言见一见董长元，看白卿言是否满意。只要白卿言点头，董家老太君立刻请嫡长子董清平的岳母，寿山伯夫人上门说媒。这事两家人都已心知肚明，只瞒着白卿言。大长公主见儿媳妇董氏一脸满意，自然点头放行。只叮嘱白卿言早去早回，又让蒋嬷嬷开库房寻了些滋补药品，让白卿言给董老太君带了去。

"老大媳妇儿，你也多年未见董老太君了，随阿宝一起去吧。"大长公主笑着转头看向董氏。

董氏压住眼底的高兴，想了想又道："可……今日还得给二姑爷新府挑选仆人婢女，人牙子那边儿我也打了招呼，巳时便会带人过来。"

"让老二媳妇自己去看吧，你若是不放心，留下你身边的秦嬷嬷帮老二媳妇把把关就是了！"大长公主发话。

董氏忙起身道谢，更高兴了。

马车上崔氏又忍不住拿帕子抹眼泪，董清岳攥住崔氏的手安抚："你也看到了，阿宝出落得更漂亮不说，言行举止进退有度，气质斐然，除了子嗣方面……不论是家世还是人，都是咱们元哥儿处处都配不上阿宝！"

崔氏瞪着董清岳："就你那个外甥女最好！你当我不知道你这是为了给你姐姐解决难题，也是为了报你姐夫的提拔之恩！可怜我的元哥儿……"

见崔氏又哭了起来，董清岳脸一沉："这事儿你愿意，董长元得娶！不愿意他也得娶！没得商量！这话你莫要再说了，把眼泪收一收，省得回头让母亲知道了罚你！"

见丈夫脸沉了下来，崔氏咬着唇，眼泪掉得更凶了。

青缎缀墨蓝顶的四驾马车上，董氏将外祖母董老太君的打算说与她听。

"你外祖母自知道你受伤之后，就总是夜不能寐！思来想去只有把你放在眼皮子底下才不怕婆母将你欺负了去！你二舅舅刚说，这些年元哥儿的房里，连个伺候丫头都没有！虽说元哥儿是比你小三岁，可那孩子少年稳重，又是个读书的料子，再好不过了！"

董氏眉开眼笑地拉着白卿言的手端详了她片刻，又红了眼："你这终身大事有了托付，阿娘就是死也能合眼了。"

白卿言这才明白，刚才在大长公主那里，何以崔氏见了她脸上笑着，眼底却尽是无可奈何的苦涩。

她握住董氏的手，心中柔肠百结却不知道该如何开口："阿娘，元哥儿是二舅母亲生骨肉，也愿意她的嫡子娶一个无法生育的正妻？"

"元哥儿到底是嫡次子不是嫡长，你二舅母一向对你疼爱有加，应该……不会介怀吧？"董氏说得也不甚肯定。

跟在马车一侧的春妍，伸长了耳朵，听到马车内董氏的话一张脸都白了，脚一软就跟不上马车了。

"春妍！干什么呢？快点跟上！"春桃皱眉呵斥。

春妍这才抬脚，她心里揣了一肚皮的官司，腿发沉跟不上春桃的脚步，只能在队尾小跑。要是大姑娘嫁给了舅老爷家的嫡次子，那梁王殿下该怎么办？她该怎么办？她怕此生便再也见不到梁王那谪仙般金尊玉贵的人了。想到这儿，春妍眼眶子都红了，心里盘算着得抓紧时间给梁王殿下报个信。

白卿言瞧着董氏一脸喜气的模样，不想说终身不嫁的话来惹董氏伤心，只道："我刚瞧着二舅母眼眶通红，来之前必是哭过。二舅母疼我，是因为我是外甥女，可不见得二舅母会喜欢一个子嗣艰难的儿媳。外祖母和舅舅是为我好，但不能强按牛头喝水，到底后宅还是要在婆母手上讨生活的，阿娘说是不是这个理？"

董氏不说话，细细思量。

"阿娘，外祖母和舅舅待您和我如此好，您忍心为了我的婚事，搅得外祖母晚年和儿媳不睦？人生在世又不是只有嫁人这一条路，这话还是阿娘您以前宽慰我的。"

董氏那话都是在女儿受伤时的安慰之语，她心里不愿放过这门亲事："要不，还是见过元哥儿再说？万一……元哥儿愿意呢？"

白卿言没有反驳董氏。母亲说外祖母早在她受伤的时候，就开始打算她和董长元的婚事，可她在那个预知的梦里，并未梦见过这件事。白卿言闭眼想了想，很快就想到其中关节。那个梦里，外祖母和二舅舅、二舅母来大都过年时，的确将嫡次子董长元从登州带了过来。只是那个时候白锦绣在新婚当日意外身亡没多久，想必外祖母也不好意思提自家亲事，再后来除夕夜白家男儿尽折于南疆的消息就传了回来……她知道外祖母疼爱她，如此她更不愿让外祖母和二舅母婆媳之间因她生了嫌隙。

马车还没到，头发花白的董老太君就已在大儿媳妇宋氏，和四个孙子、两个孙女的陪同下，立在董府门前迎接女儿和外孙女。

董老太君穿着件栗色绣金的灰鼠皮毛袄子,手上缠着佛珠,不停地朝长街右侧张望。

董长元站在董老太君身侧负手而立,身穿一身石青色直裰,腰间挂着一枚墨玉玉佩,风华正茂的少年郎十分英俊,只是清隽的脸上没什么情绪。

"来了来了!"有仆妇喊道,"我看到二爷的马车了!"

董老太君缠着念珠的手拎起袄裙下摆,在儿媳宋氏的搀扶下往前走了几步。

"母亲别急,婉君妹妹和阿宝又不能飞了!"董大夫人宋氏同董老太君玩笑。

董大夫人的次女董荨珍,亦是笑着扶住董老太君:"祖母别着急,您要是磕了碰了,姑姑和大表姐该担心了!"

很快,马车停在董府门前,董氏先一步从马车上下来,看到头发花白的母亲眼泪一下就涌了出来:"母亲!"

"婉君!"董老太君眼睛一湿什么都顾不得,疾步往台阶下走。

一直跟在马车两侧的春桃、春妍扶着白卿言下马车,她福身行礼:"外祖母,大舅母!"

"我的婉君,我的阿宝啊!"董老太君一手搂着女儿,一手抱住外孙女,眼泪止不住地掉,弄得白卿言也跟着眼眶发红。

几个表兄弟和表姐妹都上前见礼,只有董长元立在高阶之上,死死攥着腰间玉佩垂眼不愿看人。

见立在马车旁的董清岳表情肃穆地瞪着杵在那里不动弹的董长元,崔氏忙唤了董长元一声,董长元这才一脸不情愿地走下高阶,长揖到底:"长元见过姑母、表姐。"

他眼神一丝都没有往白卿言的方向瞟。

"元哥儿都长这么大了!当真是翩翩少年郎!"董氏用帕子擦着眼泪赞了一句。

大舅母宋氏忙说:"这哪有站在府门外说话的道理,阿宝身子不好本就畏寒!母亲……还是带着婉君妹妹和阿宝进屋说话吧!"

"对对!咱们进府说话!"董老太君拉着女儿和外孙女的手往府内走,不肯松开,眼里除了女儿、外孙女谁都容不下了。

一进屋,董老太君怀里搂着白卿言,一通心肝肉地疼爱,眼泪就没有断过,白卿言出门前新换的衣裳都被董老太君的泪水沾湿了。

董长元坐在最后面的杌子上自顾自喝茶,谁也不看谁也不瞧,态度不咸不淡的,抗拒之意连董老太君都察觉出来了,更别说董氏和白卿言。

操心女儿终身大事是真，可真把女儿嫁于一个不把她放在心上的夫君，董氏也不愿意。再看神色恹恹显然在马车上哭过的崔氏，又瞧着双眸通红的女儿，董氏也不愿强人所难，心里盘算着回头还是同母亲说说，婚事就算了吧。

"元哥儿我有些年没有见，一下就长成大人了。"董氏放下茶杯笑着点了董长元的名字，回头示意听竹把给董长元的见面礼拿出来。

董长元这才起身上前，对董氏作揖行礼。

董老太君怀中搂着白卿言，看着一表人才的嫡次孙，只觉得和自己的外孙女天作之合。

"去岁你祖母来信，说你乡试拔得头筹，得了解元公的名头！姑母也替你高兴！"董氏示意听竹上前把礼物送给董长元，"这两块寿山石，放在姑母这里也是糟践，送给元哥儿倒是可以雕两块印章。"

董长元忙作揖推辞，寿山石太过贵重他着实不敢收。

"长者赐不能辞！你姑母赠予你，你就好生拿着，将来不要辜负你姑母对你的好才是！"董老太君话中有话。

低头作揖的董长元脸色越发难看，更不想收这份厚礼。

董大夫人宋氏也用帕子掩着唇轻笑："瞧，妹妹这礼物太贵重，都把元哥儿给吓住了！"

被董老太君搂在怀里的白卿言见二舅母崔氏眼眶愈红，不愿让二舅母和董长元再打肚皮官司为着她的亲事惴惴不安，便道："母亲这也是希望长元表弟能够再夺头筹，为董氏光耀门楣，母亲脸上也有光。"

听到一道清亮柔和的嗓音传来，董长元虽然不厌恶，却也将头垂得更低。

白卿言立在董老太君身旁，笑着道："今日初见长元表弟，我亦为表弟备了一份见面礼。"

春桃闻声，连忙将白卿言命她准备的极品徽墨和极品歙砚恭敬送上。

董长元一看这墨和砚台就惊到了，他是个爱舞文弄墨的，立时就对这徽墨和歙砚爱不释手。可一想到这是祖母以死强逼他迎娶之人送的，欢喜之情如被泼了一盆冷水，心里活吞了苍蝇般难受。

他低着头只道："表姐送的礼物也太过贵重，长元无功……万万不敢收。"

只听那清明含笑的嗓音，慢条斯理道："长元表弟不必如此客气，我家中十七位弟弟启蒙练字时，我都曾赠予徽墨和歙砚。舅舅、舅母待我如亲骨肉，我自当视长元表弟为亲弟弟！只是长元表弟已是解元公,所以才在徽墨和歙砚的品相上斟酌了一番,若表弟认我这个姐姐,就莫要推辞了。"

听闻白卿言这话,崔氏猛地朝白卿言和董氏望去,心里一时间说不上是喜是悲。

董氏虽然没有料到白卿言会当着所有人的面儿来这么一下,可心里到底已经有了数,没有董老太君与旁人那般失态,只端起茶杯抿了一口。

董长元怔愣片刻,才恍然抬头,第一次正儿八经地朝自己那位表姐看去。

只见身着月白素色罗衣裙的白卿言,眉目清澈,笑容疏离又亲近得恰到好处,没半分扭捏做作。鸦羽似的黑发半绾了个利落的发髻,横插一根白玉长簪,如此素雅简单的装扮掩不住桃羞杏让的美貌,明明生得极其惊艳夺目,偏偏又让人觉得通身的清雅恬静,从容淡然。

董长元心跳莫名快了一拍,慌忙低下头,耳朵红了一片,隐隐生出几分羞耻来。之前他怨恨祖母以命相胁硬逼他娶这位表姐,满心的愤懑和不甘,故而还未见过这位表姐便已然心生厌恶,今日更是全然没有给过白卿言一个正眼。谁承想,他这位表姐根本就没有要嫁于他的意思,一派霁月光风之姿,反倒衬得他小人之心、气量狭小。

当日在董府用过午膳,董氏和董老太君母女俩单独说了一番私房话,便启程回府。

心不在焉的春妍伺候白卿言换了身常服,假装随口一说道:"二舅老爷家那位嫡次子不过中了个解元公,就眼睛放在头顶上,奴婢冷眼瞧着在董府大门口,他连看都不看大姑娘,分明就是对大姑娘不敬!"

白卿言正倚窗靠在金线绣制的祥云大引枕上看书,听到这话眼皮子都没有抬:"你这又是为了什么,在我面前给长元表弟上眼药?"

春妍被戳穿,臊红了脸。

经过上次,春妍学乖了,这次不敢再提梁王,索性只说:"奴婢就是觉得二舅老爷癞蛤蟆想吃天鹅肉,以我们大姑娘的家世美貌以后什么样的高门嫁不得,他们倒是好肖想!"

见白卿言表情没什么变化,春妍按捺不住又往前挪了一步,得寸进尺为梁王说好话:"梁王殿下那样的龙子不嫌弃姑娘,对姑娘一片真心那是姑娘天大的福气!姑娘可不要不惜福啊!"

呵……是她天大的福气?!白卿言觉得自己梦里竟是个傻子,春妍背主之心如此明显,她每每听了春妍称赞梁王对她有情义的话都信了。

她合了书本，随手将书丢在鸡翅木的小几上，撞翻了小几上海棠冻石蕉叶的茶杯："春妍好大的心气儿，竟想做我婚嫁的主了？谁给你的胆子给你的脸？"

　　春妍腿一软跪在了地上："大姑娘，奴婢不敢！奴婢不是这个意思！奴婢就是觉得……就是觉得大姑娘配二舅老爷家的嫡次子太委屈了！奴婢这是为了大姑娘啊！"

　　春妍抖如筛糠，吓得眼泪大滴大滴往下掉："奴婢只是为大姑娘不甘心，梁王殿下那样的皇子对姑娘都是那般谦逊，他一个解元凭什么不拿正眼看姑娘！"

　　春桃打帘进来本是要同白卿言说，京兆尹府已经遣人去请忠勇侯夫人问话了，谁知一进门就看到这幅光景，忙用抹布收拾小几上翻了的茶水。

　　白卿言胸腔内怒气翻腾："滚出去！"

　　春妍哭着从上房出去，春桃让人重新给她上了八宝茶，笑着劝她："姑娘和春妍生气不要紧，要是摔了这极品海棠冻石蕉叶茶杯，您最爱的一套茶具可就毁了。"

　　她压下自己的怒火，重新拿起书本，翻了一页："派人悄悄盯着春妍的动静，随时来禀……"

　　春桃面有不忍，应了一声后，才打起精神说："大姑娘，今儿个一早，二姑娘五个陪嫁丫头的爹娘已经去京兆尹府认领了尸身。不到晌午，京兆尹府便派人去忠勇侯府，询问忠勇侯夫人将这几个丫头卖给了哪家人牙子。忠勇侯夫人半天攀扯不出，只能承认二姑娘那五个陪嫁丫头照顾我们二姑娘不周，故命人将那几个丫头打死了。眼下京兆尹府的差役正堵在忠勇侯府门口和忠勇侯府的护院僵持，没法拿人。"

　　"忠勇侯夫人的事情，自有京兆尹府头疼，我们且看着就是了。"白卿言道，"就是不知道这事儿，会不会耽误明日秦朗搬出忠勇侯府。"

　　因着秦朗是奉旨搬出忠勇侯府，忠勇侯不好阻拦，心中烦闷不已。忠勇侯秦德昭费尽心机才在户部领了一个户部郎中差，好不容易在这大都城的勋贵中立住脚，这下谁都能拿他府上继母和嫡子龃龉的事情来说上两嘴，当真是臊得慌。还好梁王派府上的参赞亲自过来安抚他，许诺等南疆大事了结，定会向陛下进言擢升他为户部尚书，官居要职，到时候看满大都城的勋贵谁还敢瞧不起他！

　　酒楼里雅间内，喝多了的忠勇侯秦德昭想起远在南疆的镇国公府和镇国公世子，倒了一杯酒举杯向天："国公爷，世子！别怪我……你们镇国公府功高震主，今上容不下你们，整个朝廷都容不下你们！我也只是听命行事，欠你们的粮草辎重，我来世再……嗝……"

　　秦德昭打了个酒嗝，突然痴痴笑了起来："来世，我怕是也还不起！"

说完，秦德昭仰头将杯中烈酒仰头灌下。

"侯爷！侯爷！府上出事了……"秦德昭的长随推门而入，火急火燎道。

"慌慌张张成何体统！"秦德昭一肚子的火，重重搁下酒杯，凌厉的视线朝长随看去，"不就是秦朗搬出侯府，还有什么大事？"

"不是的，侯爷！京兆尹府的差役堵在咱们侯府门口，要拿夫人！"

"什么？！"秦德昭自知酒醉，以为自己听错了，"京兆尹是吃错药了吗？无缘无故敢上我忠勇侯府拿有品阶在身的忠勇侯夫人？！"

"大奶奶被夫人发卖的那五个陪嫁丫头，尸身在城外乱葬岗被发现了，那几个陪嫁丫头的爹娘认领了尸体。京兆尹这才来咱们府上拿夫人的，府上的仆人正到处找侯爷，等侯爷回去做主呢！"长随哭丧着脸道。

醉酒的秦德昭拍桌而起，眸底尽是凌厉，大怒道："左不过打死了几个丫头，京兆尹府是疯了还是要与本侯为敌？"

"不是的，侯爷，这几个丫头已经脱了奴籍是良民了，夫人这是沾上人命官司，京兆尹府这才来拿人的！侯爷快回府吧！"长随头冒冷汗，就差哭出来了。

秦德昭的酒醒了一大半，这国公府是有什么毛病，陪嫁丫头用良民？他秦德昭活了半辈子还从未听说过陪嫁良民的！

"回府！"

长随忙取下秦德昭的灰鼠皮大氅替秦德昭披上，扶着秦德昭下楼。

刚出酒楼门槛，秦德昭正要上马车，就见表兄御史中丞司马彦的车驾停在了他马车前面，司马彦抬手撩开马车车帘望着秦德昭。

秦德昭忙拱手："表兄……"

司马彦脸色不愉："尊夫人牵扯上人命案的事情半个时辰前已经传到了御史台，德昭还有心情在这里喝酒？！"

秦德昭脊背汗毛都竖了起来："德昭这就回府！"

"如今功勋世家风气实为今上所不喜，德昭听为兄一句劝，让你夫人速速随京兆尹府差役去府衙答话，切莫仗着侯府尊贵和京兆尹府对抗！如今你侯府继母嫡子不睦已然抬到桌面儿上，嫡子秦朗自请去世子位又受圣上赞誉，难保不会有迎合今上的朝臣参你侯府一本。届时……今上夺了你侯府尊贵也未可知！切记……"

寒风迎面一吹，秦德昭整个人立时汗浆凉透。

"多谢表兄提点！"秦德昭态度恭敬。

司马彦叹了一口气，看着秦德昭摇头："年关了，让你那夫人安生些，别净给你惹乱子！"

说完，御史中丞司马彦放下车帘，让车夫驾车离开。

秦德昭忙吩咐车夫速速回府。

从蒋氏纵女伤了刚嫁入忠勇侯府的白锦绣开始，厄运就如同缠上了他们侯府一般，秦德昭此时也恼恨上了蒋氏。

侯府正门已然被看热闹的百姓和京兆尹府的差役围住，大门紧闭。

秦德昭避开风头，让长随把马车停在了角门，阴沉着一张脸进府。一进内院秦德昭就听到蒋氏在房内打骂下人无用的吼声，他额头青筋直跳，撩起下摆进门。

"侯爷……"

吴嬷嬷见秦德昭进门忙福身行礼。

秦德昭脚下生风，一把扯住蒋氏责打婢女的藤条，扬手就是一个耳光打得忠勇侯夫人匍匐在软榻上："你这个成事不足败事有余的无知毒妇，捅出了天大的娄子还在这里打人骂狗！"

吴嬷嬷和一干丫头吓得全都跪了下来，匍匐着不敢抬头。

蒋氏捂着脸，睁大了眼回头看向怒火中烧的秦德昭，原本欲发火，可一想到府门外等着拿她的差役，忙跪行至忠勇侯脚下："侯爷！侯爷你要救妾身啊！这是国公府要害妾身啊！我昨日上门他们还说那几个丫头的身契在白锦绣的手里，可一转眼怎么那五个丫头就成了良民！国公府这是想要置妾身于死地，侯爷你不能不管！"

秦德昭眉头一跳，整个人反倒是冷静了下来，他略略思索了片刻，眼底透出浓烈的寒意："你说……昨日他们说了那几个丫头的身契，在白锦绣手里？！"

"千真万确，妾身若有虚言，让妾身五马分尸而死！不信……侯爷你问吴嬷嬷！"蒋氏抱着秦德昭的腿，哭得毫无贵妇仪态。

抖如筛糠的吴嬷嬷重重一叩首："侯爷，昨日老奴陪着夫人登国公府门要接大奶奶回府，来缓和世子爷出府这件事！可白家三姑娘说大奶奶生受咱们姑娘那一石头，就是为了拿命给世子爷出府铺路。白大姑娘还说那五个陪嫁丫头的身契都在大奶奶手里，不知哪家人牙子敢不见身契把人带走！这些都是千真万确的！"

镇国公府……秦德昭咬紧了牙关，凌厉的目光让人心惊，吴嬷嬷被吓得连头都不敢抬。

秦德昭闭了闭眼，酒劲儿已经全都过去了："你且先和京兆尹府的差役们去，我会托人打点，必不会让你含冤！可你如今要是不去……就会连累我们整个侯府和你的儿子。"

听到秦德昭这话，蒋氏面无人色一下瘫坐在地上。

忠勇侯府乱作一团，忠勇侯夫人下狱的事情，当天晚上就经由白锦绣留在忠勇侯府的管事嬷嬷传回镇国公府。

这光景一如白卿言所料，她倒没什么可喜的。

在白卿言安置之前，春桃犹犹豫豫来禀，说今天一直悄悄跟着春妍的小丫头银霜来报，春妍今日去前院见了一个小厮。

"见那小厮出府，银霜那个小丫头不知轻重也跟了出去，结果看到那小厮直奔梁王府后门和梁王府的下人耳语，二话不说就冲过去一拳把人打晕扛了回来。刚才她把人丢到了卢护院那里，又喜滋滋跑来清辉院门口，朝我邀功讨松子糖吃……"春桃哭笑不得道。

坐在铜镜前的白卿言本还满腔怒火，立时就被逗得笑出声来："银霜今年有十四了吧？"

"回姑娘，是十四了，姑娘还记得……"春桃拿过白玉梳子替白卿言梳发。

银霜被沈青竹带回府的时候才十岁，身子瘦弱不堪不说，脑子也不大灵光，可却有着一把子好力气，就因为饭吃得多家里养不起，这才被爹娘给卖了。

银霜跟了沈青竹这么多年，也不知道身手怎么样。

"明日你去禀了秦嬷嬷，把银霜调来清辉院，让春杏她们好好教教规矩，以后就留在清辉院了。"白卿言说。

春桃唇瓣动了动，想着和春妍一起长大的情分想为春妍求情："大姑娘，春妍她……"

"放着不用管，派人盯着就是了。"

"姑娘……"春桃放下手中白玉梳子，郑重跪在白卿言身侧，红着眼哽咽道，"春桃知道，春妍背主就是打死都不为过，奴婢只求姑娘能饶春妍一命，不是奴婢心软，奴婢只是想全了春妍曾救过奴婢一命的情谊。"

她看着纯真温厚的春桃，半晌叹了一口气将春桃扶了起来："罢了，只要她不做出害我白家之事，看在你的分儿上我饶她不死，但愿她不会辜负你为她求情的这份心意。眼泪擦一擦，去告诉平叔将银霜抓回来的小厮先悄悄看管起来，别漏了风声。"

春桃眼泪汪汪望着白卿言："是！多谢大姑娘！"

还在府上养伤的梁王得了消息，闭眼靠坐在软枕上，捂着心口，棱角分明的俊脸苍白得没有一丝血色，声音冷得像藏尸的冰窖般："这个董长元查清楚了吗？"

"董长元师从大儒鲁老先生，年少解元公，曾有人断言董长元将会连中三元。这些年说媒的几乎要踏破登州董家的门槛，可董老太君似乎一心将自己这位嫡次孙留给自己的外孙女，谁都没有答应。且这位解元公房里连一个通房丫头都没有安排过，十分干净。"梁王的属下照实禀报。

梁王睁眼，幽邃凤眸里透出浓烈的寒意，急火攻心，他忍不住轻咳了几声，胸口撕心裂肺地疼，他缓了半晌才唤道："童吉……"

童吉忙端着冒热气的苦药进来："主子！"

"明日一早，你拿着本王御赐的玉佩去镇国公府找春妍，叮嘱她将玉佩转交白卿言！告诉白卿言，本王欲以王妃之位求娶她，请她千万等本王。"

梁王算计得明白，他如此行事，一来是以皇子之尊压一压董家，让他们不敢提亲。二来，只要春妍收下了玉佩，就证明白卿言和他有私，白卿言名节有了瑕疵，子嗣又艰难，谁人还敢娶？！

童吉眉头拧成麻花："可王爷当初不是说侧妃吗？王妃之位那么尊贵，那白家大小姐子嗣……"

"本王的话你也敢不听了？咳咳……"

童吉被梁王的目光看得心惊胆寒，连颔首称是。

第二日，董长元一大早陪同董老太君带着厚礼登门，一是来探望大长公主，二是昨晚董长元同董老太君长谈后悔不已，求董老太君再来一次国公府，看看和白卿言的婚事是否还有商量的余地。并非是董长元为好色贪美之徒，而是他见表姐白卿言一派霁月光风，冰壶秋月，莹彻无瑕。只要思及白卿言嫁作他人妇因子嗣被婆家嫌弃，就觉得明珠暗投，心痛难当。

大长公主同董老太君两人热热闹闹地闲语了一会儿，蒋嬷嬷便奉命来清辉院请白卿言。

春妍送走蒋嬷嬷，脸耷拉得老长，活像别人欠了她似的立在门口，手指绞着帕子嘟哝："昨日刚在董府见过，那个登州表少爷又凑到我们府上来做什么？"

昨儿个春妍遣人去给梁王殿下报信，也不知道梁王殿下收到消息了没有，有没有什么对策。要是大姑娘真的嫁到登州去，她日后……还怎么见梁王殿下？

见白卿言已经更衣出来，春妍忙上前要扶，就听白卿言道："春桃跟着就行了。"

春妍一听，缩回了手，红着眼立在一旁。

她看都不看春妍，扶着春桃的手出了清辉院。

手里捧着松子糖吃得津津有味的银霜看到眼眶发红的春妍，低头瞅了眼自己的糖，颇为肉痛地皱了皱眉，上前将松子糖递给她："吃糖。"

春妍瞪了银霜一眼，扬手打翻了银霜手中的糖："谁要吃你这个傻子的糖！"

银霜看着撒了满地的松子糖，随手就将春妍推了一个大马趴，春妍转过头怒视银霜："你……"

银霜天不怕地不怕的样子仰着下巴，春妍自知自己不是银霜的对手，爬起来拍了拍自己身上的灰，恼恨道："我不和你一个傻子计较！"

见春妍离开，银霜这才弯腰将春桃姐姐给她的松子糖一颗一颗捡起来，吹净了灰尘重新包好，坐在屋檐下又高高兴兴地吃了起来。

大长公主和董老太君在屋内说话，董长元耐不住立在檐下，不住往长寿院外眺望。

只见，朝阳金光映雪的一片璀璨中，那纤瘦颀长的白色身影款款而来，董长元心头发热，忍不住走下台阶迎了两步，长揖到底："表姐……"

她笑着还礼："表弟怎么立在廊下，可是屋内闷了？"

"特意在这里等表姐。"董长元双耳通红，再次作揖，"一来，是为昨日长元怠慢表姐致歉。"

"无妨。"她浅浅颔首。

"二来……二来……"董长元不肯直起身，心如擂鼓，呼吸滚烫，"可否请表姐借一步说话？"

白卿言回头看了眼春桃，春桃立刻识趣立在远处。

所幸这是在长寿院，满院子的仆妇看着，倒也不算逾矩。

"表弟请讲。"

董长元这才面红耳赤直起身："长元知表姐婚事因子嗣的缘故让姑母操心不少，表姐淑质英才、蕙心纨质，是能与琨玉秋霜比质之人，怎能……"怎能如祖母说得那般，只能因为子嗣不顺将就婚姻，屈嫁于他人。

董长元咬了咬牙，信誓旦旦："长元不愿见表姐明珠蒙尘，不才斗胆，请表姐考虑一二。"

看着董长元这一本正经的模样，她错愕片刻后，低低笑了一声："多谢表弟好意，我此生……并未有嫁做他人妇的打算，且祖父、父亲已替我安排好退路，表弟不必替我忧心。长元表弟是襟怀坦荡、璞玉浑金的端方君子，当与美玉无瑕的淑女相配，怎可因同情屈就？只是……终身不嫁这样的话说来怕伤了我母亲的心，还望长元表弟替我保密，莫让我母亲知道了。"

董长元能看出白卿言并不想嫁他，却还是冒险说了，不料白卿言是有着终身不嫁的打算。

屋内大长公主和董老太君摇头叹气，董老太君道："看长元这脸色，想必阿宝不愿意。昨日长元这孩子跪在我面前，求我为他舍了这张老脸再来一次，说不愿意看到阿宝那样冰壶秋月、莹彻无瑕的女子，因为子嗣屈嫁将来被婆家刁难。"

董氏揪着手中的帕子，心中已然感动不已，恨不能一口答应下来。

董老太君叹气看向大长公主："到底是自己的孙子和外孙女儿，有什么舍不舍脸的？可这婚事阿宝不点头，我们总不能强逼。只是阿宝这终身大事，我一想起来就揪心得很啊！"

"娘！"董氏望着董老太君急了眼，"可……"

"老大媳妇儿，你自己的女儿是个什么性子你还不清楚吗？你逼着她嫁了，她心里能痛快？"大长公主截断了董氏的话头。

大长公主是白卿言的祖母，自然同董老太君一般担忧白卿言，只是白卿言宁折不弯，绝不会违心屈就。

董氏用帕子沾了沾眼泪："罢了！罢了！就算阿宝一辈子不嫁，只要她能痛快。"

后来，董长元同白卿言进屋，面色如土立在董老太君身旁，再未发一言。

董老太君略坐了坐，便带着董长元回府。

董氏和白卿言亲自将董老太君送至门前，董氏和董老太君又依依不舍了一番，这才将老太君送上车。

目送董老太君的马车离开，白卿言又被蒋嬷嬷请回长寿院。

大长公主同她说起二叔那个要被接回府的儿子。

"你放手去试那两人品性，若是那小子的生母还算老实本分就一并接回来，要是个心大的，你可当场把人送回去！"

"祖母放心，孙女儿知道！"白卿言点头。

蒋嬷嬷端着八宝茶打帘儿进来，笑着说："大姐儿院子里那个叫春妍的小丫头，不知道有什么事在长寿院外探头探脑地团团转，一张小脸急得发红，翠儿出去也没问出什么来，大姐儿要不要把人传进来问问？"

她心中讥笑，能让春妍着急又不能对他人言的，除了那位金尊玉贵的梁王还能是什么？！

白卿言岔开话题："刚听母亲说，秦朗今早来同二妹妹说了一声，今日是他搬出侯府的日子，他会在府中静待二妹归家。"

大长公主点了点头："秦朗也算是有决断的，不枉你费心为他铺路……"

白卿言在长寿院伺候大长公主礼佛，用了午膳之后才出来。

在雪堆里窝了半天的春妍忙迎上前，一张脸冻得通红："大姑娘……"

她凉薄的视线朝春妍看去："回去再说。"

春妍一双腿发麻，咬着牙追在白卿言身后，一进门便献宝似的将捂在怀里半响的玉佩拿出来递给她："大姑娘，这是梁王让童吉送来的玉佩，梁王说将来会以正妃之位求娶大姑娘！"

一股血气直冲脑门，她冷戾入骨的视线看向春妍，她怎么都没有想到春妍这个背主的东西竟如此大胆，敢替她收下梁王贴身玉佩！

春桃睁大了眼，脸色涨得通红，胸口起伏剧烈："春妍你怎么敢！你真是疯了不成？！"

她怒火攻心，手指用力扣住小几边缘，愤怒直视春妍："春妍可真是厉害啊，这就替我的亲事做主将我定给梁王了！没让你当镇国公府这个家当真是委屈你了！"

春妍立刻跪下："春妍不敢，大姑娘！春妍这是为了大姑娘啊！大姑娘想想那可是王妃之尊……登州表少爷不过是一个解元公，凭什么肖想我们姑娘！"

她差点儿忍不住扬手给春妍这背主的东西一个耳光，可想到留着春妍才能细查府上哪些宵小是梁王的人，就硬是忍了回去，简直不能再怄心。

她闭着眼，只觉太阳穴直突突："一日之内，这东西怎么来的，你给我怎么送回去！否则别怪我不念情分打折你的腿！滚！"

春妍哭着出了上房，春桃也气得差点儿哭出来，就为这样的东西她还在大姑娘面前求情，她简直是疯魔了。

见白卿言闭着眼被气得气息不稳，春桃愧疚得不行，连忙给她倒了杯水："大姑娘，奴婢一会儿定会狠狠教训春妍。"

半晌，她平静了心绪，闭着眼说："去问问今日是谁叫春妍出府的，让管家找个由头将那人也拘起来，就说管事给派了差事出府，以免引人怀疑！"

"是，奴婢这就去办！"春桃连忙应声。

第三章 白家之风

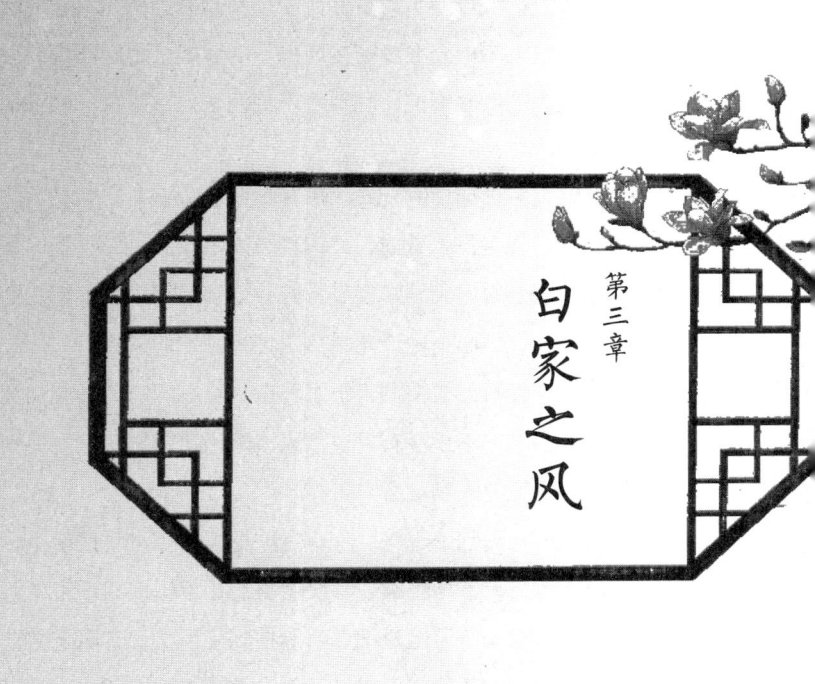

将门盛华，吾命为风

赶在日头西沉前，镇国公府的马车稳稳地停在满江楼门口。

和马夫坐在一起的陈庆生一跃跳下马车，给马车里的白卿言说了一声，便先行进满江楼安排。

满江楼伙计见了陈庆生，忙招呼掌柜："大掌柜，陈二爷到了！"

大掌柜见了陈庆生，眉开眼笑地从柜台急急出来："陈二爷到了，照您的吩咐，最好的雅间儿今儿个一大早我就着人打扫干净了，炉火烧得旺旺的，一天都没进客，就等着大姑娘呢！"

陈庆生忙快行两步对掌柜行了个利落的半揖礼，又恭敬地递上银子："多谢大掌柜，若不是大掌柜允准罗家馄饨摊子的罗娘子用您酒楼的后厨，我们家大姑娘怕是吃不上刚出锅的罗家馄饨，回头得了我们家大姑娘赏，必须请您吃酒！咱们说好了您可不能推辞！"

"陈二爷这话说的！您的事儿就是我的事儿！"大掌柜打包票之余又亲亲热热地将银子推了回去，感激道，"再说我能不知道，你是为了让白大姑娘顺道尝尝我们家的菜，镇国公府白大姑娘要是说好……那清贵人家不都知道我这满江楼了！我都懂陈二爷好意，您放心……今儿个一定把大姑娘伺候好。"

春桃、春妍已扶白卿言下了马车，伫在门口的店小二竟一时看傻了，这店小二好歹身在大都城，不是没有见过富家小姐，可却是头一次见到白卿言这样眉目惊艳，如同仙子临凡般的人物。

"咱们一码归一码！"陈庆生忙把银子塞进掌柜手里，又急忙往回走了两步，亲自迎白卿言，大掌柜也跟在陈庆生身后，手里攥着银子弯着腰笑迎。

两人这么一挤，倒是把春妍给挤到了后头。春妍晌午被白卿言训了一顿，可她已经将梁王赠予的玉佩托人送了回去，难道大姑娘还要不依不饶。不然为什么没有训斥这陈庆生和掌柜占了她的位置？

春妍立时委屈得不行，耷拉个脸跟在后面，嘴上都能挂茶壶了。

白卿言观刚才陈庆生和掌柜打交道的行事章法，对陈庆生越发满意。将来三妹妹从商……陈庆生定会成为三妹妹的左膀右臂。

她侧头对卢平和随行护卫道："平叔，你们就在楼下不要轻举妄动，听我吩咐行事。"

卢平抱拳称是。

"大姑娘，掌柜已经安排好了雅间儿！满江楼是新开的店，虽说不如隔壁的燕雀楼名气大，可胜在清净。"陈庆生引着白卿言往楼梯口走，"大姑娘小心脚下。"

"对对对！最好的包间儿今儿个一大早就给大姑娘打扫出来了！等日头落下去，大姑娘推开隔扇，倚着回廊的美人靠看这满长街的红灯夜景，绝对是绝佳的好地儿！定不比隔壁燕雀楼雅间儿观景位置差！"大掌柜笑盈盈地跟随在后面。

"掌柜的有心了！您去忙吧……我们伺候大姑娘就好。"春桃笑盈盈道。

"哎哎哎！"掌柜的站在楼下连连点头。

陈庆生替白卿言推开雅间的门，知道白卿言畏寒，忙先进去将迎面那扇窗户关上，道："大姑娘，这雅间儿的位置虽好，可这窗户和燕雀楼雅间儿的窗户离得太近，小的先替您关上。"

陈庆生安排得极为细致，大约是怕白卿言在雅间里枯坐无趣，那扇雕花木窗之下摆了一盘棋，小几上放着一本棋谱。

白卿言解开大氅便径直走到棋盘前，目光略扫过棋盘，这陈庆生不知从哪儿找来的残局，她倒是第一次见，颇有兴致。

雅间烛火明亮，内设五个火盆炭火烧得极旺，哪怕刚才窗户开着，人一进来都感觉暖融融的。

见送茶的小二立在门口，陈庆生忙快步上前接过，给了小二赏钱。

他一边替她倒茶一边道："满江楼的掌柜是半个月前，才将这家店盘下来的。约莫半年前，隔壁燕雀楼的东家和督理街道衙门的司官成了亲家，后来燕雀楼扩建后占了和满江楼相邻的这条小巷一半，这窗户的光就被挡住！为这事儿满江楼的原东家和燕雀楼打起了官司，后来家财散尽也没打明白，一气之下就回祖籍了。"

陈庆生对这大都城的大小事情，果然是知道得一清二楚。

"大姑娘略坐，小的在楼下盯着……马车一进城，小的立刻来回禀大姑娘。"陈庆生对白卿言长揖到地。

"春桃，刚下车时我见路边有捏面人儿的，你和陈庆生去给府上的姑娘们买些，一会儿带回府。"她端起茶杯喝了口茶，笑盈盈道。

平日里，陈庆生和春桃两人一个在内院一个在外院，能碰着的机会实在少，白卿言心里知道，也想给两人一个单独相处的机会，只愿两人此生能好生相知相守，不要如梦中那般因她错过彼此，遗憾终身。

陈庆生和春桃两个人都闹了一个大红脸，忙低头匆匆退出雅间。

偌大的雅间里只剩下白卿言和春妍，她不看春妍那副受了天大委屈的模样，只道：

第三章　白家之风

· 103 ·

"你去门口守着。"

春妍眼眶霎时就红了，福身一礼，抽搭搭出了门。

屋内炉火太旺，白卿言略坐片刻便已有薄汗。她推开两扇窗，抬眼视线便撞上对窗内男子幽沉如井的深眸。

她一脸错愕。

对面临窗而立的萧容衍亦是颇为意外，摩挲玉蝉的手不经意顿住。

身着白色直裰、身姿挺拔修长的萧容衍迎光而立，目光平静似水，明明一副温润模样，四目相对那一瞬，她却分明看到了萧容衍眸色中沉稳高深的城府。

转瞬，萧容衍面上满是温润之色，风淡云轻地对她浅浅颔首，与刚才那威慑力强大且冰冷的掌权者，判若两人。

两扇窗，不过三尺之距，哪怕是梦中，她也从未和萧容衍离得如此近过。

草草关了窗未免太露怯又沉不住气，她便僵直着脊背，略略福身。

燕雀楼内的雅间里，传来吕元鹏跟人争得急赤白脸的声音："我说的都是真的！不信你们问萧兄看白家大姑娘是不是当真容颜无双，那白大姑娘可比那个有第一美人儿之称的南都郡主柳若芙惊艳太多了，是不是萧兄？！"

萧容衍并未回头，从容凝视着白卿言精致如画的五官，极淡的笑意几欲隐没在墨黑的眸里，应声："的确是……倾城无双。"

沉稳醇厚的温润低语，让她一张脸瞬间烧了起来。

这人……怎能如此放浪？！

"看吧！看吧！"吕元鹏拍了下桌子兴奋起来，"还说我言辞夸张！那萧兄的话你们该信了吧！你们不知道，那白雪红灯下，白家大姑娘一身白毛狐裘立于廊中，入画了一般……"

她忙将两扇窗关上，衣袖扫落一地棋子，满室都是噼里啪啦的声响。

春妍忙推门进来，见耳根颈脖通红的白卿言正俯身捡棋子，忙快步上前："姑娘，奴婢来捡吧！"

白卿言颔首，用帕子擦了擦汗津津的手，下意识转头朝已经关上的窗望去，窗外似还能看到萧容衍模模糊糊的影子，她心跳更乱了。

春妍捡起了棋子，见坐在机子上的白卿言脸色通红，将棋子放入棋盒中，笑着道："姑娘满脸通红的可是热了，奴婢替您开窗通通风。"

她心如擂鼓，一把抓住春妍开窗的手，声音不免严厉："不用！"

"姑娘？！"春妍还是头一次见她们姑娘这么沉不住气，被吓了一跳。

她喉头发紧，收回抓着春妍胳膊的手，掩饰好心底的惴惴不安，绷着脸道："去外面守着吧！"

想到这几日白卿言对她的疾言厉色和疏远，春妍更委屈了，她哽咽着对白卿言行了礼退下立在门外。

雅间内再次剩下白卿言一个人，她这才又回头朝窗外看，察觉对面窗口的人已然不在，这才稍稍平静下来。

可对面窗户未关，吕元鹏那群大都城纨绔嬉闹的声音还是不间断地传过来，一会儿一句"萧兄……"入耳，不知为何竟让她心神不安。

白卿言闭了闭眼，半晌才静下心来，从棋盒里捡了一枚棋子。

春桃和陈庆生买了面人儿，在楼下略微说了一会儿话就赶忙上楼伺候她们家大姑娘。

"大姑娘，奴婢买了好些面人儿，给姑娘也买了一个！姑娘看看……"春桃拿了一只小面人儿，弯腰凑到白卿言面前，笑容明丽，"大姑娘你看这个骑马的将军，像不像姑娘？威风凛凛的！"

白卿言看着春桃手中，勒马举剑的小面人，心中百般不是滋味。如今她这身体想重新披挂征战，怕是还得几年。

夜幕临城，钟楼点亮明灯后，各家商户亦是跟着点亮长街红灯，被皑皑白雪覆盖的大都城笼罩在一片火红暖意之中。

茶坊、酒楼，灯火辉煌，门庭若市。长街人来人往，热闹又喧嚣。

陈庆生见一辆雕绘着镇国公府白家家徽的榆木马车，过了城门盘检缓缓地朝长街驶去，便一溜烟地往满江楼跑。

陈庆生提着衣摆匆匆上楼，进门对正在用馄饨的白卿言道："大姑娘，马车进城了！"

"知道了，你去吧！"她提起精神，用帕子压了压唇角，吩咐，"春桃把隔扇都打开。"

春桃应声，将二楼隔开回廊的雕花隔扇全都推开。

这位堂弟她也梦到过，虽未谋面，可事情倒是听了不少，白家积累的名声皆被他败坏干净。

白卿言拿起茶杯，用力握在手中，眸色冷清凌厉。

如今，这位堂弟还没有被梁王攥在掌心里，不知道品性如何。如果他品性本善，那么……她便悉心将他往正途引导。如果他生性恶劣，她就借此机会踩着他为白家声誉添一把火，也算他为白家出了一份力。

"姑娘，大氅！"春妍将大氅拿来为白卿言披上。

春桃重新更换了素银镂空雕梅花手炉里的炭火，递给白卿言。

她握着手炉立在回廊火红的几盏红灯笼下，见陈庆生正立在楼下和卢平说话，便朝远处的镇国公府马车望去，目色清明。

坐在马车内样貌姣好的妇人抬手撩起帘子，眼瞅着车窗外灯火辉煌的大都城，被这繁华景象迷了眼，心怦怦直跳。

"儿子，咱们终于……进大都城了！"妇人回头看着单手撑着脑袋躺在车内长座上、嘴里咬了根稻草的少年，"只要进了镇国公府，你的名字记入二夫人名下，你以后就是镇国公府的公子了！都说镇国公府十七儿郎厉害，以后……就是十八儿郎了！"

白卿玄拔出嘴里的稻草，单手撑起身子，眯了眯眼："我才不想上什么战场，当什么十八郎！我就喜欢美人儿，娘你说国公府里的丫头们是不是都个顶个的漂亮？"

"你可住嘴吧小祖宗！"妇人慌忙放下帘子，白着张脸盯住白卿玄道，"进了国公府你可定得把你的臭毛病收一收！国公府不是咱们待的那个庄子，佃户的女儿被你折腾死了我们可以塞银子了事！可要是让你祖母大长公主和国公爷知道你祸害府上丫头，你这条腿肯定就保不住！"

白卿玄一听，咬着稻草，双手抱着头又躺了回去，跷着二郎腿："那回国公府有什么趣味，还就在庄子上自在！"

"你能不能有点儿出……"

妇人的话还没有说完，马车突然停住，妇人一个趔趄摔倒在车厢里撞了头，疼得哎哟直叫。

被摔疼的白卿玄吐出嘴里稻草，用力摔在车厢内，眸色阴狠。他顾不上扶自己的母亲，推开马车雕花木门一把扯住马夫的头发，用力将马夫的头撞向栏杆，怒目横眉恶声恶气喊道："不长眼的狗东西怎么驾车的？诚心摔死爷吗？！"

马夫头立时见血，再看白卿玄恶鬼般要吃人的狰狞表情，人一软从马车上跌了下去，忙跪着叩首求情："公子饶命啊！公子饶命啊！不是小的不长眼，只是……这小儿突然冲出来，小的这是怕伤了人！"

立在楼上的白卿言攥着手炉的指节泛白，顿时怒火中烧，二叔……怎么就生了这么个东西？就算人性本恶，就算曾在梦中听旁人说起过白卿玄所作所为，她也断断料不到，白卿玄这个年纪就已经如此凶残暴烈。

　　一时间，白卿言觉得将这么个玩意儿接回镇国公府错得离谱，她就应该在梦醒那天，便命沈青竹将他立时绞杀，不留后患。

　　白卿言杀气不经意外泄，春桃都被惊着了："大姑娘？"

　　"我们下楼……"白卿言深深地看了白卿玄一眼，转身。

　　蹲跪在马车上的白卿玄看了眼马车前被老妇人护在怀中吓哭的小儿，眯了眯眸子一跃跳下马车。

　　马夫捂着不停冒血的头，忙跪着给白卿玄让开路，生怕被波及。

　　白卿玄走至老妪和孩童面前，居高临下，唇角笑容阴森瘆人。

　　"咳咳咳……小儿是为了给老妇捡药材，咳咳咳……怕车轮碾裂包药材的牛皮纸药就用不得了，这才冒犯公子！还望公子海涵……"

　　病弱不堪的老妪说着就要抱孙子走，谁知刚起身就被白卿玄一脚踹倒，老妇人怀中幼童跌在地上滚落出去，老妪惊慌失措地喊了一声孩子的乳名，还没爬起来就被白卿玄狠狠地踩住脊背用力地碾了碾，那老妪承受不住竟喷出一口鲜血，剧烈咳嗽起来。

　　灰头土脸的幼童怀里抱着药材，吓得哇哇直哭："祖母！祖母！"

　　白卿玄全部力道都用在右脚上踩着老妪，弯腰，面如罗刹道："为你捡药小爷我就得白白受伤吗？谁给你的狗胆！小爷我可是镇国公府的公子，若是伤了分毫，你一个贱民……九族上下的命加起来都赔不起！"

　　白卿玄双眸通红暴虐已显，生生将围在周围看热闹的看客吓退两步。

　　已然下楼的白卿言听到白卿玄这番言论，怒火攻心，她真是鬼迷心窍了，竟然想把这么个东西引到正途上来。

　　白卿言走下楼梯最后一个台阶，脸色铁青地唤道："陈庆生！"

　　陈庆生有几分身手，见白卿言面沉如水，立刻会意上前，三招便拿住白卿玄把人按在马车上。

　　"你哪儿来的贱民竟敢和我动手！"白卿玄没料到来了一个身手比他好的，死死地将他按在马车上让他动弹不得。

　　白卿玄一双眼睛通红，一边挣扎一边骂："我是镇国公府公子！你这个贱民敢和我动手，等我祖父回来我让祖父诛了你九族！"

白卿言眸里肃杀之气森然，诛人九族这样的话都敢说！真要把这个毫无人性、猪狗不如的东西留在白家，怕是要给白家招来灭顶之灾。

"你放开我儿子！"妇人掀开车帘，泼妇似的跳下车用力拍打撕扯陈庆生，"你这个贱民！我儿子可是镇国公府最尊贵的公子！你敢伤了我儿子等国公爷回来了定要杀你满门！"

妇人到底是白家二爷的女人，陈庆生没有得命断断不敢对妇人动手，脸上生生挨了夫人一爪子，只能狼狈撇开脸躲闪。

白卿言跨出门槛，握紧了手中的手炉，心如同被火烹一般怒不可遏，这对母子……简直是又蠢又卑劣恶毒。

她闭了闭眼，压下沸腾的杀气，吩咐道："陈庆生，放开他！先着人送车夫和老人家去对面医馆！"

"是，大姑娘！"陈庆生领命，交代白府护院送人去对面医馆。

被人搀扶起的马夫忙对白卿言作揖道谢："多谢大姑娘！多谢大姑娘！"

"你给我等着！我定要拉你去见官！"妇人瞪了眼陈庆生，忙扶住自己的儿子，含泪询问："玄儿，那个贱民有没有伤到你哪里？！"

随着白卿言走至满江楼门前，凑在门口看热闹的客官小二忙让开路。

正扶着脖子准备喊疼的白卿玄看到白卿言，一怔……随即满目惊艳，露出让人脊背发毛如饿狼见食般的幽森目光，一把推开妇人，眯起眼笑盈盈地朝白卿言走来："好漂亮的小娘子……"

"你放肆！"春桃被这混话气得心口血气翻涌。

陈庆生怕这厮伤到春桃，忙上前护在白卿言和春桃身前，阻止白卿玄再近身。

白卿玄视线扫过陈庆生，又紧盯着五官冷清如雪的白卿言，围在她周围转了半圈，像打量货品一般眼里全都是兴奋，跃跃欲试地想上前细观白卿言的美貌。

陈庆生目光一沉正要动手撂倒白卿玄，就听白卿言开口："陈庆生，你去对面医馆看看那位老夫人和马夫怎么样了，那孩童有没有伤着。"

陈庆生咬了咬牙称是，顺从让开。

"这就对了！还是这位漂亮小娘子明事理，我祖父镇国公……那是连皇帝都不敢惹的！"白卿玄以为眼前的绝色小娘子是惧怕镇国公府的威名，越发得意。

她瞳仁微微缩起，若不是攥紧了手中手炉，她都怕自己忍不住抽剑将眼前的人活劈了。

白卿玄上前，离她不过三步之遥，再次详细打量之后，白卿玄笑道："你是哪家的小娘子，等我祖父镇国公凯旋，我便让我祖父去你家要了你！我还从没见过如此漂亮的美人儿，要是做成美人壶……定是世上绝无仅有的美人壶！"

提起美人壶，她因为怒火沸腾的热血霎时凝结成冰，连眼神都冰凉阴沉得像淬了毒。她几乎按捺不住欲动手将这蠢货牲牺碎尸万段，可她现在却只是一个武功全失的废人，什么都做不了，她紧咬牙关将手中手炉握得越发紧。

立在燕雀楼二楼观景回廊上的萧容衍负手而立，听到这话眸色如墨般浓稠。

"萧兄，那位是国公府的嫡长女吧？！"吕元鹏急得扯萧容衍衣袖。

萧容衍不动声色，从吕元鹏手里端着的小碟子里捏了一颗花生米……

"扑通——"

白卿玄膝窝不知道被什么击中，竟直直在白卿言面前跪了下来。

一直隐藏在人群中等候白卿言命令的卢平，还以为白卿玄要对大姑娘出手，立时护在白卿言身前，照着白卿玄的心口上就是一脚，踹得白卿玄立时滚下台阶。

"给我拿下！"

随着白卿言一声令下，卢平带来的护院立时就将白卿玄死死按跪在地上，让他动弹不得。

"你们放开我儿子！放开我儿子！"妇人冲了上来对白家护院抓打，又指着白卿言怒骂，"你是哪家的小贱蹄子竟如此不知礼，竟敢让你家下人对镇国公府公子动手！不想要你们全家的狗命了！"

白卿言咬着牙，这种心肠恶毒不知轻重的狗东西，不踩着他们为白家名声造势，当真枉费他们来这世上一遭。

"你放肆！"春桃气得脸都青了，"镇国公府嫡长女也是你能出言侮辱的！"

妇人一听眼前的小娘子是镇国公府嫡长女，惊得向后退了两步，若不是扶住了马车，险些腿一软跪下。

自打白卿言那日忠勇侯府门前一闹，镇国公府嫡长女的名头别说大都城，就连乡下都传遍了。都说这位嫡长女从小教养在镇国公和大长公主膝下，深得镇国公和大长公主喜爱不说，也当真是一身的白家傲骨，气度非凡。

白卿玄抬头，诧异的目光看向一身雪白狐裘，立在满江楼灯火辉煌之中神色肃穆的白卿言，只觉白卿言幽静的目光里藏着浓烈的厌恶和杀气。

"当年二叔游学，得你母亲相救！祖母派人遍寻你母子二人而不得，如今接你二人入镇国公府，是祖母慈悲施舍！谁给你的胆子拿镇国公府之威，为你为非作歹张目？"

白卿玄心底不甘却又不得不对白卿言服软，咬紧了牙："不过一个贱民！又没打死！长姐又何必小题大做？！"

再次听到"贱民"二字，她眉心突突直跳，心口怒火愈盛，耐不住三步并作两步上前一脚将白卿玄踹翻在地，镇国公府护卫忙上前又重新将白卿玄按跪回原地。

"贱民？！"她怒气填胸，掩不住满眼的憎恶，言辞激愤，"你口中的贱民，正是我白家世代甘赴战场粉身糜骨的因由所在！大晋百姓以赋税供养，我白家生怕不能偿还百姓一二，祖父已花甲之年仍披挂上阵带走我白家满门男儿……最小的不过十岁！我白家皆视大晋国百姓如骨肉血亲，在你这狂妄竖子口中，他们倒成了贱民？！"

白卿言一番话，让围在满江楼前看热闹的百姓，顿时热泪盈眶，满腔激昂。

他们忆起，镇国公府白家子嗣的确是年满十岁者，皆同镇国公沙场历练。想起半年前镇国公出征，白家儿郎中还没有马高的第十七子，亦是一身铠甲独自乘一马。包括眼前这位镇国公府嫡长女，也是十岁随军出征，后来十六岁因那一场恶战身负重伤，这辈子连子嗣都没有什么希望了。

再听白卿言这番视百姓为骨肉血亲的言辞，听白卿言说白家儿郎生怕不能偿还他们赋税供养的谦卑！有这样的镇国公府在，有这样的镇国公府儿郎为他们前线舍命，百姓何能不感激澎湃？何能不感激明明身在高位，却未将他们视如草芥的镇国公府？

白卿言声音沉稳清明，掷地有声："一个国公府未记入族谱的庶子，不曾保家卫国血战疆场！不曾建功立业为民请命！哪来的底气自称镇国公府公子！哪来的底气仗国公府之威，动辄打杀我大晋国子民？"

这番话无疑是将白卿玄的面皮，用脚按进泥里踩。

整条长街，挤满了百姓，各家酒楼对着长街的观景回廊楼上亦是立满了人。

大都城最出名的纨绔，都立在燕雀楼二楼回廊上，听了白卿言一番话竟都愣住。原来……白家竟是如此教养子女的！就连一个女子都心怀家国天下铮铮铁骨，尽失武功却不失硬骨，彰显白家傲雪欺霜之姿，难怪百年将门镇国公府白家从不出废物。

萧容衍凝视立在灯火阑珊处，傲骨嶙嶙又沉潜刚克的白卿言，攥紧了手中玉蝉，眉目间的幽邃仿佛只容得下那抹颀长清瘦身影。

"这……白家姐姐，可真是一身的正气！"吕元鹏喉头翻滚，打从心底生出敬意，再无之前因白卿言美色而起的轻渎之心。

"大姑娘……"陈庆生急匆匆地从对面医馆出来，对白卿言长揖到底才开口，"对面回春堂的刘大夫说，老人家刚才被踹了这一脚，淤积在心肺处的血吐出来，倒是因祸得福！咱们府上马夫的血已经止住了。小童也只是皮外伤，擦几天药就能好。"

白卿玄已然对白卿言恨之入骨，再做不出俯首低眉的模样，怒目切齿地对压着他的国公府护院吼道："不都没事了还不放开我！"

护院没有得白卿言的命令，不敢松手，将急于挣扎的白卿玄按得更用力。

见白卿玄一副死不悔改的强硬模样，她一颗心沉到谷底，再无教导之意。

"祖父定下家规，白家军军规便是家法！欺凌百姓者……军棍三十，白家子嗣有犯者，罪加一等！棍五十！"白卿言目光灼灼如青天明镜，咬牙切齿道，"平叔，向满江楼掌柜借棍，就在这长街，给我打！"

白卿玄睁大眼望着白卿言。

"不可啊！"妇人连跪带爬至白卿言脚下，叩首哭求，"玄儿还小啊大姑娘！这五十军棍下去就是要了玄儿的命啊！打不得！打不得啊！"

"白家嫡子白卿瑜十二岁那年，为追贼寇马踏麦田，生受六十军棍！白家二女白锦绣十岁随军出征，行军途中坐骑误伤樵夫，领五十鞭！他们受罚时哪一个不比你儿子年纪小？"白卿言对妇人这作为深恶痛绝，声声拔高。

"大姑娘，棍已经借到了！"卢平拿棍回来。

妇人看到那么厚实的木棍，惊慌失措地哭出声来，忙爬回面色惨白的白卿玄身边，用力把人抱住："玄儿是镇国公府的骨肉，身份尊贵，这五十棍……我来替玄儿受！求大姑娘成全！"

"怎么年纪小推搡不过去，你又要来和我谈尊贵？！"白卿言冷笑一声，不急也不恼，只慢条斯理地说，"宣嘉三年平城之战，大凉大军困城，我军粮绝三日。我父镇国公府世子为守住平城一线以免大凉大军入境屠杀我大晋子民，擅取城内百姓家牲畜为将士充饥，终等来援军。平城大胜，我父向百姓叩首告罪，雪中赤身领两百军棍！曾言国法军规面前无贵贱！要说尊贵我父不尊贵吗？！你儿子一个庶子，又有什么碰不得打不得的？"

白卿言握紧手中手炉，嚼穿龈血："把人拉开，给我狠狠地打！一棍都不能少！"

在妇人的哭喊声中，白卿玄被护院压倒在地，卢平亲自执杖，木棍击肉实实在在的闷响伴着白卿玄的惨叫响彻整个长街。

三十棍时，白卿玄臀部已然沁出鲜血，惨叫的声音都有气无力。

楼上的纨绔们看得触目惊心，那板子好像落在自己身上似的，跟着一起牙疼。可偏偏白卿言立在那里，表情冷冽得没有任何变化。

五十棍毕，白卿玄已然不省人事，妇人挣脱护院冲过去抱着白卿玄撕心裂肺地哭。

白卿言心头那股恨意还未全消，但也不能当真在长街杀人，只淡漠开口："让人把他抬回府中，请大夫好生医治！"

"是！"卢平应声，吩咐人去请大夫，又将白卿玄抬上马车。

"陈庆生你留下，送被伤了的老夫人和孩童回家，好生致歉安抚！"白卿言道，"回府吧，我乏了！"

见白府大姑娘的马车过来，围观的百姓自发分开一条道让马车通过。

上了马车，白卿言单手搭着迎春枕，疲惫地闭上眼，喉头翻滚，眼角似有泪水莹莹，悲凉荒芜的情绪填满了胸腔。

她今日在这里说起兄弟妹妹和父亲的过往，脑海里也不由浮现出祖父、父亲和各位叔叔席地坐于营前篝火畅快拟战的模样。白家兄弟出征前生龙活虎斗志昂扬的景象，在白卿言眼前一幕幕掠过，白卿言克制不住全身都在发抖。

今日，明明远比白卿言预计的要顺利，势必会将白家声望推向更高点，可说起白家祖训，忆起白家的忠君为民……为这大晋国为大晋百姓所做，却落得主疑臣诛的下场，她心如刀割。是大晋皇室，负了白家的世代忠骨。

蒋嬷嬷早早便在国公府门处候着白卿言，试白卿玄品行的事是得到大长公主允准的，毕竟倘若镇国公府男儿当真全部死于南疆，国公府就仅剩这一子，有大长公主在，此子承袭镇国公之位的可能性极大。人心隔肚皮，又不是从小在国公府长大，不试大长公主亦不能心安。

坐在软榻上的大长公主听完白卿玄所作所为，拨动佛珠的手一个劲儿地抖。若不是白卿言在，今日镇国公府百年名声跌进泥里不说，动辄称镇国公连皇帝都不敢惹、要诛人九族，这话传入皇帝耳朵里，怕是要让皇帝对白家生疑。

大长公主闭了闭眼："阿宝做得很好！此子暴虐成性，怕是要费些功夫教养……先让人看着他，把他拘在府中莫让他闯祸就是了。"

祖母到底是年纪大了，即便知道白卿玄是个劣货……也狠不下心把人送回庄子上。她心有不服，却还是颔首称是，明显已不愿再多言。

从长寿院出来，白卿言注意到院门灯下堆着两个半人高的雪人，雪人的嘴巴是用花生米摆成的一弯笑。

想起今日在满江楼门前,击中白卿玄膝窝迫使白卿玄跪下的那粒花生,白卿言紧攥着手炉垂眸,心头忐忑不安。

萧容衍身手居然如此厉害,可他……为何要出手助她?!

她记得,梦中她随梁王出征,大晋大燕两军对峙,白卿言设计想活捉萧容衍,却只生擒了萧容衍身边前锋将军岳全勇。岳全勇曾言,若不是萧容衍曾受重伤伤了心肺,以萧容衍的武功能耐他们断断不会中了白卿言的诡计却不得脱身,看来并非虚言。

蒋嬷嬷见白卿言望着雪人出神,笑盈盈道:"这是今日五姐儿和六姐儿给大长公主堆的!"

白卿言点了点头:"嬷嬷回去伺候祖母吧,不必送我。"

蒋嬷嬷打帘进来见大长公主有些恍神,轻着脚步走至大长公主身侧,轻轻替大长公主捏肩膀。

大长公主望着隔扇的方向低声问蒋嬷嬷:"嬷嬷……你说阿宝是不是怪我那日质问她是否有反心,如今在我这里阿宝都不如往日那般亲热了。"

"大长公主宽心!大姐儿是您亲自教养长大的,大姐儿的孝心您还不知道吗?"蒋嬷嬷笑着替白卿言说话,"咱们府上这阵子发生了太多事,大姐儿到底还是个孩子,难免力不从心,大长公主要多多心疼心疼大姐儿才是,怎么反倒要个孩子回头来哄您了?"

听蒋嬷嬷这么说,大长公主疲惫地闭上眼长长呼出一口气,低笑一声:"你说得对,是我不好,你一会儿将我库房里的那副帝王玉棋子找出来,明早给阿宝送去,她就喜欢摆弄这些。"

"一会儿伺候大长公主安置,老奴就去库房找。明日一早正好天绣坊要来给府上姑娘们送小年夜进宫赴宴的新衣和首饰,回头老奴将棋子一并给大姐儿送去。"蒋嬷嬷说。

大长公主点了点头,又拨弄起佛珠:"魏忠今日去看过暗卫队回来后怎么说?"

"魏忠说,暗卫队虽说养在大长公主的庄子上不曾动用,可暗卫队的队长万若重按照规矩,还是每人取一徒,考较人品德行后,传授毕生所学。万若重让魏忠传话回来,新成的暗卫队可用,静候大长公主吩咐。"蒋嬷嬷道。

大长公主闭眼略作思索之后道:"正月十五一过卫队回城,派两个去护着阿宝,但……别让阿宝知道了。"

蒋嬷嬷一怔颇为意外,却也没有多问,只低头称是。

第三章 白家之风

· 113 ·

让暗卫暗地里保护白卿言，是保护也是监视，大长公主还是害怕白卿言生了反心。

大长公主眼角沁出些许湿意，她想起父皇在世时叮嘱她替大晋皇室看住镇国公府的殷殷嘱托，想起自己亲手带大的孙女眼底尽是反意，整个人如油煎火烧一般。

没人知大长公主心头亦是苦如黄连，一面要拼死守住白家骨肉血亲，一面要全力护住林家皇室，她当真举步维艰。

大长公主这几日时时在想，骨肉亲眷同林家江山比孰重孰轻，可到今日也没有理出头绪。

白卿言从大长公主那里回来，春桃替她换上练功服，手臂大腿绑上沙袋。练功时，她仔细盘点梦里萧容衍的生平。似就是在今年，小年夜皇帝宫中设宴款待众臣及其家眷时，萧容衍作为齐王府座上宾亦是在宴席之列，可他却在宴会间密会齐王侧妃女婢被人撞破，齐王侧妃婢女当场自认大魏细作，萧容衍也被捕入狱严刑审查。梦里，白家蒙难，白卿言不知萧容衍是何时从狱中出来，也不知萧容衍是此次入狱伤了心肺，还是后来那几次死里逃生中受了伤，才和她一般成了个武功尽失的废人。

白卿言闭着眼，寒风中整个人热气蒸腾。或许是因为梦中两人都武功尽失同病相怜，她竟对萧容衍生出几分惺惺相惜之情。再想起梦中她识破梁王面目之后，萧容衍多番相助的缘故，她难免起了恻隐之心。

从小厨房里出来的丫鬟用水桶拎着烧滚的沸水鱼贯而出，在春妍带领下低着头动作麻利地踏进主屋内，将热水倒入浴桶中。

"大姑娘，时辰到了！"春桃快步上前，扶住白卿言，"水已备好，大姑娘沐浴吧！"

白卿言借春桃的力道站起身，腿明显不如之前刚开始练时那般绵软如泥。

沐浴出来，白卿言摊开宣纸、蘸墨、提笔……犹豫片刻又将笔放了回去。

白卿言这里用的都是大长公主让人送来的贡品澄心堂纸，墨也是贡品，容易让萧容衍看出消息出处。

她吩咐春桃去取普通的白麻纸和账房用的寻常墨，换了左手握笔，落笔……

写完，白卿言将墨吹干叠好交给春桃："拿好，明日一大早，你把这个交给你表哥，让他想办法把这封信在后天……小年夜之前送到城南萧府管家手中，叮嘱他小心些，别让人查出他的身份。"

曾经萧容衍助她良多，她从未报偿一二，如今她得上天垂怜，梦中窥得先机，能帮则帮吧。

春桃也不问为什么,只将纸张叠小小心放入袖中,郑重颔首:"姑娘放心。"

"大姑娘。"春妍挑帘进来,福身道,"护院卢平前来禀报,说从庄子上接回来的公子已经安置在清明院,只是怕是大半个月都下不了床了。"

只是半个月,倒便宜他了。

"嗯。"白卿言颔首,"我知道了,转告平叔让他派人守好清明院,任何人不得随意进出,以免小四不知道轻重,用鞭子招呼那母子俩。今日辛苦他了,让平叔早些回去休息。"

卢平从内宅出来,拎了两瓶酒和药去了秦尚志那里,给秦尚志换药之余说了今日在满江楼前的事情,满目担忧。

"之前在忠勇侯府门前闹的那一遭,你便摇头说大姑娘那番话虽是维护镇国公府名声,可只怕让今上更不喜!如今满江楼前这一闹……我真有些担心国公府!"卢平叹气喝了一口酒,"你说,有没有什么办法劝劝大姑娘?"

秦尚志握着酒瓶的手突然收紧,抬头间电光石火之间抓住了什么,如同醍醐灌顶,双眸发亮,以手拍桌,突然畅快笑出声来:"好一个白大姑娘!"

卢平望着秦尚志:"你笑什么?!"

"你们国公府的白大姑娘,眼界格局不一般呐!"秦尚志仰头痛饮了一口酒,目光灼灼竖起大拇指,话说得又快又急,"我才只看到了往前十步,她竟已经看到了后九十九步!你们家大姑娘这一步一步,循序渐进算得一清二楚!她要将白家的声望在百姓中推至顶峰,她这是要为白府造势,为白府夺民心啊!"

在卢平懵懵懂懂的眼神中,秦尚志长叹一口气:"善战者,求之于势,不责于人,故能择人而任势!你们家大姑娘用的这是兵法!她想要的……竟是让作为当权者的今上迫于形势,迫于民心不敢动白家分毫!身居高位者他们看似权柄在握,可是还是会怕民情、民怨、民言,怕百年后史官的那根笔!"

秦尚志又是一大口酒,重重将酒瓶放下,他满腔沸腾澎湃着热血,却又不免为自己的怀才不遇生出几分惆怅:"好生厉害的女娃娃!可惜啊……你们家大姑娘要是个男儿,白家满门荣耀至少能再延续三代不成问题!"

如果白卿言不是女娃娃,日后那至高庙堂定会有白卿言的一席之地!如果白卿言不是女娃娃,就冲白卿言这份大智慧,他秦尚志就甘愿俯首入白府做她白家门下参赞!只可惜……她身为女子,哪怕是有卧龙凤雏之大才,也只能被困于后宅罢了。

"可惜啊！"秦尚志心口作痛，仰头将酒饮尽，这一声低叹不知是为他自己还是为白卿言。

第二天一早。

白卿言晨练完正用早膳时，春妍笑盈盈进来福身道："真让大姑娘也料中了，四姑娘听说了昨日在长街的事，一大早提了鞭子就冲去清明院，鞭子舞得虎虎生威，新栽的小树苗都被四姑娘打成了两截，吓得躺在床上的那位和那位姨娘缩成一团，躲在房里不敢出来！要我说大姑娘就不应该让护卫拦着……就该让四姑娘把他们打开花，好叫他们知道我们大姑娘不是他们得罪得起的！什么东西！"

白卿言低着头喝粥没吭声，春桃皱眉说了句："那位再不是，也是二爷的庶子，二爷的姨娘，我们做奴婢的，这话说不得！你日后不要再说了，以免给姑娘惹祸。"

春妍不服气地撇了撇嘴立在一旁。

白卿言刚用完膳，蒋嬷嬷便带着天绣坊的人到了。

"这是帝王玉棋子，还是大长公主像大姐儿这么大的时候，先帝赏的。"蒋嬷嬷将棋盒放在一旁，"大长公主心疼大姐儿，让老奴把这棋子拿来给大姐儿。"

"多谢祖母！"她摩挲着玉质绝顶的棋子，知道蒋嬷嬷这是在替祖母安抚她，"嬷嬷，我知道祖母是怕我多心，我不会的！"

蒋嬷嬷眼眶泛红："老奴知道大姐儿不会！大姐儿是大长公主和老奴看着长大的……什么心性大长公主和老奴都知道！"

送走蒋嬷嬷，春桃轻抚着华美衣衫上的暗纹刺绣，感慨不已："大姑娘，天绣坊做的衣服就是不一般，您看多好看啊！姑娘您打算去宫宴的时候穿哪一身？"

她看着天绣坊送来的五套衣裳，指了一套素白色的，拈起一枚棋子，问："沈青竹……走了几天了？"

"回大姑娘，沈姑娘已经走九天了。"春桃道。

白卿言颔首，那沈青竹应该至少已经到障城了。

梦中白家儿郎皆折损于南疆的消息，是在除夕夜时传回来的。她梦醒在腊月十四，算时间恐怕已经来不及救她白家男儿，可她还是派沈青竹去了。只求上天怜她白家，哪怕让沈青竹能赶得及救下……一个也好！

她疲倦闭眼，稳住湿热滚烫的呼吸，含泪将棋子放入棋盒中，现在还不是悲伤的时候，很快就要除夕，留给她做事的时间不多了。

春桃刚让管理白卿言衣裳的丫头把衣服收好，打帘从屋内出来就见春妍一脸不高兴，不免问了一句："这是怎么了？一大清早又噘个嘴？"

春妍皱眉压低声音同春桃说道："刚才我远远看到秦二姑爷，对着咱们院子的方向作揖拜了一拜走了，莫名其妙的！"

白卿言给手腕缠上沙袋开始磨墨，心里松快了几分，连唇角也带上了清浅的笑意，秦朗没让她失望，是个通透人。

昨日，秦朗已经搬出忠勇侯府，住进陛下御赐的宅子中去，秦朗本就是个仁厚聪明的，等白锦绣康复就会挪回他们新府邸，日后日子必定安生。

"你管得也忒多了。"春桃理了理自己的衣袖，无奈道，"那二姑爷又没有来打扰大姑娘。"

春妍正欲辩上两句，见一看门婆子在清辉院门口探头探脑，忍不住面露欣喜，乖觉对春桃福了福身："知道了春桃姐姐！我突然想起……昨日听竹姐姐让我今儿个去找她拿几个绣花样式，我先去了！"

说完，春妍就急匆匆跑出清辉院，正坐在房里吃松子糖的银霜见春妍出门，连忙将松子糖揣进怀里，跟上。

那看门婆子见春妍出来，一脸谄媚地迎了上来："春妍姑娘！"

春妍扯着看门婆子的胳膊走至偏僻处，四下张望不见有人这才道："是不是殿下那里有什么吩咐？"

"童大爷说，殿下亲自来了，马车正在角门外等候，说殿下想要见大姑娘一面，劳烦春妍姑娘同大姑娘好好说说。"看门婆子道。

春妍一颗心扑通扑通乱跳，急得脸都红了："殿下不是伤重吗？怎么亲自来了？要是再染了风寒可如何是好！"

"如此可见殿下对大姑娘真心，姑娘快去禀报了大姑娘，让大姑娘速速去吧，天寒地冻的，要是梁王殿下在咱们府门口出了什么事，我们可真是担待不起！"看门婆子道。

"我知道了！"春妍一颗心全都扑在了梁王身上，心里不免恼恨白卿言，都是大姑娘让她把梁王殿下给的玉佩退回去，这才让殿下着急带伤赶来，要是殿下有个三长两短，她们家大姑娘就是死一万次也难赎。

春妍又气又恼几乎要将手中的帕子扯烂，转头就火急火燎往上房扑。

前脚春妍刚走，后脚银霜就从墙上跳了下来，吓了那传话婆子一跳。那婆子按着

第三章　白家之风

·117·

心口瞪了银霜一眼,正要走,就被银霜一拳打晕了过去。

银霜看着晕死在脚下的婆子,将这婆子扛在肩膀上进了清辉院。

"大姑娘!大姑娘!"春妍匆匆忙忙进了上房,绕过锦屏见白卿言双腕缠着沙袋练字,扑通跪了下来,"大姑娘,奴婢知道大姑娘不喜欢奴婢提梁王殿下,可昨日奴婢按姑娘吩咐将玉佩退了回去,今儿个梁王殿下就亲自来了,殿下他伤得那样重连命都快没了,为了姑娘还是来了咱们镇国公府!姑娘……奴婢求您了,殿下对您一片真心!您就见殿下一面吧!"

春妍将头碰得直响,泪流满面当真是情真意切。她可不曾见春妍对她这般忠心过,她心底除了恼怒之外,更多的是悲凉。

门外,正准备打帘进上房的春桃见银霜扛着一个婆子进来,先是吓了一跳,随后便反应过来春妍又去见梁王的人,被银霜给逮着了。

银霜随手将那晕厥过去的婆子丢在地上,又笑眯眯伸着手找她讨糖吃:"又逮着一个!姐姐,糖……"

春桃满心羞愤,想起那日她在大姑娘面前替这个骨头轻贱的春妍求情,顿时臊得慌。

她面上不显,抬手戳了一下银霜的脑门儿:"你个憨货!在这里等着!"

春桃打帘进门,看了眼伏跪在地上叩首的春妍,疾步走至白卿言身旁,抬手压低了声音耳语:"姑娘,银霜又打晕了一个看门婆子,扛进了院子里。"

春妍不知春桃同大姑娘说了些什么,只眼巴巴地望着白卿言,希望她能去见梁王:"大姑娘……"

白卿言从头至尾未看哭声不休的春妍,写完最后一字,才搁下笔:"抓住了正好,就趁着今日清理国公府门户吧。春桃,你遣春杏去母亲院里告诉母亲一声,让秦嬷嬷请了郝管家,再交代让各管事和所有不当值的下人、仆妇前院集合。"

春桃福身称是,匆匆出门,吩咐春杏。

很快,春桃用铜盆端了盆水回来,一边帮白卿言拧帕子一边问:"大姑娘,奴婢让银霜扛了那婆子和春杏一起去世子夫人院里了,姑娘要过去吗?"

她点了点头:"嗯,自是要去的。"

听到这话,春妍便忙膝行几步,哭求道:"大姑娘,就当是奴婢求您了!清理门户什么时候都行,见梁王殿下要紧啊!"

"春妍!你……"春桃被吓了一跳,她还以为春妍是跪在这里悔罪的,没承想竟然是求着大姑娘去见梁王。

见白卿言毫不在意，只慢条斯理地将腕上的沙袋拆了下来，凝视着刚写好的那幅字活动手腕，春妍心急如焚，声音也拔高了几个度，挺直了腰板一脸愤恨地指责白卿言道："大姑娘！天寒地冻的，殿下还在国公府后门，要是有了什么闪失姑娘你担待得起吗？"

春妍"担待得起"四个字顿时让她火冒三丈，凌厉的目光如刀子似的直视春妍，身上从尸山血海中拼杀出来的戾气逼人，霎时让春妍惊了一身冷汗，脊背发寒。

"担待？"她将春桃递过来的擦手帕子摔在书桌上，顿时热血直冲头顶。

"春妍你是不是鬼附身了！还是魔障了！是姑娘拖着梁王大雪天在我们国公府角门等的？我们姑娘需要担待什么？姑娘未出阁的国公府千金，难道随便一个人往国公府后门一戳，姑娘就必须见了！这是哪家的道理？佟嬷嬷教的规矩都学到狗肚子里去了！"

"那怎么能一样呢？那可是梁王殿下！"春妍梗着脖子和春桃杠上了，一想到梁王伤重就噬心般难受。

白卿言已然对春妍心寒到了极致，强压下心头怒火道："当着国公府的奴婢，操着梁王府的心，春妍……真是委屈你了。今日国公府清理门户，你自去梁王那里求出路吧！"

"奴婢不是这个意思！"春妍急忙叩首，"奴婢……奴婢是实在担心梁王殿下的身体！求大姑娘开恩啊！奴婢从小跟着姑娘，生生世世都是要跟着姑娘的！"

她冷笑："生生世世跟着我？你敢跟我可不敢要……动辄安排主子的婚事，胁迫主子去见外男的奴婢，我担待不起！"

"姑娘！姑娘！春妍知错了！"春妍这才害怕得哭出了声，惶惶不安地求饶。

"平时姑娘念着你年纪小待你宽厚，纵得你不知道天高地厚，一而再再而三地以姑娘之名和外男牵扯！如今竟敢胁迫姑娘去见梁王……你这是要害死姑娘啊，春妍！"春桃气得哭出声来，恨得不能给春妍几巴掌打醒这个浑货。

她绕过书桌，吩咐春桃给她拿狐裘大氅。

春桃忙抹了把眼泪，给白卿言披上狐裘，出了门才犹犹豫豫着问了一句："大姑娘，这春妍怎么处置？！要不然……打发了？"

她深深呼出一口气，才勉强压住自己心头的怒火，还没有到时候，春妍留着还有用。

她太了解梁王那个人的毒辣，也了解梁王身边的谋士杜知微的手段。她若前脚打发了春妍，后脚杜知微和梁王便会找国公府其他人诱之以利，人性这个东西最经不起考验，在这个紧要关口她赌不起。

枉她自命机慧，曾经真是瞎了眼，才会相信春妍这吃里扒外的东西是为了她这个主子好，才拼命在她面前为梁王说好话。

她立在廊庑下，紧紧攥着手中的手炉，思索了片刻，抬眼面露寒光："我不会要她的命，你带她来前院。"

春桃一听这话立刻泪眼汪汪，以为是自己那次求情让白卿言为难了，哽咽道："大姑娘，我……"

她头疼得厉害，强烈的倦意袭来，不欲再纠缠春妍的事情，紧了紧大氅打起精神抬脚朝前院走去。梁王又是遣人送玉佩许以正妃之位，又是重伤未愈便亲自登门，看起来对于利用她谋军功这件事是不会罢手的。她一介病弱之身，也是难为梁王对她如此"锲而不舍"，可她宁可现一头碰死，也绝不甘愿再为他牛马！为了杜绝梁王这个心狠手辣、寡廉鲜耻的小人见温情招数不顶用，便用下作手段以她名节做筏子强行逼她入梁王府，今天她就得把梁王买通他们府上仆从，三番两次请见她的事搬到明面儿上来，而且要搬得尽人皆知且不留余地，让所有人看到她对梁王这无耻之徒手段伎俩的憎恶，才能把梁王这档子心思踩死捻灭，让他不敢妄动。

国公府后角门外，一辆看似普通的马车停在树旁，马车里时不时传来咳嗽的声音。

童吉双手抄在袖子里，脑袋贴着国公府的后角门，眼巴巴地透过门缝儿往里面看，不见有人来的迹象便又急又冷直跺脚。

马车内又传来一阵撕心裂肺的咳嗽声，童吉又急吼吼回来上了马车，轻手轻脚给梁王顺背，一脸不高兴："这白家大姑娘也真是不识抬举，殿下的正妃之位给她一个可能都没有子嗣的人，她竟然还敢推脱！殿下您真的想要这白大姑娘……便求皇后娘娘下个旨意给她个侧妃之位也就是了，您伤得这么重，何苦今天亲自来一趟！抬举得她不知天高地厚！"

梁王单手攥拳咳了几声，拢住盖在身上的锦被，伸出一只手烤了烤火，低声道："你懂什么！"

不到无计可施之际，他断不可强行将白卿言抬入梁王府，他需要白卿言那一身的本事，就得让白卿言心甘情愿地对他俯首帖耳。昨日白卿言在长街干净利落地收拾了那个国公府未记入族谱的庶子，现在外面盛传白卿言巾帼不让须眉，铮铮铁骨，他便越发不能怠慢了白卿言。思及这一阵子白卿言对他的疏远，梁王总觉得有什么蹊跷，不亲自和白卿言见一面他不能安心。

梁王还在后角门的马车里等，国公府不当值的管事、仆人、婆子、婢女都聚集到了前院不说，前院还备着板子，人下们惶惶不安地你看我我看你不知道出了什么大事，如坐针毡。

有管事上前询问郝管家，郝管家却只是站在高阶之上摇头，闭口不言。

关于梁王几次三番托下人约见白卿言于后角门，还有赠玉的事，白卿言没有瞒着，全都告诉了董氏。

董氏乍一听还觉得颇为高兴，可细细一想，如果梁王真的对她有意，大可堂堂正正地来国公府征求了长辈意思，打听好了白卿言没有婚约再遣人说媒，这是对白卿言尊重，可他这样频繁买通国公府下人相邀私下见面，这是在轻贱她的女儿，若是事情闹大白卿言必定名声不保，董氏顿时惊了一身冷汗。

再说到国公府门户，董氏作为当家主母，太清楚其中利害，向来都是祸起萧墙，虽说已经将近年关，该严惩的还是要严惩。

董氏当机立断，直接让人去请了几个人牙子过来，这才同白卿言一起来了前院。

下人、仆妇、婢女乌泱泱地站满了偌大的前院，见秦嬷嬷扶着世子夫人董氏，身后跟着大姑娘白卿言，忙慌慌请安。

董氏凌厉的凤眸扫过满院子的仆人、丫头，在廊下的椅子上坐下，问："人牙子可来了？"

郝管家上前对董氏行礼："回夫人，已经候着了。"

董氏颔首，侧头吩咐郝管家："把人带上来吧！"

很快，之前去梁王府后角门通风报信的小厮，给春妍递玉佩的婆子，连同今日被银霜一拳打晕的婆子，三个人被五花大绑地带了上来。

那小厮看到这阵仗，腿肚子打颤，一下就跪了下来，哭求："世子夫人开恩啊！是奴才财迷心窍，除了帮梁王府和春妍姑娘之间传个消息之外，奴才当真没有做什么损害咱们国公府的事情啊！"

今早被打晕的婆子一听这话，头在地板上叩得砰砰直响："老奴……老奴也只是收了梁王的银子，替梁王的小厮给春妍姑娘传个话啊！"

"老奴这也是替梁王殿下身边的小厮喊春妍姑娘而已！老奴也只是喊过春妍姑娘那一回而已！"给春妍递玉佩的婆子，跪行了两步，"春妍姑娘！春妍姑娘你说句话啊！"

站在白卿言身边的春妍想起刚才春桃的话，腿一软立时跪了下来，汗如浆出："夫人，大姑娘！奴婢……奴婢……"

董氏端起秦嬷嬷递来的茶，凤眸睨了眼春妍，怒火中烧，若不是女儿来之前求了情……她今天非要让人将春妍这贱婢拖下去乱棍打死！

"你们都给春妍传过什么话，春妍又托你们给梁王府传过什么话？你们都一一如实道来。"白卿言不见半分恼火，款款落座慢条斯理问。

这三个软脚虾竹筒倒豆子，一股脑吐了个干干净净。只是这三个人知道的也不是顶要紧的，要紧话梁王和春妍也不会让这三人传，他们三人顶多就是收了银子帮忙请春妍去角门见人。

"除了他们三个，还有谁帮你传过信？"白卿言侧头问哆哆嗦嗦跪在她脚下的春妍。

春妍咬着下唇，眼泪吧嗒吧嗒往下掉。

她放下手炉端起热茶杯，徐徐吹了一口气道："这是个赎罪的机会，你若不说，这次就算春桃再跪下来求我，我也不能容你了。"

被捆了跪在院中的婆子忙道："还有刘婆子！刘婆子也传过信我看到的！"

被点名的刘婆子立时跪了下来："世子夫人、大姑娘开恩啊！老奴……老奴就传了那么一回信！就那么一回啊！我也是看着王婆子收了银子，这才心动的！"

拔出萝卜带出泥，又一个。

王婆子忙慌跪在地上，抖如筛糠。

董氏重重将茶杯放在小几上："我国公府对下人从无苛待，没承想竟然还有见钱眼开的！还有谁自己站出来，我尚且可以饶他一命！倘若让别人指出来，立即打死绝不容情！"

董氏治家一向恩威并济，国公府被管制得相当好，否则当初董氏下令不许外传二姑娘白锦绣归家后的事情，外面怎么就能硬是一点儿风声都没有？

梁王为了白卿言，确实下了大功夫，可不过也就买通了一个看门小厮，四个看门婆子而已。

春妍眼泪掉得更凶了，一副豁出去的架势跪爬至董氏脚下："夫人！梁王殿下对我们姑娘一片真心，奴婢这也是为了姑娘好啊！梁王殿下听说登州老太君有意想替表少爷求娶咱们大姑娘，那么重的伤都亲自来了……就是希望见大姑娘一面，如此情深意重，满大都城的男儿哪个能这般掏心掏肺对大姑娘啊！"

秦嬷嬷双手交叠放在小腹前，板着脸："春妍姑娘这话好没道理！既然梁王对我们姑娘这般情深意重，大可请了哪位夫人来我们府上，探口风也好说项也好，何以要买通下人偷偷摸摸行事？这等小人行径同坏我们姑娘名节有什么区别？你是大姑娘身边的贴身丫头，却和梁王的小厮来往密切，若不是大姑娘机敏让银霜跟着你，让旁人发现了……你一个婢女的死活不要紧，我们姑娘的名节还要不要了？！"

"夫人！梁王殿下是真的爱重我们大姑娘啊……"

"看起来春妍吃着我们国公府的饭，当的是梁王府的差啊！"董氏低低笑了一声，不急不缓道，"秦嬷嬷，一会儿你就拿了春妍的身契，把人送到梁王府上去，梁王要是不收，那正好就在梁王府门外，直接打折两条腿让人牙子领走，卖到窑子里去。"

春妍顿时脸色大变，求救似的爬回白卿言的脚下，涕泪横流："大姑娘！大姑娘救奴婢啊！奴婢哪儿都不去，奴婢只想跟着大姑娘！奴婢……奴婢以后再也不敢了！"

虽说春妍蠢，可她也知道……梁王能见她的缘故，无非是因为她是大姑娘的贴身侍婢，如果她被大姑娘厌弃，梁王要她何用？肯定不会要她，那她定会落得和明玉一个下场。

想到明玉，春妍打了一个冷战，哭得更加凄惨。

白卿言看着满目惶惶的春妍，淡淡道："我的事情，你都将什么说与梁王了，今日……便一五一十地说清楚，否则就是大罗神仙也救不了你！"

"奴婢，奴婢……就是同梁王讲了大姑娘的喜好，还有大姑娘小时候的一些事情。"春妍十分心虚，哭声小了些。

"说清楚，都有什么事！一件都不许漏！"她漫不经心地端起茶杯道。

不是她小人之心，预言之梦里梁王对她的事情了如指掌，连她身上哪里有疤，哪里的疤痕下雨时会发痒这样的细枝末节都知道，倘若今生梁王利用春妍同他说的这些事来毁她清白，她可真是有嘴都说不清。

她不若今日大大方方在这里处置了，他日就算梁王真动了什么卑鄙念头，白卿言也无任何忧患。

春妍也是真被唬住，抽抽搭搭地将这些日子以来同梁王或者童吉说过些什么，一股脑地吐了个干净。

秦嬷嬷一听，春妍连白卿言在战场上受过伤，阴天下雨肩膀便会发痒的事情都说与外男听，气得手都在抖，沉不住气上前就是一个耳光："来人！给我把这个贱婢拖下去打死！立刻打死！大姑娘这样私密的事情你都敢往外说！"

一向沉稳的董氏气得两眼发黑，差点儿坐不住晕过去。

"大姑娘！大姑娘！"春妍抱住白卿言的腿，"大姑娘救我啊！我什么都说了！大姑娘救我啊！"

"把这个贱婢给我拉开！没的污了大姑娘的衣裳！"董氏咬牙切齿，恨不能生吞活剥了春妍。

"阿娘……"她对董氏摇了摇头，又低头问春妍，"还有什么说与梁王了？"

"没有了！真的没有了……"春妍哭着摇头。

半晌，白卿言放下手中茶杯，唤了春桃一声："春桃……"

听过春妍都同梁王讲了那么多大姑娘的隐私，春桃气到浑身颤抖面色煞白，她立时跪了下来："春桃在！"

"那日你跪在我面前替春妍求情，今日我饶春妍一命，便当你已经还了春妍的救命之恩！可春妍死罪可免活罪难逃，打春妍五十大板，降为三等丫头！罚你半年月例银子，你可服气？"她这话问的是春桃。

春桃重重一叩首，顿时羞愧难当，泪流满面："姑娘也打我一顿吧！我不该为这个烂心肝的轻贱东西求情！"

她将春桃扶了起来，攥着春桃的手说："你忠心，又有情有义，这样的品性是我国公府的人！"

她冰凉入骨的视线转向春妍："春妍你可服气？！"

春妍哆哆嗦嗦不成样子，只忙着叩谢："谢大姑娘饶命！谢大姑娘饶命！"

春妍已经被拖下去当着众人的面儿行刑，宽厚的板子闷声打在臀肉上，春妍惨叫连连痛不欲生。不多时鲜血就将衣服染红，春妍活生生被打晕了过去。

那五个收了梁王府好处传话的婆子和小厮，看到春妍的下场，早已经抖得不像样子，只顾着磕头求饶。

董氏被春妍气得胸口闷疼，咬着牙道："郝管家，按照规矩办事，不能轻饶……"

郝管家立刻上前，利落地发落了这五个见钱眼开的，打断腿让人牙子把四个婆子，连同这个小厮五人及其家眷全部领走发卖。

将近年关，镇国公府世子夫人董氏因着国公府门房下人和梁王府牵扯不清，将府内重新整治了一通，该打的打，该发卖的发卖，就连几个管事都受到了牵连。

董氏重新更换了管事，门房更是到了"重兵把守"的地步。

董氏深知门房是国公府的第一道关卡，万万不能再出事。

梁王一直在角门外候着，童吉听到角门里热热闹闹，门房换了守门的婆子仆人，忍不住叫门却没有人来开门。

过了几刻钟后，有人来禀报梁王说国公府发卖了好些下人，还有血淋淋被抬出来的，梁王心头一紧，知道今天怕是见不上白卿言，便让人打道回府，走前吩咐童吉："你留下，想办法联系上春妍，问问国公府出了什么事。"

"小的明白！"童吉点头。

回去后梁王坐卧不安，童吉回来说国公府看门的婆子和仆人都换了，他塞了银子请人叫春妍也没人敢收，都称国公府世子夫人刚整治了府内，谁也不敢这个时候触霉头。

梁王只能闭上眼再想办法。

当晚，顶了春妍大丫头位置的春杏乖巧立在白卿言身旁，说起忠勇侯府夫人蒋逢春被京兆尹府放回去的事情："后来结案给的说法，说是因着那五个陪嫁丫头是先身死后才消了奴籍，所以死时还是奴，忠勇侯夫人不算有罪，便把人放了。"

白卿言听着，在棋盘上落下一子，点了点头："知道了，你去忙吧！"

春杏颔首称是，见春桃红着眼打帘进来，便退出了上房。

"姑娘，奴婢伺候您安置吧！"春桃鼻音浓重。

白卿言问："春妍怎么样？"

春桃又吧嗒吧嗒掉眼泪，愧疚之情在心中翻涌，羞耻得恨不能一头碰死："大夫说估计得养上半个月，行刑的嬷嬷还是打得轻了，就算打断她的腿都不算冤枉！"

她只觉这样的春桃可爱，拍了拍春桃的手："好了！我都不生气了，你也别懊恼了！就算是你不求情我也不会将春妍怎么样，留着春妍我还有用处，好好照顾她，这事你心里有数就好！"

春桃眨巴着含泪的眸子，一听大姑娘留着春妍还有用，立刻跟活了过来似的，连连保证："大姑娘放心，我面上肯定不显，不会让春妍察觉。"

今日春桃听春妍将姑娘那么多的隐私都告诉了梁王，便对春妍连那半分同情都没有了，自然是白卿言说什么她便遵从什么。

一直窝在清明院的白卿玄母子俩，听说今日国公府好大的阵仗，打卖了五家子一共三十多将近四十个下人。

妇人吓得不行，一个劲儿地用帕子抹眼泪："早知道还不如安安生生待在那个庄子上，好歹我们是个主子。以为到了国公府能享福，谁知道还没进府门就先把你打成这样，现在还让人看着咱们！这样动辄打杀的人家……"

"行了娘！你别说了！"白卿玄伤口难受，人只能趴在床上，早已烦得不行，他目露凶光，"等我好起来，咱们走着瞧！"

几天前陛下大张旗鼓赏赐抬举秦朗，明旨秦朗是士族之子表率，满大都城的世家望着风向将自家纨绔拘在家中苦读。

连日来，大都城的酒楼茶肆和花楼画舫的生意一天比一天惨淡，那些玩闹惯了的世家公子哥在家中也是苦不堪言。

直至小年夜宫中夜宴，这些纨绔才名正言顺地聚在一起，彼此诉说这几日在家中的苦闷。

同样在夜宴之列的秦朗，被平时玩闹在一起的纨绔抱怨个没停，秦朗都憨笑着一一作揖罚酒致歉。

白卿言被大长公主带在身边，坐于皇帝、皇后高座右下侧，正对面的齐王和齐王妃立即起身对大长公主问安，白卿言规矩立在大长公主身后福身行礼。

记得梦中，宣嘉十六年三月也就是明年，齐王被封太子入主东宫第一件事便是主审镇国公白威霆叛国一案。有刘焕章证词，又从白家搜出镇国公和东燕郡王书信，白家的罪，便在齐王手中定了下来。后来，已是太子的齐王上表求情希望从轻发落白家女眷，被皇帝训斥，关在东宫面壁思过。那时的她也恨毒了齐王，如今想来梦中之时证据确凿，齐王身为太子也有他的无可奈何。

她扶着大长公主落座，抬眼便看到坐在齐王背后席位上的萧容衍，见从容而坐的萧容衍浅笑淡然对她略略颔首，她手心收紧垂眸端坐，也不知道萧容衍收到消息了没有。

萧容衍坐于齐王身后席位，可见齐王对萧容衍器重。

"春桃……"她侧头用帕子掩唇压低声音问，"你表哥可把信送到了？"

春桃跪于她身侧，低声道："姑娘放心，我表哥说他让一乞丐去了萧府门前，只言有信给管家，他亲眼见小乞丐把信送到了管家手里！那小乞丐也不知表哥身份。"

陈庆生办事她放心，梦里萧容衍帮她良多，这次……希望能偿还一二。

听到太监高唱皇帝、皇后驾到，她忍住心底切齿之恨，扶着大长公主起身叩拜迎接。

似乎是因为重伤卧榻的梁王已经大有起色，皇帝心情看起来格外愉悦。

落座后她也跟着举杯，一双清亮灼灼的眸子望着举杯同贺天下、满口仁义道德天下太平的皇帝，目光深沉。

萧容衍见白卿言看向大晋皇帝的沉着目光丝毫不带敬意，只觉有趣，垂眸想起临入宫赴宴前，管家给他看的那张八字纸条——宫宴埋伏，齐府有鬼。

他举杯同大晋皇帝一起饮尽杯中酒，摩挲着酒杯，抬眼看向正朝他浅笑的齐王，报以微笑。

八珍玉食，觥筹交错，悦耳丝竹声中推杯换盏，鼓乐齐鸣，大殿内一派歌舞升平的盛世繁华景象，如此盛筵满天下恐也再难寻得。

白卿言坐在台下的舅舅董清平被同僚嘲笑眼角抓痕，称其惧内……再纵容妻室蛮横下去，恐怕妻室要成为下一个大燕姬后把持他们董家，给董清平戴绿帽子了。

萧容衍倒酒的手稍稍一顿，便不动声色将酒续上，端起酒杯……视线朝高阶之下看去。

见萧容衍视线落在董清平身上那一刻，她不寒而栗，萧容衍是大燕姬后最小也是最疼爱的儿子。

梦中……十五年后旧貌翻新，大晋国败落，大燕跻身强国之列。大燕、大凉南北两面夹击大晋国，她随梁王在大凉死战腾不出身，大晋只能向大燕求和。萧容衍称可以罢兵，不要割地不要赔付，只要大晋国将曾经言辞侮辱过姬后之人交出来即可，那些人的下场可想而知。

董清平日常能言善道长袖善舞，倒还沉稳，可每逢喝多了酒便收不住轻狂放纵。此时醉意上头，竟也侃侃而谈："《通正燕史》有载，常在姬氏绝色妖娆，妲己狐媚所不能及，骊姬美貌所不能比，以色侍于肃王侧先得贵妃之位统领后宫，辗转重臣之间取皇后之尊母仪天下，地位无双权谋四海，史称——权后。我家婆姨宋氏，一根筋的直肠子，脾气是爆了些，可怎能和那种放荡的蛇蝎毒妇相比？！"

说着，董清平打了个酒嗝看向白卿言的母亲董氏："你说是不是，妹妹？！"

她因董清平的话心惊肉跳，手心一紧，下意识朝萧容衍看了眼，只见萧容衍唇角含笑饮尽杯中美酒，笑意冷冽不达眼底。

不等董氏开口，她已经先一步道："千夫所指唾骂不断，心如蛇蝎也好，妖媚惑主也罢，当时的姬后一介小小后妃，宫内无权前朝无势，携痴傻皇帝波谲云诡中求存，又将大燕推上霸主地位，其心智何其坚忍？"

萧容衍抬眼朝她看来，她故作不知只看董清平，手心已然是一层腻汗："之所以被万人唾弃，不过是成王败寇，这么个无趣的道理还是舅舅教的，舅舅怎的今日吃多了酒便胡言乱语了？！"

皇帝倚着身侧软枕，视线落在白卿言的身上。

"姬后牝鸡司晨，导致国运衰败！当年的一代雄主……现在还不是地处一隅，连国都大都城都让给了我们大晋，攀附我们大晋而活！你们说……是不是啊！"有人起哄笑道。

同为女子，她对"牝鸡司晨"这四个字尤为痛恨，原本只为让萧容衍不要记恨舅舅而出言维护姬后，眼下倒多出几分真心来。

"人人皆说大燕姬后擅权专政蛇蝎心肠，可就是这样一个毒如蛇蝎的女人，把大燕从一个穷弱之国，变成了那时可与我大晋、大凉鼎立的强国。那时大燕朝政清、社稷明，文臣死谏武官死战。尔后大燕皇帝从痴傻中清醒，掌权，杀姬后……大燕人人皆称快，然随后大燕却极速衰落，落得攀附我大晋的下场，何其悲哉！"

萧容衍紧紧攥着手中玉蝉，望向白卿言的目光越发深沉，曾经策马驰骋的女子，眉目清明跪坐于灯下，在他母亲修建的大都皇宫内，为他母亲正名。

宫内无权前朝无势，携痴傻皇帝波谲云诡中求存，白卿言一席话，道尽了他母亲的酸楚无奈。

萧容衍垂眸斟满了酒，替他母亲饮尽一杯，以酬白卿言这位知己。

皇帝突然笑道："姑母，您这嫡孙女儿可是厉害得很啊！朕听说……那日忠勇侯府门前，一番言辞将忠勇侯逼得哑口无言，今日算是见识了。"

白卿言起身，恭敬俯首，低眉顺眼立在坐席处。

皇帝打量了白卿言一眼，眯着眼像是在回忆，侧身问身边的大太监："白大姑娘那句话是怎么说的？学的是……"

大太监忙弯腰恭敬地接上："回陛下，白大姑娘说，学的是保家卫国与千军万马浴血厮杀的本事！学的是宁马革裹尸粉身糜骨，也绝不能使我晋国百姓国君受辱的硬骨忠胆！"

大长公主笑了笑道："我这孙女儿自小跟在国公爷身边，被教养了一身男儿气。"

"微臣记得，镇国公府大姑娘也曾少入军旅随国公爷上过战场！这些话旁人家的女儿说不得，镇国公府的姑娘那是绝对能说得！"李茂端着酒杯笑盈盈起身，似玩笑道，"这百年将门镇国公府白家军，儿郎女儿家皆能征善战，且从无败绩，立下盖世之功，可当真是把咱们大晋国的军功都给抢得一干二净，不给别人留一丝一毫啊！"

李茂还真是时时都不忘记在皇帝面前，给他们白家上眼药。

他当着她的面给镇国公府给白家使绊子，如同将一把刀插入她的心口，让她顿时怒不可遏，一腔愤懑和愤怒如同烧开的沸水般沸腾，如何能忍？！

她转头，脊背挺得笔直，直视高阶之下含笑举杯的左相李茂，面沉如水，冷冷开口："原来左相的眼里就只有军功！我白家百年将门不假，可左相看看我白家英灵在上，临死之前哪一个是为军功权位舍命的？！左相去我白家祠堂对着那数百牌位看一看，他们哪一个是因为在这繁华帝都争权夺利而亡的？！我白家连十岁孩童亦在战场拼杀！全族男儿刀山火海，要的是军功吗？！我白家要的是保境安民！要的是国泰民安！要的是大晋国祚昌盛绵长！"

想起陈年往事，白卿言心口绞痛，句句拔高，字字珠玑，一言一句都掷地有声，振聋发聩，响彻寰宇。

大殿内，死一般的寂静。

李茂脸色不甚好看，难堪又气愤地立在那里。

原本还在推杯换盏的纨绔，听闻白卿言的话顿时也都感慨万分。镇国公府白家乃是大晋国世家之首，可白家男儿不求祖荫庇护，十岁便已随镇国公沙场历练，他们却在这大都城花天酒地，无所建树。

她眼中带泪，每说一个字都是血肉淋漓，指向左相李茂，提高了声量："若左相有保家卫国的风骨，愿世代舍命守我们大晋百姓，护我大晋江山！这军功……我白家送与左相！白家军……亦可改弦更张俯首听从左相号令！军功？！左相想要，拿去便是！我白家日日夜夜所求，不过是我白家男儿能全须全尾归来，仅此而已！"

跟随有品阶在身的董氏坐在高阶之下的白锦桐、白锦稚、白锦昭、白锦华都红了眼，抬头望着高阶之上挺立如松柏的白卿言，攥紧拳头。

就连大长公主亦是双目含泪，哽咽难言。

想起梦里白家男儿马革裹尸的结局，白卿言痛得全身发抖。

良久，她吞下泪水，转过身对皇帝郑重跪拜："已至年关，臣女一家还未收到南疆消息，过分担忧，殿前失仪，还望陛下恕罪。"

皇帝眯眼手指摩挲着酒杯，半晌才不急不缓笑道："白家果然是满门忠骨啊！可白大姑娘话里话外……你白家忠的都是大晋子民，白家心里可有朕这个皇帝？可忠朕这个皇帝？"

殿内针落可闻。

坐在高阶之下的白锦桐猛然攥紧了自己的衣摆,她想起那日在清辉院白卿言告诉她,今上已视白家为卧侧猛虎欲除之而后快的事,再听到皇帝今日这番话,顿时通体生寒。

白卿言闭了闭眼只觉心寒无比,这就是她祖父、父亲誓死效忠矢忠不贰的皇帝!眼见大凉、东燕虎视眈眈,大梁、大戎心怀叵测,大晋能拿得出手的武将寥寥可数。大晋但凡武将封侯得爵后,皆不愿子孙去边疆吃苦,让子孙弃武从文。她的祖父、父亲为替大晋培养后继足以震慑列国之将才,不留余地不留后路,将白家满门男儿尽数带去前线,这样的赤胆忠心大晋皇帝视而不见!反暗室欺心,疑心臣子,算计猜疑,蝇营狗苟……

她再拜:"陛下的皇权是大晋子民给的!若无百姓万民何来天子?我白家守卫边疆,保大晋百姓,从无僭越行事,如此还不算是忠于陛下,敢问陛下……何所为忠?"

为君王者,登至高之位心无社稷万民,没有揽天下入怀的气魄也就罢了,国之锐士战场上拼死与觊觎大晋的敌军浴血厮杀,他们的君王却在这繁花锦簇的大都城内,顾忌臣子功高盖主,做尽奸同鬼蜮的勾当,还配为人君吗?

这朝堂,再已不是祖父曾对她描述的那个……正义昭昭,乾坤清明的朝堂了。武将在外死战,朝内却再不见文臣死谏的正气峥嵘景象。

直如弦,死道边;曲如钩,反封侯!看这满朝的诹佞奸徒,看这满座的趋炎附势、欺世盗名之辈,封侯拜相极尽荣华!他白家忠烈磊落,满门顶天立地与浩然正气,却落得满门皆诛的下场!何其讽刺?

梦中,大晋被他们一向蔑视的大燕灭国,当真一点都不冤枉。

"陛下……"大长公主怕皇帝迁怒白卿言,忙跪了下来,"这孩子被我宠坏了,还望陛下恕罪。"

皇帝被白卿言问住,亦是因白卿言身上毫不掩饰的怒意意外。

片刻,皇帝才低笑一声抖了抖衣摆上并无的灰尘,陡然转了话题,散漫道:"昨日有御史参奏忠勇侯的夫人打死了白家二姑娘的陪嫁,这几个陪嫁却是良民之身。秦德昭……这件事你知道多少,细细说来。"

忠勇侯连忙上前跪下,满头大汗,猜测不出皇帝突然让他说这件事的用意,便道:"回陛下,微臣已经去细细问过贱内,贱内说因为儿媳白锦绣陪嫁丫头的身契在国公府,她一介内宅女流,不知这是要往侯府送陪嫁丫头还是送别的什么,不料理了她身为侯府主母不能安心。"

白卿言冷笑,忠勇侯真是好一手颠倒黑白的功夫。

"陛下,臣女有一言问忠勇侯,可否?"她恭恭敬敬地询问皇帝。

见皇帝颔首,她转过身笔挺如松,如炬目光将朝臣或酣醉,或戏谑,或轻蔑的神情尽收眼底。在座的,多少人怕都在等着想看白家的笑话,想看这百年将门、钟鸣鼎食的镇国公府倾塌。

她面色冰凉望向忠勇侯,冷声问道:"敢问侯爷,侯夫人是抄捡了我二妹妹的嫁妆后,知道了几个陪嫁丫头的身契还在我们国公府,还是侯夫人为女中诸葛能掐会算?"

早就领教过白家大姑娘的厉害,忠勇侯秦德昭已经和夫人蒋氏套好了词,心里有准备:"陛下,身契之事,是儿媳白锦绣的陪嫁丫头明玉告诉贱内的,也是因此贱内才饶了那个丫头一命!"

秦德昭想过,明玉的事情闹得那么大,也只有这个说法才能解释为什么白锦绣的陪嫁丫头会在蒋氏的陪嫁庄子上。

白四姑娘白锦稚咬紧牙关,正要起身怒骂忠勇侯,却被三姑娘白锦桐死死按住。

"三姐!他放屁!"白锦稚狠狠瞪着秦德昭道。

"别冲动,这是在大殿之上!"白锦桐压低了声音警告白锦稚。

"身契事关重大,侯爷莫不是觉得我二妹妹是个傻子,竟将身契之事告诉一个丫头?侯爷怕是知道明玉已经疯了……便想拿明玉搪塞过去吧?"白卿言语调中带着明显的戏谑。

秦德昭心里慌了一瞬,便立刻稳住,一本正经道:"白大姑娘何必小人之心揣度本侯?婢女明玉曾明言她是不小心发现儿媳并未将她们身契带过来,心里害怕会被人用身契要挟,于是才告知于我夫人!"

"侯爷可知欺君何罪?当着陛下的面,侯爷倒是和我说说,一个连自己名字都不认识的丫头,自小被我二妹妹买回,连自己的身契长什么样子都没有见过,侯爷竟张口便称是明玉发现并告发的?这话说出来……侯爷是觉得我等心智不全容易糊弄,还是侯爷黔驴技穷打算掩耳盗铃啊?"

秦德昭被气得肚肠打结,飞快盘算如何应对,迟迟张不开口。

皇帝却在此时,满不在意地回头问白卿言:"听说……你棋下得极好?"

她手死死攥紧,垂眸不语,皇帝维护忠勇侯的姿态竟做得如此明显,朝内大臣必将望风而动，等白家战败的消息传回来，那些善于揣摩皇帝心意之佞臣，还不趁机踩上几脚？难怪，梦里人人皆知白家忠勇，却无人敢在朝堂为白家据理力争。上行下效，皇帝已对白家不满至此，朝臣谁又敢再为白家仗义执言？

她俯身叩拜："略懂而已。"

"你姑姑……棋也下得极好。"皇帝视线落在白卿言的身上，似是陷入了某种情绪中，想从白卿言的身上看到另一个人，慢吞吞开口，"得空随你祖母进宫，陪皇后坐坐，皇后也喜好此道。起来吧！"

皇后笑着颔首，衣袖中尖锐的指甲陷入掌心，她同皇帝夫妻多年，自然知道镇国公白威霆唯一的女儿白素秋乃是皇帝心口抹不去的朱砂痣。白素秋人虽然已死，却成为皇帝心中不可取代之人，如今皇帝让白卿言得空进宫这是什么意思，难不成动了纳白卿言的心思？

皇后百虑攒心，只觉心口发闷，如今皇帝对白家的态度暧昧不明，看似厌弃又似留情，当真让人捉摸不透。

只听得"咣当"一声，宫女立时跪地求饶："求先生赎罪！奴婢不是有意的！"

"无妨……"萧容衍举止从容，抖了抖衣襟上的酒渍，儒雅清然，眉目含笑，嗓音温醇深厚，让人如沐春风。

皇帝回神，朝齐王身后清俊惊艳的男子看去，只觉男子通身的儒雅气质堪比当世大贤，雍和从容，沉稳又温润，顿时心生好感，道："你……便是齐王常在朕耳边提起的大魏义商萧容衍。"

萧容衍神色自若地起身，对皇帝长揖行礼："蒙殿下不弃，草民有幸进宫，得以目睹陛下之风姿，感激不尽。"

哪怕是溜须拍马之言，由这般清雅之士口中说出来，也让人心生愉悦，皇帝一扫心头阴霾爽朗笑出声来："萧先生乃大魏义商，又才名在外，一月之前在闻贤楼所作《平川夜雪》精妙绝伦，让朕亦对平川美景心生向往啊！"

皇帝突然称萧容衍为先生，欣赏之意毫不掩饰，高台之下百官心中各有盘算。

"酒后拙作，陛下谬赞了。"

萧容衍不卑不亢，自有读书人傲然风骨在，一身酒渍却丝毫不显狼狈，神色坦然自若，倒显得犹若谪仙，凡世红尘不能沾染他分毫。

"大魏风流文士闻名天下者居多，先生当为佼佼者，美名列国皆知，何须如此自谦！"皇帝一向喜欢文采斐然的名士，难免多问了萧容衍几句，"先生小年还未归国，是否留于大都过年？"

"听闻大都城十五灯会为大晋国历年盛会，文人墨客斗志昂扬，各显其能，热闹非凡，故而留于大都过年。待十五灯会之后，便启程返乡。"

皇帝点了点头，注意到萧容衍身上的酒渍，道："萧先生且先去更衣，回来后可与朕讲一讲平川美景。"

萧容衍行礼含笑称是。

白卿言见原本侍奉齐王侧妃的婢女不见，心中已然有数，暗自替萧容衍捏了一把冷汗，视线不由朝萧容衍看去。

视线隔空撞上萧容衍平和敏锐的目光。

她手心收紧又缓缓松开，见萧容衍目光犀利幽沉，想必已知有诈，只是……他能否躲过这一劫？

萧容衍眸色镇定，电光石火间便挪开眼，从容随宫女去更衣。

不过两刻钟的时间，换了一身直裰的萧容衍更衣而归，她一颗忐忑的心才放了下来。

宫宴结束回府的路上，大长公主满心后怕，她死死地握住白卿言的手，厉声呵斥："你疯魔了不成？平时看你行事稳重，怎的今天如此沉不住气？当着皇帝的面说那些话，皇帝若真的发怒，你有几颗脑袋担当？你要是也出了事你让祖母怎么活？"

榆木精制的马车，四角悬挂着摇摇晃晃的灯笼，将马车厢内映得忽明忽暗。

白卿言垂眸掩住眼底通红，她承认今日她那些话，都是有意说给皇帝听的，她就是要让那个刚愎猜忌的皇帝知道，让这天下知道！她白家在前线为大晋国为这天下数万生民浴血奋战之德，是他这满腹算计的君王几辈子也比不上的！那些话，那些事，堵在她的心里，就像扎在她喉咙里时时割人的利刃，她不吐不快！

见白卿言低着头一副什么都不愿意说的模样，大长公主闭着酸胀的眼，哽咽道："祖母知道，那日祖母问你是否有反心，伤了你的心……你这个孩子，什么都好，就是和你祖父一样生了一副宁折不弯的脾性！可阿宝……皇室是祖母的家，祖母姓林！你体内流着祖母的血！所以大晋谁都能反……唯独我的子孙不行！你懂吗？"

大长公主护皇室之心，如同白卿言护白家，她怎么能不知道？可这大晋皇室，早已经腐朽，它已然被喜好弄权逐利和阴谋诡计的朝堂君臣从根部玷污，内里溃烂糜臭，除非江山换血皇权更迭至真正的大能之手，否则……内瓤发腐怎能不亡？

"我问你懂吗？说话！"

面对大长公主声声拔高的逼问，她再也压不住心底窒息的绝望疲惫，还有深沉的酸涩。她自幼长于祖母膝下，蹒跚学步是牵着祖母的手迈出去的。启蒙描红的第一个字，是祖母手把手教的。她高烧不退，祖母彻夜不眠抱着她，佛龛前跪拜祈求折寿十年换她顺遂平安。祖母在她生命里举足轻重，重要程度不可估量。曾经的她和祖母无话不说，而如今她们祖孙两人有着相同的目标，却站在不同的立场，相互携手又相互防备。本该是这世上最亲近的依靠，此时近在咫尺又远在天涯。她很是惧怕在不久的将来，她和祖母间深厚的骨血亲情，会随着彼此的戒备防范消磨殆尽，渐行渐远，甚至……变得面目可憎。

心头凉意连炉火都焐不热，她压下满腔的愤言，低头道："阿宝明白！"

你死我活的仇恨，远没有这种掺杂着亲情与悲戚的背道而驰，来得更让人心灰意冷，如同钝刀割肉，疼得食难咽，寝难眠。

大长公主喉头胀痛哽塞，半晌才含泪将白卿言搂在怀中，闭上眼心疼不已，只觉整个人被夹在家国之间左右为难。

年少时大长公主也曾真心爱慕能征善战的英俊将军白威霆，可在赐婚旨意送入镇国公府的前夜，最疼爱她的父皇红着眼告诉她允许她下嫁于镇国公世子白威霆，一是为了成全她的少女情怀，二是为了让她在白威霆枕畔盯着白威霆。她的父皇给予了镇国公府无上兵权，便需要有人替大晋皇室看住了镇国公府，不能让镇国公府拥兵自重生了反心。

所以，她嫁入镇国公府，成为白家妇，除了为白家绵延子嗣之外，还有作为大晋国公主的使命。她决计不能看着自己倾尽毕生之力教导的孙女儿……最心爱的孙女儿，生了反心。

回府路上祖孙俩各怀心思，终未再发一语，再说一字。

自宫宴结束那日，大都城的街头巷尾、茶楼酒肆，谈论的都是镇国公府白家，那群平日里只顾吃喝玩乐骄奢淫逸的纨绔，竟也都说起白家来。就连吕元鹏那样只会招猫逗狗的纨绔，都说出"白家之风，垂范我辈！"的话来。

开国以来，大晋国哪里有战事，哪里便有忠勇的白家军。时至今日仿佛大晋国举国上下都习以为常，只觉镇国公府就是大晋国的一把刀，生来就是应该保家卫国忠勇舍命。可白家大姑娘在忠勇侯府门前那番言辞，在满江楼前处置国公府庶子，在国宴上那番期盼白家儿郎平安归来的言辞，让所有人都意识到，白家有着不败神话的儿郎们，也是血肉之躯……他们也是娘生爹养有人殷殷盼归的。只是为了大晋国，为了大晋百姓，他们才不得不舍命相搏，战场厮杀。好似一夜之间有人揭开了层层面纱，让世人看到镇国公府世代薪火相传的忠义之心，对镇国公府有了新的认识，越发心存敬畏。

镇国公府采办出府采买，可城内商铺、城外农夫竟都不约而同地不肯收取镇国公府毫厘，甚至有农夫每日将新鲜瓜果送于府门前，府上采办管事向董氏回禀，弄得董氏哭笑不得。

"夫人，如今农夫商户堵在后门处争着往我们府上送东西，这该怎么办？"采买刘管事低眉顺眼地请示董氏。

董氏端着茶杯略作思索之后，道："东西收下，按市价给银子，告诉他们我镇国公府既食陛下俸禄，得万民税粮供养，已然知足，绝不能多取百姓分毫！"

董氏放下茶杯，迟疑了片刻又说："你再去告诉郝管家一声，让他吩咐下去……我国公府众人，出府行走决不能多拿百姓商户一分一厘，如有违者发现后即刻打死不用来禀！"

虽然现下镇国公府的名声如烈火烹油，可稍有行差踏错，就会为日后埋下隐患，董氏执掌镇国公府中馈多年，将其中利害关系看得很清楚。

刘氏盯着大夫给白锦绣额头换了药，想着以后女儿头上留疤揪心不已，红着眼从青竹园出来，刚走了没几步，就见罗嬷嬷一脸喜气匆匆而来。

罗嬷嬷行了个礼道："二夫人，喜事！今儿一大早外面都在传，说小年夜宫宴结束当晚，忠勇侯连夜便将忠勇侯夫人蒋氏送往静心庵带发修行！我专程让人去打探了一下，消息确凿无疑！咱们姑娘再也不怕婆母辖制了！"

静心庵向来去的都是家族戴罪女子，去了便永无回府之日，被磋磨致死的大有人在。

二夫人刘氏听闻后，直呼痛快，感慨苍天开眼："罗嬷嬷，你整治一桌席面，今儿个晌午我要请大嫂吃饭，好好谢谢大嫂连日来的帮扶！"

席上，二夫人刘氏笑着说："我现在只要听到那蒋氏倒霉，我这浑身就舒坦得如喝了一壶热酒一般，能多吃五碗饭！"

五夫人齐氏抚着肚子，笑着提了一嘴："二嫂这哪里是应该感谢老天爷啊！应该感谢大嫂……如若不是大嫂仁厚消了那五个丫头的奴籍，哪能将事情闹大？哪能让御史参忠勇侯一本？又哪能让蒋氏倒霉。"

"二嫂要谢大嫂是肯定的，不然你以为二嫂今天整治这一桌席面，是为了请咱们不成？咱们啊……只是陪客罢了！"三夫人李氏用帕子掩着唇直笑。

刘氏高兴地让罗嬷嬷去拿了一壶酒，斟满了一杯敬董氏："不管是姑爷搬去新府的事，还是蒋氏的事，大嫂真的费心了！"

"一家人说什么两家话！"董氏喝了酒，高高兴兴地拉着刘氏坐下，"等锦绣养好了伤到了新府，就是当家主母，再也不怕被人拿捏，你也可安心了。"

刘氏想到白锦绣当下就红了眼，点头。

隆冬腊月，青砖碧瓦的宏伟古宅，被鹅毛般的雪花片覆盖，自成一景。

四夫人王氏眼见外面又开始飘雪，望向窗外，红着眼叹气："也不知道远在南疆的孩子们都怎么样了，今年过年能不能回来……"

"有国公爷、世子爷和他们爹爹在，不打紧的！少年郎应当要多多历练，才能担当大任。"董氏话虽这么说，可心里也惦念起自己的嫡亲儿子来。

小年夜宫宴梁王虽然没有去，可白卿言之言辞第二天便传得整个大都城沸沸扬扬，他如何能不知？眼见白府和白卿言的名声日盛，梁王惶惶不安起来。白府如今如此声势愈旺，连他的父皇都过问了白家二姑娘陪嫁被溺死的事情，让忠勇侯好生处理。外面都在传忠勇侯回府当晚，就派人将忠勇侯夫人蒋氏送去静心庵带发修行赎罪祈福了。不知道，等到南疆战报传回来，民情民心皆向着白家，他的父皇还敢不敢动镇国公府。

梁王披着厚重的大氅坐在旺盛的炉火前，通红的炉火将梁王惨白若纸的脸色映得发红，一双凤眸阴沉沉不知道在想些什么。

梁王门下参赞杜知微在临死前为梁王谋划好了一切……让他先打着为信王做事的旗号，鼓动信王上前线和镇国公争军功，当今圣上早就对战功赫赫的镇国公府不满，果然立刻允准他最疼爱的儿子上前线监军，还给了信王金牌令箭。后来他暗中让刘焕章同东燕君王互通讯息，为的就是趁着这次白家男儿全部被镇国公带在身边时，将白家一锅端了。届时，大晋国最能征善战的白家将领皆灭！再给镇国公府扣上通敌的帽子，以此将白家连根拔起！南疆再起战事，他的父皇便无将可用，便只能起用刘焕章，他的人便可把控军权这是其一。之所以对白卿言如此笼络，也是因为杜知微说梁王所长并不在行军打仗之上，所以让梁王务必将连镇国公都夸赞过的"将星"白卿言留在身边，将来为他谋战功、登皇位铺路，这是其二。等争夺储君之位的齐王、信王，你死我活两败俱伤后，他这个战功赫赫的皇子归来，便可坐收渔翁之利。

原本一切都在杜知微的计划之内稳步前行，可不知为何从白家二姑娘白锦绣出嫁，杜知微身死开始，事情便不似杜知微在时进行得那般顺利。白卿言远在登州的外祖家打算让嫡次孙迎娶白卿言，他送去玉佩许正妃之位白卿言不接，亲自去见白卿言也不见，这可如何是好？梁王下意识想询问杜知微该怎么处理，刚准备叫人唤杜知微过来，张了嘴才想起来杜知微在那日长街遇袭为了护他已经死了……

他激烈地咳嗽了几声，正在煎药的童吉闻讯，立刻跑了进来给他倒了杯水："殿下，您喝口水！"

"咳咳咳……你出去吧！"梁王拢了拢大氅。

他生母地位卑微又早亡，他从小寄养在佟贵妃身边，佟贵妃和已逝的二皇兄待他如至亲一般，他们却被镇国公那些所谓国家脊梁朝廷柱石害死，落得那样凄惨的下场。所以那个位置，他一定要争！只有坐上那个位置才能替佟贵妃和二皇兄雪耻申冤，不论用何种下作卑劣的手段。

盯着火盆沉吟良久，梁王突然哑着嗓音唤："高升！"

高升闻讯进来，抱拳行礼："主子！"

"你去把红翘叫过来……我有事吩咐她。"

很快红翘冒雪前来，她听了梁王的吩咐先是错愕不已，而后又跪下叩首，一副抱了必死决心的模样道："奴婢是曾经受过二皇子恩惠的，二皇子不在了本就应该殉主，是殿下让奴婢看到了复仇的希望才活了下来！奴婢知道殿下的意思，别说舍了名节……就是付出这条命也在所不惜，奴婢一定会把事情做到最好！"

梁王轻轻咳了两声之后，摇头："你要活着，正如你说的你要替皇兄看着大仇得报，等到大仇得报，你下去才能对皇兄有所交代！依计行事切不可妄为。"

红翘眼眶发红，重重对梁王叩首。

"去吧！"梁王拢了拢大氅，垂下阴沉的眸子，看着炭盆中忽明忽暗的炭火。

腊月二十六，各家各户已经开始备置年货，杀猪割年肉。

勋贵人家的采买处也都忙碌起来，镇国公府虽说今年男子都在南疆回不来，可却比以往更加热闹，那屠户菜农只管把好东西往国公府送！因着之前国公府世子夫人下令，他们前脚把东西送去，后脚国公府就遣人来送银钱。

一时没法表达对镇国公府白家感激之情的百姓，半夜偷偷摸摸拉着东西堆在后角门，又偷偷溜走！

国公府采买刘管事一个头两个大，又急匆匆去禀了郝管家。

这一次，郝管家做主都让收了下来，说等回头腊月二十九遣了人给平时和国公府有往来的商户、屠户、菜农送对子再备一些礼，厚重一些就是了，再者让刘管事多备一些细碎银子，用红纸包起来，若是见到家里有孩童，就当提前给压岁了。

郝管家祖祖辈辈都在白家，知道白家主子都厚道，往往你对我好一分，我便对你十分好，他这样安排并不过分。

如今住在鸿胪寺卿董府的董老太君过完年就要回登州，老太君原本是想要接了白卿言过去住几天过年，可奈何白家男儿都不在，董老太君也不好和国公府抢人去董府过年让白府冷清，只能隔天就把白卿言往董府请。

董氏觉得母亲董老太君单单把白卿言一个人叫过去不合适，便让白卿言将几个妹妹一起带上。

这一日，除了养伤的二姑娘白锦绣和偶然风寒的七姑娘白锦瑟之外，白家姐妹都凑在了董家。

白卿言在董家的表姐表妹虽说不如白府的女儿家英气，但都不是那些刁钻之辈，倒是和白家的几个姑娘处得很好。

临走时五姑娘和六姑娘两个年纪小的怀里抱满了长辈和表哥表姐们给的小玩意儿，爱不释手，贴身丫头都不让碰，刚上马车就忍不住摆弄。

"董家表姐怎么这般手巧，这鸟儿做得像活过来一样！"白锦稚拿着一对纸雀直感叹，"年纪小真好！我也想要这纸雀来着，可年纪大了不好意思……"

白锦昭一听，立时将白锦稚手中的纸雀夺了过来，抱在怀里："四姐是大人了，可不兴和妹妹抢，二姐姐养伤……七妹妹染了风寒，她们今日没能和表姐们玩耍，这些都是我给二姐姐和七妹妹带回去的！"

白锦桐和白卿言被逗得直笑。

突然马车前方传来勒马的声音，国公府的马车也缓缓停了下来。

"大姑娘！"

闻声，白卿言撩开马车帘朝外面看去，只听国公府的下人道："大姑娘，咱们国公府门口来了一个姑娘，说是梁王府上的婢女，正在府门口跪着求见大姑娘，郝管家派我来同大姑娘说一声。"

听到梁王二字，白卿言瞳仁骤然一缩，肃杀的寒意霎时蔓延开来。

白卿言还没来得及问，白锦稚就急吼吼掀开帘子，压不住暴脾气问："他们梁王府的婢女来我们府上闹什么呢?"

白锦稚气得不轻,那日国公府闹出那么大的动静,发卖了五家一共三十九口人,就是因为梁王买通了门房婆子,见天儿地和长姐身边的春妍勾搭,梁王府上的婢女还敢正大光明地来。

"梁王府的婢女说要见大姑娘求情,请大姑娘容她一条生路!郝管家派了婆子和管事去询问,那姑娘却一口咬定不见大姑娘绝不说,也不愿意进府,就在咱们国公府门前跪着哭!现在咱们府门口围了好多看热闹的。"

白卿言冷着张脸问:"什么时候的事,有没有惊动母亲?"

"一刻钟前,郝管家还没敢让人惊动夫人。"国公府下人忙回道。

"你回去,告诉郝管家这事不必惊动母亲,既是冲着我来的,咱们就正正经经地从正门回去,我也好问一问……她梁王府的婢女怎么就得让我容她生路了?"

说完,她放下帘子,面色沉沉。

白锦桐一向机敏,很快就察觉出其中不同寻常的意味:"梁王府里来的?长姐,梁王府先是买通长姐身边春妍,探知长姐私密!后又派出这个婢女,我猜……怕是要拿长姐的名节做筏子!长姐心里可是有数了?"

她勾唇望着白锦桐不作声,那日国公府才大张旗鼓整治了一番,她还想着就当是自己小人之心,防一防梁王用些不入流的手段,没想到这才不过四天,梁王就迫不及待地遣人来了。

她还真是高看了梁王的品格。

"一个小小婢女怕她做甚?兵来将挡水来土掩!她要是敢乱来……看我不一鞭子抽死她!长姐你一会儿尽管回府,我保证堵死她的嘴叫她一句话还没说出来就闭声!"白锦稚咬牙切齿地攥住了自己腰间的鞭子。

"堵不如疏,且先看看那婢女说什么,再想对策……"她抬眼笑看着白锦稚,"小四一会儿你就立在看热闹的人里,眼睛亮一点儿,千万别让那姑娘当着我的面儿寻了短见。"

"长姐放心!"白锦稚拍着胸脯保证。

白卿言一句话白锦桐就明白了其中意思:"对,不能让她弄出什么梁王忠仆以命相逼求长姐去见梁王的事情来,不知道的还以为咱们长姐和梁王真的有了什么私情。"

白锦稚点头,心里越发郑重起来。

"长姐那我呢?"

"还有我！还有我！"

见小五和小六也跃跃欲试等着她给安排任务，她忍不住低笑一声，抬手点了点两个孩子的额头，眉目间全都是温情："你们两个……随马车回府，去和你们七妹妹玩儿，不许在外面看热闹，否则长姐为你们生辰准备的那两匹汗血小马驹就没有了！"

那些肮脏龌龊的东西，她不想让两个还小的妹妹看到，她们的世界该是干净的，她愿倾毕生之力守之、护之。

一听说白卿言要送她们汗血小马驹，两人澄澈的眸子顿时放亮，兴高采烈地保证绝不看热闹。

白卿言还未下马车，就看到了正儿八经跪在国公府门前的红翘，她眯起眼来。

在那个梦里，白卿言在梁王府见过红翘，这丫头对梁王十分忠心。后来梁王奉命前往平山剿匪，红翘委身暴虐成性的山匪头子，才助梁王一举灭了平山匪患，可红翘最终却埋骨于平山。

也难为梁王看得起她，竟派来了红翘这样的心腹。

眼见精致的青帏马车缓缓停在正门前，红翘身侧的双手收紧。

春桃扶着白卿言下了马车，白锦桐紧随其后。

"白家大姑娘来了……"看热闹的人群低声议论。

见白卿言看也不看地上跪着的红翘径直走上国公府高阶，红翘这才着了急，跪行几步忙唤道："白大姑娘，我是梁王府上的丫头红翘！我知道白大姑娘是因为我恬不知耻伺候了殿下，所以才生了殿下的气，恼怒之下才断了和殿下的联系！殿下的玉佩不肯收……殿下受了那么重的伤亲自来求见姑娘也不见！"

白锦桐瞪大了眼正欲开口，却被转过身来的白卿言按住了手。

红翘哭得更加凄惨："大姑娘……奴婢只是一个小小的奴婢，虽然爱慕殿下，可也只是希望能在殿下身边伺候而已，没有别的奢望！殿下心里只有大姑娘，大姑娘怎能因为奴婢这么卑微的贱人伤了和殿下的情分？因着姑娘不肯见殿下，殿下急火攻心回去就吐了一口血，奴婢真的是没有办法，求姑娘救殿下一命！今日奴婢以命相赎……绝不会在姑娘和殿下面前碍眼，只求大姑娘原谅殿下！"

说完，红翘拔下头上簪子就往自己心口插去。

挤在人群中的白锦稚眼疾手快，鞭子破空声响起，稳准狠抽在红翘的手腕上，簪子应声跌出去老远！红翘人也被白锦稚制住。

白卿言心头噌噌冒火，眼神透着凛然寒意。

这红翘为了梁王真是什么都能豁得出去，口齿如此伶俐不说，还企图用命按死了她和梁王有私情这事。

"好歹毒的手段！"白锦桐咬紧了牙关，要不是长姐有所准备让白锦稚在人群中防备，这红翘真的死在国公府门前，长姐就是有一万张嘴也说不清了。

"大姑娘，殿下不能没有姑娘啊！奴婢是个蠢笨的不知道该怎么办！贱命一条只能以死让姑娘泄愤！求姑娘原谅殿下吧！"红翘歇斯底里哭出声来。

看客议论纷纷，都似发现了惊天秘闻。

这看似刚直不阿的白家大姑娘，居然和梁王有私情。

红翘的话把春桃气得脸色铁青，大庭广众之下这丫头话里话外的意思是说她们家大姑娘和梁王有私情啊！春桃不免又怨恨起春妍来："你再胡说信不信我撕了你的嘴！"

"让她说，不说我还不知道怎么回事儿……"白卿言侧头看了眼门口婆子，坦然从容笑道，"给我端把椅子来。"

红翘心突突直跳，她早就知道白家大姑娘厉害，本来想要说完就死让白卿言无从辩白，谁知竟然被制住了，她心底有些慌张。

白卿言在门房婆子端来的椅子上坐下，将手炉递给春桃吩咐她去加块炭后，这才慢条斯理开口："听你这话的意思，是想污蔑我和梁王有私情？"

红翘心跳得厉害，也不接白卿言的话只顾着哭："大姑娘，殿下为了姑娘吃不好睡不好，四天前不顾重伤亲自来了一趟，您还是不见！再这样下去我怕殿下就活不成了啊！"

"锦桐，吩咐府里管事去一趟梁王府，就说梁王病不重的话……就烦请梁王亲自来一趟，他府上的丫头在我国公府正门大闹。梁王要是病重挪动不了，那我就只能请了大长公主亲自登门，在梁王府大门口解决这件事了！"她态度强硬地对白锦桐说完，又回头笑盈盈看向红翘，一派襟怀磊落的坦荡姿态，"这事关乎我的清誉，总得对质清楚了！"

红翘正要开口，话头就被白卿言截断："不过，既然红翘姑娘说四天前梁王就来了我们白府，想必伤也没有什么大碍，必是能来的。"

白卿言如炬的目光暗藏锋芒，红翘被她冰凉入骨的笑意骇得脊背发寒，慌成一团。

梁王是派人跟着红翘一起来的，那人见情况不妙立时脚底抹油回去禀报梁王。

可国公府的管事去得比梁王预料的要快得多，他的人刚和他说完国公府门口的情况，外面就通传国公府管事来请梁王。

梁王坐在火盆前闭着眼，恼恨红翘没有依计行事，她太急于用命按死白卿言同他有私情之事，反倒弄巧成拙了。

虽然梁王知道这是红翘能为他舍命的忠诚，可太急躁把事办砸了还是无能。

想起这段时间白卿言在忠勇侯府门前气歪了忠勇侯的鼻子，在长街处置她二叔那个庶子，再加上宫宴上的事，让他现在就这样去同白卿言对峙，梁王心里很是没底。

如果这个时候杜知微在就好了，他还能问问杜知微该如何处理！梁王只觉伤口紧绷，好像又沁出血来，头也疼得厉害。

冷静下来细细思量后，梁王让童吉给他更衣。

他如今要做的应该是和白卿言修复关系，而不是强行让白卿言和自己绑在一起，反正他软弱无能的名声早就无人不知，他也不怕在白卿言面前伏低做小，只要咬死了自己对白卿言一往情深，是红翘不知轻重冒犯了白卿言就是了。

原本梁王不想在明面上和镇国公府有什么牵扯，以免到时被连累，可如今……也顾不了那么多。将他"心悦"白卿言的事情过到明路上来也好，大不了利用"软弱"之态进宫哭求陛下赐婚，白卿言天大的胆子也不敢抗旨！

梁王披上大氅，这才意识到自己对杜知微的依赖太过严重，以至于杜知微一死他便如同被折了一双翅膀。还是要找一个机会，再找一个合适幕僚才是。

很快，梁王府的管家和梁王身边的童吉、高升，三人匆匆赶到国公府门前。

眼见镇国公府门前围了那么多看热闹的人，梁王府管家忙对白卿言行礼："白大姑娘对不住，老奴是梁王府管家，是老奴没有管教好府上下人，给白大姑娘添麻烦了，老奴这就把人带回去！"

"慢着……"她望着梁王府管家笑着问，"梁王殿下呢？"

"我们殿下刚才马车走到一半吐了一口血，已经被送回府了！怎么？难不成白大姑娘还非要我们殿下来领人吗？殿下出了事十个白大姑娘怕是也担待不起！"童吉鼓着腮帮子瞪白卿言，恼恨这女人的铁石心肠。

她连看也不看童吉，梁王身边一个小卒，她本就不放在眼里。

"既然梁王伤重来不了，那就劳烦老翁替我将话转告于梁王殿下！"她攥着手炉站起身，站在高阶之上居高临下地对梁王府管家道，"四日前，我国公府发卖下人一共三十九人，我身边的贴身侍女春妍被打了五十大板现在还下不了床，旁人都不知道是何原因！今日我便在国公府门前同老翁说清楚……"

她凝视着梁王的得力干将高升，绷着脸道："因为梁王殿下买通我国公府五个下人，同我院内的婢女通信打探我的隐私，所以我母亲打断了那五人的腿全家发卖一个不留。春妍……则是念在她同我自小一起长大，又救过我最看重的婢女一命，所以我才饶了她一条命。"

梁王府管家满头是汗，童吉心虚地立在那里。

"这位姑娘刚说，梁王送我玉佩不收，重伤前来我也不见！为何？！"她提高音量，面色冷淡，郑重对梁王府管家道，"我虽为女子，可自小也读过圣贤书，知晓何为礼义廉耻！凡事要走正道！若殿下心悦于我，大可请长辈上门询问我是否定亲，倘若没有定亲……再请媒人上门！届时父母之命媒妁之言，我白卿言绝无二话！这叫敬叫重！"

"可您看看殿下的所作所为，买通我白家下人，暗地从我身边丫头处探听我的隐私，三番四次托我的丫头请见！为着不让祖母和皇室颜面为难，我一忍再忍！以为发卖了下人杀鸡儆猴后，只要我国公府、我白卿言自重，便也什么都不惧！可我着实是想不到，殿下居然会用这龌龊肮脏的手段，命府上丫头以命来污蔑我清誉！"

"你……"童吉听了白卿言的话气急了，只道，"白大姑娘也自视甚高了，我们殿下可是当朝皇子，要谁不行！难不成还非你不可了？！白大姑娘子嗣艰难我们殿下都没有嫌弃你，你端什么架子装什么清高！"

"童吉！退下！"梁王府管家脸都白了。

"这么说梁王殿下这是认为我白卿言子嗣艰难……要是被毁了声誉就只有入梁王府一条出路了？！"她脸色阴沉，气势逼人，"烦劳老翁回去转告梁王，我白家人的骨头，宁断不弯！白卿言今日将话放在这里，这辈子就是嫁猪嫁狗！也绝不委身这样小人作为的奸诈之徒！"

"好！"

看热闹的人中不知道谁忍不住叫了一声好，连忙缩回脑袋，生怕被梁王的人看到得罪梁王。

白卿言这番话，让人看到了白家人的傲骨和耿直。窥一角可知全貌，可见国公府白家有着怎样的铮铮风骨。有这样心怀百姓、顶天立地、一身浩然正气的国公府匡翼大晋，大晋国民如何能不安心？

"白大姑娘！殿下万万没有这个意思！都是这个丫头自作主张啊！"梁王府管家对白卿言郑重弯腰作揖，"白大姑娘不可因为这个丫头，伤了国公府和梁王府的和气。"

"既是如此，便烦劳梁王府管束好下人，莫再我来白府攀污闹事！梁王殿下身为皇子，当为天下百姓表率，立身端直，修身正心，行事磊落，知何可为何不可为。莫做买通他府仆从探听闺阁女儿隐私的小人行径，为皇室声誉抹黑。"白卿言冷笑睨视童吉，"小四！放人！"

"便宜你了！"白锦稚满心不忿，咬着牙一把推开被她按跪在地上的红翘。如果不是长姐拦着……她非抽这个贱奴一百鞭不可。

少言寡语的高升见红翘似是要捡了簪子再自尽，立刻将人拦住。

"高侍卫，你让我去死吧！原本就是我知道殿下属意白大姑娘，以为白大姑娘是知晓我伺候了殿下才不见殿下的，没想到给白姑娘和殿下之间造成了这样的误会！白大姑娘，不是殿下让我来的，是我自己来的……您不能误会我们殿下啊！"

红翘哭得十分凄惨。

"不管你来国公府门前闹事是梁王命令还是你自己的私心！总归……买通我们府上仆从，又是送玉佩，又是私下请见我长姐的……是你们梁王殿下！"白锦桐冷冷说完，对梁王管家一拱手开口道，"还请老翁管束好梁王府下人！再闹下去怕要惊动我祖母大长公主了……"

"是是是！"梁王府管家忙回头对高升道，"高侍卫，把这个贱婢带走！"

高升颔首。

白卿言就立在镇国公府正门前，看着走远的高升，眸色冷清。

一个高升是梁王最厉害的侍卫，一个杜知微是梁王最擅谋划的谋士。不知道今日红翘这出戏是不是杜知微安排的，如果是……她可真是高看了杜知微。

"回吧！"她对白锦桐和白锦稚道。

白锦稚看着梁王府管家作揖告辞，眼底不掩愤恨，紧握着鞭子回府。

第四章

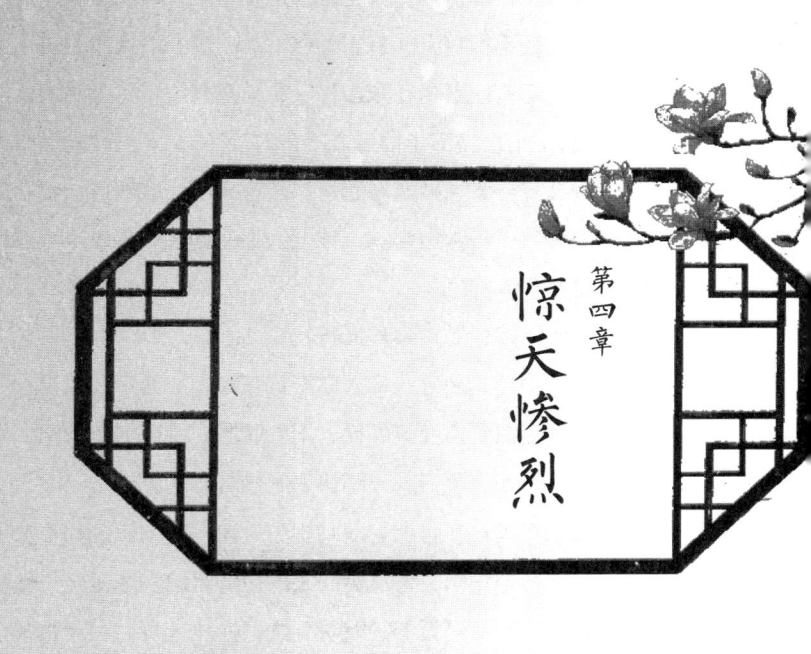

惊天惨烈

离除夕越近，白卿言的心就越是不安，午夜常常被梦中前线传来白家男儿皆灭的噩梦惊醒。

腊月二十九寅时刚过，万籁俱寂，窗外北风刮卷落雪声亦簌簌可闻。

有人叩响清辉院院门，睡得轻浅的白卿言闻声惊醒，只听窗外北风呼啸。

她噩梦骤醒，惊魂未定心跳得极快，不见身边守夜的春桃，她哑着嗓子唤了一声："春桃……"

院门口，春桃脸色煞白，听到白卿言唤她回头朝主屋看了眼，对门口的卢平道："姑娘醒了！您稍后，我这就去禀了姑娘！"

春桃顾不得身上的落雪和寒气，一步一滑疾步跑进了主屋。

见白卿言已然坐在床边，春桃福身开口："大姑娘，沈青竹姑娘派吴哲回来给姑娘送信，吴哲血流不止怕是命不多时，卢平护院怕耽搁姑娘大事，只能深夜来请姑娘！"

她头皮一紧，猛然站起身，声音止不住地颤抖："拿我大氅来！快！"

白卿言一身雪白中衣，披上大氅便迎风疾步出门。寒风如刀，裹雪迎面扑来，立时将她整个人穿透。

"大姑娘！"卢平长揖行礼。

她一把拉起卢平："人你安置在哪？速速带我去见！"

卢平见白卿言面沉如铁，不敢耽搁，挑灯前方带路，她死死攥着春桃的手，三步一滑，冒雪和卢平三人一路快步赶往院角门。

疾风夹雪打在脸上、眼睛里……像刀割一般她都不觉疼，只觉心乱如麻。

三人行至角门，冒风雪而来的白卿言已然冻得全身僵硬脸色发青。

在床边守着吴哲的护院看到她，挣扎起身："大姑娘！"

"大……大姑娘！"吴哲挣扎着要起来，每说一个字嘴里都冒一口血，看得人触目惊心。

她双眸发红，顾不上男女大防的礼仪疾步上前，冰凉入骨的手一把扶住吴哲："我在……"

卢平忙在吴哲身后放了一个垫子。

吴哲稍作平息之后，急急道："我们日夜兼程一路直奔南疆，刚过崇峦岭就遇到被人追杀的白家军猛虎营营长方炎，咳咳咳！我等拼死只救下方炎将军所护……随行史官记录战事情况的竹简！方炎将军说了一句奸佞害我白家军……咳咳咳，便没了气息！杀手源源不绝而来，沈姑娘为护竹简，带纪庭瑜、魏高引开杀手，叮嘱我等就是死也要将竹简送回大都，务必亲交姑娘手中！"

吴哲说着低头，血痂已经干结的手，颤抖着解开衣裳，被他鲜血染红的竹简扎扎实实捆在他的身体上："吴哲，幸不辱命！"

春桃捂着嘴，看到竹简几乎嵌进吴哲模糊的血肉里，浑身起了一层鸡皮疙瘩。

"兄弟们用命护下来的竹简平安送到，吴哲也有颜面去地下见他们了！咳咳……"

她咬紧了牙，目光从竹简上移开，心头苦痛难当，看向唇角含笑的吴哲。

"大姑娘，吴哲不惧死，只求大长公主和大姑娘，千万不要放过害死我白家军的奸佞！"

她唇绷成一条线，眼泪克制不住如同断线，艰难稳住情绪，颤抖的手轻轻拍了拍吴哲的肩膀，哽咽开口："我替数万白家军谢你！好好休养，我定会让你看到恶者得恶报！"

吴哲有气无力笑了笑："大姑娘，来生……吴哲还做白家仆！"

刚说完，吴哲就喷出一口血来。

她扶住吴哲，头皮发紧，喊道："平叔！去请洪大夫！立刻去请洪大夫！"

吴哲人歪在白卿言怀里，模糊的视线看到白卿言被他鲜血喷溅弄污的白色狐裘，张嘴想致歉，最终也是什么都没有说出来，便散了气息。

"大姑娘，吴哲走了！"卢平单膝跪在地上，仰头望着白卿言哽咽道。

春桃紧紧捂着嘴哭出声来。

她攥紧了吴哲的肩膀，一阵血气涌到心口，心口绞痛如撕心裂肺般，恨不能宰了那些要害她白家之人。

她闭上眼，泪还是争先恐后地往外冒，眼睛疼得无法睁开，想喊又不能喊出声，怒火滔天仿佛要冲破九霄，又痛到绝望。

半盏茶后，双眸通红的春桃死死抱着吴哲用命保住的那些竹简，跟在失魂落魄的白卿言身后往回走。

镇国公府青瓦红光与白雪相映，一派灯火辉煌在这阒寂无声的黑暗中，竟那般冷清落寞。

春桃见走在红灯廊下的白卿言脚步虚浮趔趄……想伸手去扶，又腾不出手怕摔了竹简，眼泪吧嗒吧嗒往下掉："大姑娘……"

白卿言雪白的大氅带着刺目鲜血回到清辉院，沙哑着声音让春桃将竹简放在书桌上。

春桃望着全身僵硬，冻到脸色青紫的白卿言开口："大姑娘，让奴婢伺候大姑娘换下这身血衣，您先暖和暖和吧！"

她咬牙对春桃摆了摆手，凝视着摇曳烛火映照的竹简，吩咐春桃出去候着别进来。

温暖如春的上房内，雕花镂空的铜炉里银霜炭爆出微弱的火花声，她才回神，整个人如同置身于冰窖中，浑身冻得发麻。

她满腔悲愤地在书桌前坐下，充血的眼仁死死盯着竹简，嗓子疼得一个字都说不出来，唇齿之间的血腥味，久久不散。

眼前的竹简，记载着白家男儿南疆一战的军况，甚至是死前情况，她梦里总盼着能拿到手还白家以公道，可如今它在眼前了，她竟有些不敢看。

有些事情，没有得到确切的消息，就还有希望，一旦看了就再无可期可盼……白卿言闭上眼。

良久，她深吸一口气，拿过竹简展开……

这染了血的五册竹简，一字一句跃然于她眼前。

春桃红着眼守在门外，看着茫茫落雪中逐渐泛白的天空，听到屋内时而传来白卿言拼尽全力压抑着的锥心饮泣，心如刀割。

白卿言死死攥着竹简，喉咙发紧，几乎要透不过气来。

她闭着眼泪如泉涌悲愤填膺，满腔的怒火几乎要将她整个人烧成灰烬，看到书桌上被春桃摆在显眼处纵马执剑的小面人，她发疯似的扫落了一桌子的笔墨纸砚。

她当初重伤归来之后，若是能勤勉如前拼命练习，此次能随祖父他们去了战场该多好！为什么旁人觉得她身体孱弱，她就真的将自己当做病秧子对待，整日心安理得地养着，软弱着！

她留在这镇国公府有什么用！她到底有什么用？！

她死死揪住胸前的衣裳，嚼穿龈血以全身之力也阻止不了自己为她白家英灵痛哭……

信王！！！！！

她曾自以为信王庸碌胆小但还算有分寸，即便是信王跟随祖父他们上战场，她白家男儿尽折，信王也是九死一生归来，没承想居然是他轻信刘焕章，用金牌令箭逼着祖父冒进。

她恨不得此刻便手持长剑将信王碎尸万段！将那些害她白家军数十万英灵的魑魅魍魉心刨出来看看！看那些心是不是黑的！

五册竹简，寥寥百字，却将她摧折得肝肠寸断，五内俱焚！

她紧咬牙关，忍着撕裂刀绞之痛，拼命抱住竹简，脑海里全都是祖父、父亲、叔叔和兄弟们死时的惨状。

记录战况的竹简只言片语，却记载着她白家儿郎是何等惊天惨烈！

她父亲被困凤城，粮食耗尽，为拖住敌军助凤城百姓，对守凤城残余一千兵士言："家中独子有高龄父母者退后一步，未成家留后者后退一步，余下……敢为我大晋百姓而死战者，随我出战迎敌！"

白家年十岁的第十七子白卿栋，执剑上前，称敢舍血肉随伯父上阵为大晋百姓死战，绝不苟活！白家军深受十岁小儿所感，纷纷拔剑，称宁死战，不苟活。

她胞弟白卿瑜不过年十七随五千将士戍守大营，信王见五万雄兵来袭，夹尾而逃，白卿瑜决意死守防线与将士共饮送行酒："诸位将士，我等生不同时，今日为我大晋万民同袍而战，便皆是血亲兄弟，一酒饮尽，诸位……来生再会！"

她堂弟白卿琦死守灵谷要道，以一万兵力对阵大凉东燕联军八万，拼死一搏前曾道："数百万生民在后，白家军能退否！敢退否？！"白家军忠勇，三呼不退。

她三叔白岐钰在白家所有男儿战死被迫退至天门关时，背水一战高呼："我军元帅将军皆已战死，我等乃我大晋平城百姓最后的防线！本将愿身先士卒，诛杀辱我大晋贼寇！敢死者随我来！"

她白家男儿临死之前，满心装的还是大晋百姓……

白家满门的忠骨，可苍天何逼我白家男儿如斯！何逼我白家男儿如斯啊！

血仇上头她忍住哭，一双眼宛如地狱恶鬼，誓要杀尽这天下佞臣暗鬼！可一想到竹简内的字字句句又宛如剜心锥骨痛不欲生捶地痛哭，脑子混混沌沌，哭哭停停，如同疯魔。

哪怕她早已知道白家男儿结局，可不亲眼看到这竹简所书，当真无法想象她白家男儿竟是如此惨烈。

她怀抱竹简，头发散乱，红煞如血的眸子望着窗外已经亮起的天，整个人仿佛被一刀一刀凌迟，处在浑浑噩噩悲痛之中，恨不能以刀剖心止痛。

如果不是她命沈青竹奔赴南疆，途中遇到猛虎营方炎被追杀，这五册竹简怕是和那梦中情景一样永不见天日。

她白家便如梦中一般，明明忠勇英烈却被钉在叛国的耻辱架上。

那汹涌滔天的恨，密密麻麻的痛，似万蚁钻心啃食她的骨她的肉，叫她生不如死，整个人油煎火烧一般绝望痛苦。

痛至极致，她浑身麻木抱着竹简哭哭笑笑……

勇略震主者身危，功盖天下者蒙诛！

世间英雄多枉死，佞臣贼子乱乾坤！

她白家满门男儿何辜？这满门的忠骨，满门的热血……竟这样被尽数葬送于南疆。

春桃原本听着屋内白卿言沉重隐忍的时有时无的哭声，泪如雨下却不敢进去劝慰，此时再听到白卿言让人毛骨悚然的笑声，顿时如热锅上的蚂蚁不知如何是好。

春杏闻声，着急忙慌地穿上衣裳，一边系盘扣，一边从耳房内匆匆出来，问春桃："姑娘这是怎么了？你怎么守在门外不进去看看！"

春桃擦去满脸泪水，攥住春杏的手："你在这里守着，别让任何人进去！我去请三姑娘来！"

"好！"春杏脸都吓白了，连连点头。

春桃踩雪一路滑一路跑直扑白锦桐的院子，一进院子春桃就跪在了上房门口，哭道："三姑娘！三姑娘快去看看我家大姑娘吧！"

刚晨练完的白锦桐闻声，掀了帘子急急出来："长姐怎么了？"

春桃一双眼红肿得厉害，哭成了泪人儿："求三姑娘去看看吧！"

白锦桐脸色煞白，披风也顾不上便疾步往院门外走。

白锦绣的青竹阁同白锦桐的碧桐园离得极近，习惯早起正倚窗看书的白锦绣也听到了动静，她连忙吩咐二夫人刘氏留在青竹阁照顾她的青书出去看看，发生了什么事。

青书一出院门，便看到春桃和白锦桐身边的丫头疾步跟在白锦桐身后飞奔往清辉院方向去了。

青书连忙折返回来禀告白锦绣："二姑娘，我看到大姑娘身边春桃跟在三姑娘身后，一路疾行好像往大姑娘那里去了。"

白锦绣攥着书的手一紧，想到白卿言的寒疾，想到这些日子白卿言的奔波，白锦绣顿时脊背寒意丛生，掀开锦被："青书给我更衣，我要去长姐那里！"

"二姑娘外面还下着雪，您这头上的伤……"

"不打紧，我已经大好了！给我拿风毛厚些的帽子即可！"白锦绣担忧大姑娘心急如焚，青书也不敢再劝，忙让人准备大氅、帽子，扶着白锦绣一路踏雪前往清辉院。

白锦绣刚到清辉院门口，就听白锦桐立在门口轻唤："长姐，我是锦桐，我能进去吗……"

得不到白卿言的回应，白锦桐立在门外不敢擅入，只能转过头问春桃："长姐到底怎么了？"

春桃知道事关重大，只能咬着唇含泪摇头。

"锦桐，长姐怎么了？"白锦绣攥着青书胳膊的手起了一层细汗，疾步走至屋檐下，"可是寒疾犯了？"

"二姐，你……你怎么也来了？"白锦桐忙迎了两步扶住白锦绣。

只听得上房隔扇吱呀一声，春桃忙打帘，只见一身白色中衣被血染透了一半的白卿言立在两扇门中间。

白锦绣腿一软，差点儿摔倒："长姐！"

白卿言苍白的面色沉静如水，双眸血红，凌乱的发丝已经整理好，整个人气场暗潮汹涌，凌厉得如同来自地狱的罗刹恶鬼。

"白锦绣、白锦桐进来，其余人……守在清辉院院门之外，任何人不得靠近！"

"长姐你身上的……"

她先行朝内室走去："不是我的血，进来吧！"

白锦绣、白锦桐让下人都离开清辉院守在门口，两人携手进了上房，见白卿言背对她们立在炉火前，白锦绣轻唤道："长姐……"

白卿言闭着酸疼的眼，她要护住她的亲人她的长辈她的妹妹们！所以……她不能崩溃！不可疯魔！不能倒下！便是再恨也不能自乱阵脚逞匹夫之勇杀人报仇。

已经是在梦中经历过一次的人，她是镇国公府白家之女，她得撑住，得亲眼看着那些奸同鬼蜮者下地狱去向她白氏满门男儿赎罪！

半晌，她才沙哑声音道："锦桐把门关上，我有事要说。"

白锦桐将门关上，和白锦绣一起走至白卿言的身后："长姐。"

她抬眼看着书桌上五册染血的竹简，湿热的气息紊乱，闭了闭眼她才道："之前没有和你们说，是因为没有得到确切的消息……"

白卿言转过身来，望着面色紧绷不知所措的白锦绣和白锦桐，哽咽开口："祖父、我父亲、二叔、三叔、四叔、五叔……连同我白家十七儿郎，全部……战死于南疆。"

白锦绣睁大了眼一口气没有上来险些晕过去，只觉天塌了一般，额角伤口直突突，血液激动到似要冲破那血痂。

"怎么能……全部？"白锦桐泪水如同断线，哽咽难言，"长姐消息怕是有误！"

梦中，消息传来，白家人也是这般不能相信。

她走至书桌前,手按在那五册竹简之上,手背青筋脉络跳动,悲愤的情绪几乎喷薄而出,又硬生生被她咽了回去,她两世为人,岂能随随便便被击溃?

"这是白家军随行史官记录的……行军情况和战事情况。"她拿起两册竹简,"白家军猛虎营营长方炎和沈青竹、我白家护卫吴哲拼死保下这五册竹简。如今沈青竹下落不明……方炎、吴哲身死,竹简上这血,是吴哲的……是方炎的,也是我数十万白家军的!"

白卿言将一册竹简放入白锦绣的手里,一册放入白锦桐的手中。

看着两个双眸含泪,表情沉重的妹妹,她说:"也好叫你们知道,我白家男儿不是死于同他国杀伐的兵刃之下,而是死于大晋皇帝的猜忌,死于……大晋国自己人之手!"

白锦绣眼泪如同断线,颤抖着展开手中那册竹简。

白锦桐也不敢耽搁,将竹简展开,一目十行含泪往下看……

看完一册,白锦桐泪水决堤,踉跄冲至书桌前,展开另一册,全身颤抖得不成样子,哭声狼狈。

白卿言全身僵硬紧绷立于火盆之前,哪怕她已发了疯似的哭过宣泄过,可双眼酸涩得泪水盈眶。她只觉全身冷到彻骨发抖,哪怕立火盆如此之近也不能缓解那般由心而生的冷意,全身冷到发麻。

立在书桌前的白锦绣,颤抖着拿起竹简,悲愤绝望得只觉呼吸困难,狼狈抱着竹简跌倒在地:"小十七……他才十岁!他才十岁啊!"

隐忍着哭声的白锦桐,将满腔的悲痛化作愤怒,一双眼冒着火,拳头攥得咯咯直响,转身就往外走。

"站住!你想干什么去!"白卿言头也没回,就将白锦桐喊住。

"苍天对我白家不公!我白家世代忠良,保家为民,何以落得如此下场!我拼了这条命也要去杀了那个狗皇帝!杀了刘焕章全家!"白锦桐恨意滔天,恨不能连天都捅出一个窟窿,让这大晋国为她白家满门男儿陪葬。

"拼了你这条命能为白家满门男儿报仇?"她转过头,充血的眼望着白锦桐,"然后呢?"

"然后?"

"杀了刘焕章全家?然后你真能去杀了信王?真能杀了皇帝?即便你骁勇无敌真得手了,我们白家剩下的满门女眷该何去何从?弑君大罪……你难道要我白家女眷也随你泄恨的匹夫之勇葬送吗？我知道你不怕死……你怕不怕死后无颜去见祖父！无颜去见你父亲！"

看着白锦桐满目绝望惆怅的样子，她深有所感，硬是压下心头的滔天恨意和满腔怒火，含泪循循劝道："祖母是当朝大长公主，你杀了信王和皇帝，怎么面对祖母？"

白锦桐那涨了满腔的滔天愤怒，如同泄气一般，整个人扶着门软绵绵地跪坐下去，涕泪横流："可我白家凭什么要落得如此下场！白家救大晋万民，谁来救我白家一门忠骨啊！"

"莽夫之勇，人皆可得……"她弯腰捡起掉落在地上的竹筒，小心翼翼地卷好放置在红木书桌上，"杀人最易，也最愚蠢！"

"长姐，心中有章程？"白锦绣压着心口悲痛，哑着嗓子问。

"兵法有云，善战者，求之于势。我们朝内无权，势单力孤，只有利用形势和民心，为我白家英灵讨一个公道。"

她将骑马执剑的面人丢进火盆里，火花四溅之余火舌猝然蹿起，映红了她冰凉入骨的墨黑瞳仁。

眼底燃烧着滔天恨意的白卿言已然冷静镇定下来，白锦桐和白锦绣满腔怒火恨天怨地的悲愤情绪，也随之缓缓平稳。

已有主心骨，人便不觉那么手足无措一筹莫展。

望着火苗将那小面人吞噬得干干净净，她才压低声音道："在清辉院，哭过也就罢了！我们上有年迈的祖母、下有幼妹！五婶又有孕在身！所以不能……也不可软弱如泥，倒地不起！必须站着帮扶母亲、婶婶们，撑起白家！"

白锦桐和白锦绣，只觉明明病弱清瘦的白卿言眼神烫得灼人，力量大到让人觉得足以信赖依靠。

"锦桐知道了！"白锦桐咬着牙。

"锦绣知道！"白锦绣哽咽应声。

"我母亲那里，我去说！二婶锦绣去说……三婶那里锦桐你去！"白卿言声音虚浮。

白锦桐虽然是庶出，可这些年同白锦稚一起教养在李氏身边，早已经将李氏当成亲生母亲。

"不要提起竹筒的事，这是我白家最要紧的底牌。"她沉吟片刻，又道，"明日除夕之夜祖父他们战死的消息就会传回来，早作准备吧！"

第四章 惊天惨烈

· 153 ·

她闭上眼……就是梦里除夕夜消息传回来时，白家在漫天璀璨烟火中的绝望哭声！闭上眼，便是整个镇国公府被凄惨气氛笼罩得颓丧不振。

姐妹三人抱成一团，泪如雨下。

一个时辰之后，白锦桐和白锦绣浑浑噩噩地从清辉院出来，清辉院的一众丫头也都连忙回了院内，烧水、举盆伺候白卿言洗脸、更衣。

今早春桃疯跑去碧桐园请白锦桐，后又将一众婢女婆子赶到清辉院外的事情，到底是传开了。白卿言还没有来得及去找董氏，董氏人就已经到了清辉院。

进了上房，见白卿言安然无恙正在更衣，董氏当下松了一口气，用帕子按着心口道："今儿个一大早是不是出什么事了，怎么着急忙慌让春桃去找锦桐？"

白卿言看着在软榻上坐下的董氏，摆手让春桃她们退下。

"阿娘……"白卿言挨着董氏坐下，挽住董氏的手臂，眼眶又红了，话到嘴边她沉吟未决，不知该如何开口，只一个劲儿地唤着董氏，"阿娘！阿娘……"

"怎么了你这是？"董氏看着女儿吞声忍泪的黯然模样，笑容有些僵，心中隐隐有了不好的预感，毕竟她的长女一向稳重自持，何曾在她面前眼红落泪过？

"阿娘……"她深吸一口气抬头，泪水已然断线，拼尽全力抱紧董氏的手臂，哽咽道，"祖父、爹爹……还有弟弟们，回不来了！军报大约明日便会传回来。"

董氏被这天塌了的消息震得半天缓不过神来，脑中空白，面无人色，尾椎骨都被震酥了，差点儿从软榻上滑下去。

"阿娘……"白卿言一把抱住董氏，"阿娘你别怕！还有阿宝在！"

她泣不成声，在阿娘面前她还是忍不住，她以为上天怜她，让她梦过一场……占了先机至少能和阎王一战，不求打个平手，至少救回一个……哪怕一个！

董氏听到白卿言的声音，略微回神，胀红的眼睛动了动，紧紧攥着手中帕子，克制着泪水，半晌才伸出手将白卿言搂入怀中，哑着嗓子说："你爹爹、弟弟生于武将功勋之家，他们奔赴战场时，阿娘就有这样的准备。曾经你父携子大胜归来，阿娘能为他们摆宴庆功，如今马革裹尸，阿娘也能为他们操办身后事！阿宝别怕……阿娘是这国公府的当家主母！阿娘撑得住！"

预言之梦里，消息传来，祖母晕倒……婶婶、妹妹们哭成一团，她的阿娘就是这样撑起白家塌下来的天，时至今日她记得一清二楚。

阿娘虽然不会武功，未曾上过战场，可比那些铁血男儿更坚忍刚强，否则……也不会留下那封《问皇帝书》带婶婶们决然自尽。

可母亲的丈夫和亲子都命丧南疆，她心里得多苦多难受？她知道阿娘心里拼着一口气，她不是撑得住……而是知道作为主母她必须撑住。

白卿言抱住董氏："阿娘，没事的……在阿宝面前，阿娘不用强撑！阿宝陪着阿娘……永远陪着阿娘。"

董氏紧咬着牙关，轻轻拍了拍白卿言抱着她的手，鼻翼翕动，闭上眼，泪水立时如断线一般。

宣嘉年腊月二十九，大雪，镇国公府主母世子夫人董氏、二夫人刘氏、三夫人李氏、四夫人王氏、五夫人齐氏相继得知镇国公府男子皆损于南疆，悲痛不已。

在整个大都城都充溢着年节喜气之时，镇国公府却被笼罩于阴霾之中，府内不知情的妾室和婢女、婆子敏锐地察觉到了不同寻常，谨守本分不敢喧闹。

大长公主长寿院上房内，世子夫人董氏还算稳得住，她紧紧握住庶女白锦瑟的手安抚她莫怕。

二夫人抽抽搭搭正抹着眼泪，三夫人丢了魂一般坐在那里面无人色。

四夫人本就性格软弱，要不是五姑娘六姑娘这对双胞胎庶女立在她身侧，紧紧握着她的手，她早就撑不住倒下了。

只有五夫人同世子夫人董氏一样强撑着，挺直脊背坐在那里，眸色通红双手护着肚子，咬紧了牙关一语不发。

白卿言、白锦绣、白锦桐、白锦稚、白锦昭、白锦华、白锦瑟都挨着自己母亲坐着。

大长公主拨弄着手中佛珠，闭着眼，眼角藏不住的泪光终究从脸庞滑下来。

"老五的媳妇儿大着肚子，老四媳妇儿性格软懦顶不上用场，这辉煌了百年的镇国公府如今走到这一步，来路……还要靠老大媳妇、老二媳妇儿和老三媳妇儿撑着！"大长公主尽显疲态，"该准备的准备起来！别等……别等消息传回来我们措手不及。"

"是，儿媳知道了！"董氏含泪点头。

"国公爷、老大、老二、老三和老四、老五，还有……十七个孩子！运回来棺椁肯定都是临时凑合！"大长公主一直闭着眼，眼泪还是不断往外冒，"国公爷的棺椁是早就备下的！今儿是腊月二十九恐怕棺材铺子都关门了，老大媳妇儿……"

不等大长公主说完，白卿言已然开口："那就等消息传回来，我们去借，向这天下借……"

大长公主微微睁眼，烛光刺得她酸胀的眸子生疼。

"祖母，唯有将英烈置于惨地，让这天下看到我白家为这江山，为这万民做了什么，方能让那些害我白家者心虚，让今上念我白家功绩，优待我白家遗孀，护我白家遗孀免受戕害。"

白卿言心里清楚，在不造反这个前提之下，只要是对白家有利的祖母都会同意。

大长公主望着白卿言，点了点头："就按阿宝说的做。"

"等大事过后，家中妾室如有想另寻前程的，发还身契，许五百两，让她们走吧！你们各自安顿各自房中，就不要辛苦你们大嫂了。"大长公主本着那一点点慈心，犹豫了良久又道，"你们若也不愿意在这个家守下去，届时也可自行离去！你们也别怕……就算你们离开了国公府，只要我在一天，国公府也永远是你们的家。"

大长公主一番话触动二夫人刘氏、三夫人李氏和四夫人王氏情肠，三人捂着嘴又哭了起来，为她们的丈夫也为她们的儿子，即便已经痛哭过好多场，可想起丈夫和儿子来，还是肝胆俱裂。

"母亲，我答应过大郎，他为民守大晋，我为他守白家，荣辱与共，生死相托，此生不负。"董氏提到丈夫声音难以言喻的温柔，"他虽已死，誓言犹在，我此生不负白家，生是白家宗妇，死亦白氏亡魂。"

大长公主点头闭上眼，泪水涟涟，已哽咽难言。

白卿言握住董氏比她还冰凉的手，轻轻搓着试图温暖董氏，梦中……她的母亲董氏，是真的做到了她所说的。其实，她的母亲和诸位婶婶能有祖母这般明事理的婆婆，也是有幸。此生，她不想看到母亲和婶婶们以自尽，为白家求公道的场面。或许是她胸襟太窄，不论梦中还是如今，都无法放下祖父、父亲、叔叔、兄弟们的死。大梦归来……她要活着，更要那些人血债血偿！所以她很是希望母亲、婶婶们可以走出丧夫失子的阴霾。甚至可以再嫁。

白家的所有仇恨的泥潭……有她足矣。

从腊月二十九到除夕这天，格外漫长。

就像死囚已经知道必死，却不知道悬在头顶的那把刀何时落下。

白卿言坐在假山凉亭之上出神，直到卢平前来对她回禀吴哲身后事，她才回神。

"按照大姑娘吩咐，属下除了将两百亩上好水田的地契给吴哲的父母送去，还去账房支了五百两银子一并给了吴哲父母妻子，告知吴哲父母吴哲是奉命出行遇到了强盗，吴哲丧葬一应花费都由国公府拨付。吴哲的媳妇儿二月份就要生了，也算是留了后，大姑娘不必太难过！"卢平说道。

白卿言点了点头，表情略显疲态："辛苦平叔了……"

卢平知道吴哲因何而亡，自然也知道了南疆战场的事情，他眸子发红。

见白卿言这副模样，卢平一个粗人也不知道该怎么安抚，只道："大姑娘，秦尚志说大姑娘眼界格局不一般，他看到了十步，大姑娘就已经看到了九十九步。他还说大姑娘要是个男儿，白家满门荣耀至少能再延续三代不成问题！这话卢平信！国公爷他们虽然……虽然去了，可大姑娘您得撑住。"

白卿言怎么也想不到竟然能得到秦尚志的称赞，这个人恃才倨傲，从未听说秦尚志夸过几个人。

"我知道，平叔放心，我撑得住！"

算上那大梦一场，她应该算是两世为人，经历了两次，要是撑不住就枉费苍天让她梦中预知的这一番好意了。

卢平见春桃带着陈庆生从假山下而来，这才长揖到底对白卿言行礼退下。

陈庆生和卢平在假山台阶处相遇，笑着行了礼，便匆匆前往凉亭。

"大姑娘！"陈庆生行礼。

"今日是除夕，原本该让你举家团聚，可我这里有件要紧事要着信得过的人去办，只能辛苦你！"她紧握着手炉，眉眼低垂，声音沙哑。

"大姑娘请讲！小的万死不辞！"陈庆生忙道。

她抬眼望着陈庆生，慢条斯理开口："今夜会有南疆的战报传回来，你多带些人守在城门口，一旦看到背插令箭八百里加急信使入城，务必让大都城百姓都知道，想办法引百姓来镇国公府门前。"

大晋国自古以来，若是捷报信使会在进入大都城门便高呼捷报战况，要让百姓知晓同庆。若是凶讯，信使在入宫之后面圣后才会呈上军报。若主将身死，则宫中会派人通报战将家眷备丧。

经过白卿言前番一闹，如今整个大都城的百姓对白家和南疆战局都异常关心，若信使入城不报，再有人有心引导……百姓自会来镇国公府门前等待宫中派人来向镇国公府通报战情。白家满门男儿尽亡的消息传来，她要大都城的百姓亲眼看到他们白家为护大晋做到了何种地步，要让百姓们看到白家惨烈……和白家人同悲！如此，皇帝只要稍对白家有所动作，必定激起民怨民愤。皇帝向来爱虚名，他只要还忌惮史官公笔，还畏惧民怨滔天，即便有斩草除根之念也必不敢对白家遗孀下手。

陈庆生虽然不知道白卿言这是要做什么，还是点头应了下来："大姑娘放心。"

"另有一件事，你尽力去查，若查不清楚也不要紧。"她睨着不远处的雪中红梅，道，"两个月前由忠勇侯负责筹备送往南疆的粮草，都经了谁的手，我想知道名字。"

事涉朝堂，陈庆生当下很是意外，可因知道这批粮草大约和南疆战事有关，想也没想便一口应了："大姑娘放心，小的定不辱命！"

除夕的天还没有黑透，空中已绽开一朵朵璀璨烟花。

白卿言立在廊下，静静仰头望着天，等待消息传回来。

眼眶发红的春桃抱了件厚实的大氅走至白卿言身后，替她披上道："大姑娘，表哥已经照您的吩咐亲自带人守在城门口了，不过现在这个时辰大都城城门已经都关了，今日怕是不可能有消息了，您多想无益！还是先去大长公主那里吃年夜饭吧……"

"走吧！"白卿言拢了拢大氅，扶着春桃的手，在一众低眉顺眼的丫头簇拥下踏出清辉院大门。

谁料，刚出来，就见白锦桐独自一人立在清辉院门口，仰头看天上的烟火出神。

约是听到院门打开的动静，白锦桐回神挪了两步走到白卿言面前，张口音调沙哑："长姐……"

她抬手拂去白锦桐肩膀上的落雪，勾唇对白锦桐笑了笑："在这里等我？"

白锦桐点了点头，泛红的眸子险些拦不住眼泪，忙低头掩饰。

她只是想起去岁时，镇国公府灯火通明，因为人多孩子多显得一派繁盛兴旺的景象，仆妇、婢女和下人忙忙碌碌地在角门进进出出，到处都是喧嚣的嬉笑声。

大人把酒言欢，她和白锦稚带着小十七和一帮孩子提着灯笼在白卿言这清辉院里闹，白卿言和白锦绣坐在廊下谈天笑着，一派欣欣向荣、生机勃勃的景象。

今年，整个镇国公府依旧灯火通明，但仆妇、婢女观主子情绪不好连大声说话都不敢，少了嬉闹声，国公府安静得让人觉得冷清。

知道白锦桐心里难受，她笑着攥住白锦桐冰凉的手："走吧……"

望着从容平和的白卿言，白锦桐只觉得长姐身上好像充满了不惊不惧的力量，一颗心也跟着平稳了下来："好……"

她和白锦桐刚走出两步，就瞧见不约而同来了清辉院的白锦绣、白锦稚。

白锦绣和白锦稚，也是来白卿言这里找主心骨的。

姐妹四人相对而立，白锦绣红着眼，用帕子低低笑出声来："好巧，我们竟然都来寻长姐。"

火红的灯笼，雪中映着四位姑娘含泪带笑的样子，格外暖心也让人格外难受。

"走吧！去祖母那里……"白卿言的声音比平日里更低沉，也更坚定。

春桃上前扶住白卿言，柔声叮嘱："雪天路滑，四位姑娘小心脚下。"

白锦绣见白卿言已经抬脚前行，泪眼蒙眬，柔声细语道："有长姐在前领路，再滑……我们也不怕。"

一路风雪怕什么，姐妹携手砥砺前行就是了。

白锦桐颔首，攥住白锦绣伸出的手，哽咽不能语。

"我们姐妹同行，什么也不怕！"白锦稚抹了把眼泪，快步追上白卿言，和白卿言并肩而行。

她双目被雾气模糊，梦里她独行，此生有姐妹相伴前路再难又有何惧？刀山火海、熔岩浆火她白卿言也敢蹚。

刚进大长公主的长寿院，守在长寿院上房门前的小丫头突然手指天空："那是什么？"

她回头，见空中悠悠升起一盏明灯，紧随其后……第二盏、第三盏、第四盏……

漫天炸开的绚烂烟花之下，无数明灯升空，将整个夜空映成一片暖色火海，灯面上写满了"大军凯旋""得胜回朝""百战百胜""平安归来"等字样。

刚还一片死寂的镇国公府，突然就热闹了起来，丫头仆妇们都停下手中活计，挤在廊下院中看着漫天灯火。那橘色的光线，照得人心里暖洋洋的。

白卿言转过身，吩咐身边的春杏："去问问怎么回事儿。"

春杏还没走，就见门口婆子匆匆而来，看到几位姑娘立在门口，笑着福身道："大姑娘、二姑娘、三姑娘、四姑娘！百姓被我们白家忠勇所感，自发在长街、庭院里放孔明灯为远在南疆的白家军祈福呢。"

闻言，她喉头翻滚哽塞，她将手炉递给春桃，郑重长揖到底……以谢满大都城的百姓。

谁说英雄无人记？这被白家世代守护的百姓记得他白家！

曾经，他们白家便是做得太多，说得太少，才会被人遗忘……

白锦绣、白锦桐、白锦稚双眼含泪紧随其后，亦是对这漫天孔明灯深深一拜。

镇国公府仆妇突然喧闹的嬉笑声，到底惊动了长寿院上房里的长辈。

大长公主在儿媳妇们的簇拥之下走了出来，亦是被这漫天高飞的孔明灯惊到。

年幼的五姑娘和六姑娘倚在大长公主身边，指着天上的明灯问："祖母，那是什么？！"

"回大长公主、五姑娘！"院里的婆子笑盈盈回答，"那是百姓自发为我们白家军祈福放的孔明灯。"

大长公主心头百般滋味，哽咽道："大都百姓，没忘我白家军啊……"

白卿言姐妹四人见大长公主立于廊下，行了礼，陪大长公主看这漫天的明灯。

直到明灯散去，白卿言正要扶着大长公主回屋时，卢平随守垂花门的婆子匆匆进来。

见主子们人都在院中，卢平上前行礼："大长公主，各位夫人、姑娘，传来消息，南城门被叩开，背插令箭的信使快马飞骑直奔皇宫！"

背插令箭是军报，从南城门入……来自南疆。入城门不报，快马直奔皇宫，不是好兆头。

白卿言头皮一麻，整个镇国公府的神经都绷了起来。

该来的，总是会来。

她用力握紧大长公主的手，转头看向脊背僵直的大长公主，说："祖母，该看您、母亲，还有诸位婶婶了……"

白卿言话音一落，几个婶婶便已经撑不住眼泪断线，挺着肚子的五婶更是死死绞住帕子，双腿发软。

大长公主呼吸错乱了片刻还是稳了下来，她紧握手中虎头杖，挺直脊梁："该来的总是要来，走吧！我们去门口等消息！"

大长公主为首，带着白家满门女眷一路行至国公府门前。

镇国公府外已经聚了不少提灯撑伞的百姓，他们听闻背插令箭的军报信使快马飞骑直奔皇宫，沿途未喊捷报，他们纷纷冒雪而来聚到国公府门前等宫中传信，私语寒暄。

"二叔！这么冷的天您咋也来了呀……"

"听说有军报回来了，没听见信使报信，就赶来国公府等消息，你咋也来哩？"

"我也是听说军报的信使直奔皇宫，怕有什么不好的消息过来等着听听！"

"巧了！我也是听信儿过来的，信使进城门不报，不是什么好事！只求老天爷开眼，可别让国公爷和白府儿郎有事啊！"

突然，挂着一排气派红灯的镇国公府朱漆红门缓缓打开，只见大长公主携白家女眷在白府护卫保护之下，亲自出来等消息。

"咦！国公府门开了！"

"国公府也出来等消息了吧！"

"虎头杖！那不是大长公主吗？！"

百姓忙跪下叩首："大长公主……"

大长公主想到刚才漫天的明灯，心中一酸，将虎头杖递给蒋嬷嬷，带白家女眷对百姓一拜。

直起身，白卿言见陈庆生立于百姓之中对她点头示意一切办妥，她略略颔首。

"郝管家！"董氏回头吩咐管家道，"让厨房备上热汤肉饼，分给大家！宫里消息还不知道多久送出来，大年夜的大家都陪我们在这里守着，别冻坏了！"

"是夫人！"郝管家忙转身回府，命人准备。

没过一会儿，只见有两匹飞马朝镇国公府的方向而来，所有人都提起了心，却见是下马的是白卿言的两位舅舅，董清平和董清岳。

董清平将马匹缰绳交给国公府下人，看了眼立在门口的百姓，董清平、董清岳踏上国公府台阶，对大长公主行礼。

"哥哥、清岳，你们怎么来了？！"董氏眼眶发红。

"刚才得了消息，说令箭信使叩开南城门，进门而不报战况，母亲不放心，让我和弟弟过来看看！"董清平手里攥着马鞭，说话时嘴角紧绷。

白卿言心头发热，恭恭敬敬对两位舅舅福身行礼。

董清平对白卿言笑了笑，陪着白家女眷立在一旁等消息。

董清岳倒是走到白卿言的面前，抬手摸了摸白卿言的发顶："放心，你爹爹和弟弟不会有事的！"

白卿言点了点头。

半盏茶不到的时间，秦朗也策马而来，他恭恭敬敬地对长辈行礼之后，走至白锦绣的面前扶住她，看着白锦绣双眸通红的模样，柔声安抚。

除夕之夜，原本红灯长街应该无人，人人都应该在家中团聚守岁。

可镇国公府门前，时不时就有闻讯而来的百姓，或是世家子弟替家中长辈打探消息。

定勇侯世子来到白府门前的时候，着实是想不到，镇国公府门口已经站了这么多人……

没过多久，明达伯的第三子也到了。

白卿言看着这些冒雪而来的世家，看着这满城陪他们站在风雪中的百姓，她知道，她所能依仗护住白家，逼迫今上的形势，已经来了！

　　天香楼二楼隔窗，萧容衍负手而立，望着长街尽头一片灯火之中的镇国公府，楼下时不时便有三三两两的百姓提灯而过，或有骏马飞驰直奔镇国公府。

　　他手里摩挲着那枚玉蝉，眉目深沉。

　　萧容衍从不相信什么深得人心、众望所归，若非有人殚精竭虑、费尽心机地布局，哪来白家这般气势如虹的万众归心？白家如今这民心所向的局面，倒像是那位白大姑娘一手做出来的。从白卿言劝秦朗自请去世子位开始，萧容衍就知道这位白大姑娘是成大事者。只是可惜啊，白家满门将才……被这大晋昏聩的君王和无能的皇子害死在了南疆。倘若他大燕能有白家这样忠勇的世代忠良，何愁不兴盛？真是可惜……

　　"主子，属下无能，主子给的期限已到，可消息来源属下只查出来一个大概！"

　　萧容衍闻声并未回头："说……"

　　"给管家送信的乞丐说不认识让他送信之人，但是他曾远远瞧见过满江楼的掌柜同那人打招呼，看样子是熟人。属下前去询问满江楼的掌柜，那掌柜眼神闪烁称说不知道属下说的是谁，后来属下派人一直守在满江楼，今天下午见满江楼的掌柜同一人神神秘秘说起这事儿让那人多加小心，属下便向店小二打听，店小二说是那位是镇国公府上的，不清楚那位爷是不是管事，只知道是替白家大姑娘办事的。"

　　萧容衍摩挲玉蝉的手一顿，转过头来，深邃的眼眶中目光极为寡淡，深敛着一丝不可察觉的诧异："你是说……白家大姑娘？"

　　"正是！原本属下想拿到白大姑娘的笔迹来比对，可白府下人不大容易买通，也……不容易混进去。"萧容衍属下单膝跪了下来，"请主子恕罪。"

　　窗外檐角描绘着梅花的悬灯被隆冬风雪吹得摇曳，身着天青长衫的萧容衍风轻云淡地立于窗前，负手而立攥紧玉蝉，晦暗莫测的眸色几欲隐没在灯下暗影中。

　　他闭着眼，想起小年夜宫宴他起身随那宫婢去更衣时，白家大姑娘忽而朝他望过来的视线，四目相对她瞳仁紧缩，还有更衣回来后，她稍稍放松的脊柱线条。

　　这位白大姑娘知道他的身份了？

　　"主子，不论是不是这位白家大姑娘给的纸条，您的身份怕是有走漏的危险，属下斗胆请主子先退离大都城，以防万一。"

　　寒气夹着雪花从窗外扑来，萧容衍转身，视线落在长街红灯处，道："递纸条之人若想害我，又何必费神将纸条送到管家处？等等再说。"

隆冬寒风中大长公主和白家众人已经站了一个时辰,手中的手炉都已经换过一茬,热汤肉饼也都分到前来镇国公府门口等消息的百姓手中。

大长公主拄着虎头杖都摇摇欲坠,白卿言扶住大长公主吩咐人给大长公主拿椅子来。

大长公主却摇了摇头,握住白卿言的手,又拢了拢白卿言的狐裘,问:"阿宝你身子弱,可还撑得住?"

白卿言锻炼了也有一段时间,每日捆着沙袋扎马步一个时辰已经不在话下,立在这里对她而言不算难事。

她摇了摇头:"祖母宽心,阿宝没事。"

正在喝热汤的百姓隔着氤氲着羊汤香味的热气,看到远处有飞马而来,立刻放下碗指着远处:"来了!来了!这次好像真是宫里来人了!"

大长公主身子一僵,下意识挺直脊梁,白家众人匆匆向前挪了几步,伸长脖子往一长街的红灯尽头望去。

驰马而来的太监,远远就看到国公府外提着灯笼的百姓,当下心里就咯噔一声,等靠近才发现大长公主居然携白氏女眷在镇国公府门外等候。

太监不敢耽搁立刻下马疾步冲上台阶,重重朝大长公主跪下:"大长公主,南疆军报,国公爷刚愎用军致使我军惨败,镇国公、世子爷……和白家一众男儿,全部葬身疆场!五日后信王扶榇而归……"

白卿言猛地抬头,心底翻滚着浓烈的怒火和杀意,国公爷刚愎用军?!

惊天的消息传来,大长公主一个不稳,险些摔倒,多亏白卿言和蒋嬷嬷扶住。

董清平和董清岳顿时脊背发麻,他们想到了或许白家有人战死疆场,可却从未想过会是全部……

"你放你娘的屁!"四姑娘白锦稚长鞭挥起,用力一甩死死缠住来报信太监的颈脖,三步并作两步,上前死死踩住那太监的胸膛,双眸充血发红,怒火将她整个人的理智全部燃尽,"我祖父谆谆教导我等谨慎为天重!祖父谨慎了一辈子!何来刚愎用军之说!"

白卿言双手握得咯咯直响,好一个刚愎用军!皇帝和皇后嫡子信王平庸不堪难当大任,为拿军功逼祖父冒进,到头来倒成了祖父刚愎用军了?将所有过错推至为大晋国鞠躬尽瘁一生,血洒疆场,马革裹尸的忠勇之臣头上,信王就不怕午夜梦回白家英灵找他索命吗？她险些忍不住现在就拿出行军记录为祖父和白家证清白，可……现在还不到时候。谋定而后动，需得厚积薄发才能物尽其用出奇制胜。

这累累血债，刻骨深仇，她白卿言记下了！

滔天的怒火冲上来，她咬紧了齿关，连同心口涌上来的腥甜一起咽下去，喊道："白锦稚！给我退下！祖母话未问完谁允许你动手！"

白锦稚差点忍不住失声痛哭，她收了鞭子，泪水如决堤般再也收不住。

来传讯的太监险些被勒死，剧烈咳嗽之后，连滚带爬跪行于大长公主脚下以求庇护。

大长公主一张脸惨白，颤抖着唇瓣，满怀了最后一丝希望，问："全部？我是不是听错了！我十岁的小孙也去了南疆，他才十岁……"

一向柔弱的四夫人王氏双腿发软踉跄上前跪倒在地，揪住太监的衣裳，悲痛欲绝泣不成声："十七……我的小十七也没了？我的小十七那么小才十岁！十岁啊！他怎么也会死？他只是去见识的……怎么会死！你骗我！你骗我！"

"大长公主！十七公子也回不来了！"太监哭着重重一叩首。

"不可能的！二郎答应我会护着我们儿子的！"二夫人刘氏的哭声震天，一把揪住了报信太监的衣领，"你胡说！你胡说！"

一瞬间，刚还安静的镇国公府门口，炸开了锅，乱成一锅粥，哭声震天。

"我的儿啊！三郎……你好狠的心啊！你怎么能把儿子全都带走！你让我怎么活啊！"三夫人李氏捶地痛哭。

两个双胞胎围着哭到被两个丫鬟搀扶都扶不起身的母亲四夫人身旁，死死咬着牙，求母亲撑住。

五夫人齐氏死死咬着唇，捂着腹部……眼前一黑，整个人直挺挺朝后倒去。

"五夫人！五夫人！"董清岳眼疾手快接住了晕过去的五夫人。

"五婶！"白锦桐从董清岳手中接过五夫人，死死抱住，"五婶你醒醒啊！"

百姓们被白家女眷悲痛欲绝的情绪所感，竟都哭着跪地喊"国公爷""白将军"，哀号震动大都城。

"快！请洪大夫！"白锦绣含泪催促喊道，"郝管家快着人将五婶抬进去。"

白卿言回头，看僵直着身子立在那里面无人色的董氏，上前扶住母亲，哽咽唤道："母亲！"

董氏回神，眼泪如同断线珠子，她紧咬着牙关，转身面对镇国公府正门内……

"蒋嬷嬷扶母亲回长寿院！各院子的管事嬷嬷将你们主子扶好站起来，我镇国公府不论什么时候都不能折了脊梁，天塌下来站着接住就是！二夫人、三夫人、四夫人随我去母亲长寿院商量我白氏男儿身后事！白卿言、白锦桐去照顾你五婶，命人拿着我的名帖去请黄太医、钟太医、刘太医过来！白锦绣、白锦稚、秦朗照顾好你们的幼妹。卢平立刻命人快马飞骑回朔阳祖籍报我白家丧讯。郝管家约束家仆、准备丧仪之事情你来办。护院军听从郝管家调遣，白家大事当前任何人不得生事，生事者不论妾室、仆妇、下人、小厮，郝管家可直接打死不必来禀！"

董氏的声音又稳又快，一丝不乱。

白府护院、下人、仆妇、丫鬟，齐齐称是，迅速行动起来。

董氏安顿好府内之事，转过头来望着还立在镇国公府门口的世家，郑重福身道："各位对不住，辛苦诸位陪我们白家女眷在这风雪里站了这么久，可我白家大事当前，实在是顾不上请各位进府饮一杯热茶！万望恕罪！"

白家突逢大难，当家主母董氏挺直腰板，条理清晰地安排府上诸事，让人敬佩不已。

在场的多是晚辈，他们也都明白此时白家如同天塌地陷，怎么有心情请他们进去喝茶，忙作揖还礼。

"还望世子夫人节哀！"

"世子夫人节哀啊！"

董氏再抬眼已是泪流满面。

"妹妹！我和弟弟留下来帮忙吧！"董清平红着眼对董氏道，"要我和弟弟做什么？"

董氏强撑挺直脊梁，声音里尽是绵软无力的哽咽哭腔："今日已是除夕，我白家满门男儿身死归来……我竟不知上哪儿找那么多棺材。"

闻言，白卿言已然心如刀绞。

望着还守在白家门口未曾离开的世家子弟和百姓行，她跪下行大礼叩拜，忍着心中剧痛，哽咽道："我祖父镇国公的棺椁寿材是早就备下的！可却不曾料到我白家男儿尽数以身殉国！五日后信王送我白家男儿尸骨回城，眼下又是年节，我父、叔叔们和弟弟们的棺椁来不及备下，诸位如家中有合规制的棺椁，白卿言斗胆请借！让我白家男儿体面下葬。"

说完，她再次恭谨叩首，白锦绣、白锦桐、白锦稚……亦追随白卿言降膝跪拜。

白家一门忠烈，为国血洒疆场，大晋国百姓岂能让英雄落得无棺椁下葬的下场？

那夜，除夕佳节，大都城哭声一片，为英雄离世，为白家忠勇，也为将无镇国柱石守护这大晋江山。

而被看管在清明院的白卿玄，闻讯惊起，连身上的伤都顾不得了，一把扯住自己母亲的手腕，追问："什么？全都死了！祖父、父亲……都死了？"

"是啊！这可怎么办啊！"妇人惊慌不已，"数十万军队尽数死在了南疆，皇帝肯定要怪罪的！早知道就不回来了！万一被连累了满门抄斩可怎么办呀！不行……我得好好想想办法，我们得逃出去！"

白卿玄错愕之后，眼底突然迸发出诡异的光彩，他用力攥紧了妇人的手腕儿，声音轻得诡异："娘！你说……这白家满门的男儿都死了！这镇国公的爵位，是不是就落在我的头上了？"

妇人眼睑一跳，喉头翻滚了一下，狂喜便被惊惧强压在了心底："可是，我听说……是镇国公刚愎用军才导致全军覆没，万一皇帝怪罪下来，就是泼天大罪，万一连累满门呢？命要紧还是这爵位要紧？咱们还是先逃再说！"

"那万一皇帝不怪罪呢？"白卿玄唇角勾起笑意，"娘！富贵险中求！你想想看……皇帝要是不怪罪，这偌大的镇国公府，可就是我们母子的了！"

妇人被白卿玄说得心动不已，舍不下这镇国公府滔天富贵却又贪生怕死，犹豫不决。

正月初一。

一直被阴霾笼罩消沉了两天的镇国公府，随着主母董氏的振作，忙碌了起来，准备丧事的下人仆妇在角门匆匆忙忙进出。

天还未亮，忙了一夜的郝管家便来了大长公主的上房，除了大长公主撑不住被劝着歇下，镇国公府的世子夫人董氏、二夫人刘氏、三夫人李氏、四夫人王氏都在。

白家十七儿郎、加上国公爷和国公爷五子，二十三口棺材白家正厅俨然摆不下。

"搭天棚……"董氏强撑着精神，沉着对不知如何是好的郝管家道，"就摆在院中……府门大开！让大都城的百姓，让高居庙堂的百官，都看看我白家为大晋惨烈到了何种地步。"

"禀世子夫人，二夫人、三夫人、四夫人，门房来人禀报说……府门外好多人送来了棺材！"

董氏喉头翻滚，站起身道："我出去看看，三位弟妹累了一夜回去休息休息吧！

养足了精神，初五……迎我们的丈夫和儿子回家。"

四夫人又哭了出来，难受得喘不上气直摇头。

闻讯而来的白卿言，几乎和董氏同时到达门口。

此时白府的红灯笼已经换成白灯，院内的红绸也都换成了黑白布，暮气沉沉。

大开的府门外，百姓立在雪中牵着牛车、马车、带着自家上好的棺材乌泱泱地堵在门口，也有世家派人送来棺椁。

花甲年纪的老翁，牵着牛车，对董氏和白卿言拱了拱手道："世子夫人、大姑娘……老朽这、这是好的棺木！不知道合不合规制，能不能给府上世子……将军们或者小公子们用啊？"

"我这才是上好的棺木！顶顶好！世子夫人……大姑娘！用我这棺木吧！"

"我的好！我的好！我这可是正儿八经的松木棺材！结实着嘞！"

"世子夫人，我家是棺材铺子的！我拉来的这几口棺材都是显贵人家年前定下的，我都拉来了！都是楠木做的！虽说不是上好的楠木！可绝对配得上白府公子们……"

董氏和白卿言含泪立在门口，福身对争相送棺的百姓行礼。

随后，定勇侯府的下人护着定勇侯府管家从群中挤出来，管家行礼道："世子夫人、大姑娘，老奴是定勇侯府的管家，我家侯爷让我将他备下的棺椁用马车拉了过来，世子爷和各位将军都功勋在身，用了也不会不合规矩。"

"替我多谢定勇侯！"董氏带着白卿言行礼。

"我家侯爷和镇国公自幼便相识，应该的！夫人、大姑娘节哀。"管家行了一礼。

见自家棺椁于规制之内白家可用的世家，几乎也都将棺椁送了过来。

董氏带人亲自挑选出可用的让人抬进镇国公府内，命郝管家着白府管事逐一登门拜谢，剩下用不上的，也都道谢客气送回。

董氏原本想在院子里盯着搭天棚布置灵堂，硬是被白卿言劝着回去休息，后面还有一堆事情等着董氏，白家谁都能倒下唯独大长公主和董氏不能倒下。

她立在院中盯着下人们齐心合力搭天棚，看着那二十多口棺材，心中悲恨交加，心底眼底翻涌着酸痛。梦中，回来的只有祖父、五叔和她堂弟白卿明、小十七的遗体，她白家其他男儿都留在了南疆。不知道此生，会不会还是一样的结局。

陈庆生从府外回来，正巧看到立于廊下的白卿言，随即快步走了过来。

春桃看到自家表哥，低声对白卿言说："姑娘……我表哥来了！"

"大姑娘！"陈庆生白着一张脸行礼。

白卿言回头，见陈庆生行礼，说道："不必多礼。"

"大姑娘，刚才小的回府时遇到了满江楼留下看店的店小二，店小二说……有人朝他打听小的的身份，小的思来想去就去找了之前让给萧府送信的乞丐，果不其然那乞丐说，有人找到他，断了他一根拇指追问信的来路，他便照实说……那天看到满江楼掌柜同小的打招呼了！"陈庆生汗津津地抬头看了眼白卿言，又忙垂下头去，"这事是小的疏忽，请姑娘责罚！"

白卿言手心收紧，萧容衍厉害她梦里就知道，陈庆生到底还年轻缺少历练，能做到这一步已经很好了。

"你起来吧！"白卿言抿着唇，"也不一定就查到你这里，如果有人问你，你就推说也是有人给了你钱让你办这件事，你怕给国公府惹麻烦，才托乞丐帮忙，不打紧！你是国公府的人，想必那些人也不敢真用什么雷霆手段来逼问于你。"

陈庆生长长舒了一口气："小的明白了！以后小的办事会更谨慎，不给大姑娘添麻烦。"

陈庆生是个聪明人，知道白卿言提拔他是看中了他有几分能耐，他要是连小事都办不好，那也就不配留在大姑娘身边听差遣了。

她握紧手炉，唤了声陈庆生的名字，抬脚朝偏僻处走了几步，陈庆生会意连忙跟上。

只听白卿言徐徐开口："国公府上白事办妥之后，祖母会以为大晋国祈福为由，带着三姑娘去寺庙中常住祈福。祈福……是个幌子，三姑娘要女扮男装隐姓埋名出门经商施展她所长，我打算让你跟在三姑娘身边出去历练几年。"

陈庆生听完这话略惊了片刻，女扮男装出门经商如此离经叛道之事既然得了大长公主的支持，那便是天大的事情，这样的事若非心腹岂敢坦言？

一向敏锐的陈庆生明白，大姑娘披心相付，他已然被大姑娘当做自己人，否则如此秘闻怎能轻易告知与他？

陈庆生激动得满腔热血，他稳住心神，跪下表忠诚："大姑娘信得过，小的自当肝脑涂地。"

她转过头看着陈庆生，叮嘱："以后办事更谨慎些，我信得过你！"

"小的明白！小的谢大姑娘提拔之恩！"陈庆生叩首。

"回去准备准备吧！该怎么给你父母说，你心里应当有数！"她道。

"小的明白！"

一大早，辗转一夜未眠的董长元听到大伯董清平和父亲董清岳回府，急忙赶过去询问情况，得知镇国公府满门男儿为国捐躯，董长元满心惊惧，再想到白家那位温润如玉的表姐立时就坐不住了。他满腹官司，猜测白卿言该是怎么样惶恐，她身子骨本就羸弱单薄，白家逢此大难，她该有多煎熬，是不是惶恐不安，悲恸欲绝，以泪洗面？

忐忑不宁的董长元立刻快马而来，还未踏入白府正门，便看到白卿言一身素白孝衣立于廊下同陈庆生说话。董长元立在贴着"奠"字的白绸灯笼下，静静等着望着。

白卿言并没有他意料之中的泪水涟涟，悲痛到卧床不起。她虽面有疲色，双眸通红，但眉目清明，甚至还在条理清晰地吩咐下人行事，可见心志之坚忍。

云破初晓，晨光透过薄雾，渐渐落在那风骨峭峻的女子身上，白家突逢塌天大难，她悲而不哀，痛藏于心，毫无彷徨。明明是柔弱女子之身却韧如碧丝，内蕴刚强，仿若任何摧折都不能将她击垮、击倒。

董长元来之前满腹的安慰之语，尽数消散在胸腔之内。

是他痴了，他的表姐即便外表柔弱，可她也是上过战场，斩过敌军的！她的胆魄、铁骨和坚定的意志，是他们这些锦绣书堆里的男儿难以望其项背的。

春桃余光看到立在白家正门口的董长元，忙上前低声对白卿言道："大姑娘，表少爷来了！"

她转过身来，见董长元对她长揖到底，浅浅福身还礼。

董长元立于白卿言面前，半晌道："若……有什么是长元能略尽绵薄之力的，还请表姐不要见外。"

她望着院中已经搭起来的天棚，道："长元表弟替母亲和我多陪陪外祖母吧！她老人家好不容易来大都过年，母亲和我却不能陪伴身边。"

董长元点了点头，复又看向眼前敦默沉静的女子："表姐，节哀！"

"长姐！"四姑娘白锦稚脚下生风急急跑来，草草对董长元揖手行礼后，便压低声音在白卿言耳边道，"长姐，祖母吐血了！"

白家如今遭逢大难，满门男儿皆亡，若再传出大长公主病重怕白家人心要散，蒋嬷嬷已经交代过白锦稚切莫声张，白锦稚知道轻重自然不敢宣扬。

梦中祖母得知消息口吐鲜血撒手而去的情景陡然出现在眼前，她顿时全身发麻，像有只手攥住了她怦怦直跳的心，疼得心口如被绞碎一般。

"长姐？！"白锦稚见白卿言脸上血色尽褪，忙唤了一声。

她回神冷静下来，转过身对董长元福身："府上事多，长元表弟自家兄弟，恕招待不周。"

"表姐有事尽管去忙！"董长元忙道。

她颔首，拉住白锦稚的手疾步前往后宅而去。

白锦稚一边走一边对白卿言道："幸而昨夜洪大夫和黄太医都守着五婶儿，蒋嬷嬷已经遣人去请洪大夫和黄太医了！让我来知会长姐一声！"

"吐血是怎么回事？！"白卿言咬着牙关问。

"还不是清明院里那对奸诈母子！"白锦稚咬牙切齿，发红的眼眶里尽是痛恨，恨不得再给那泼妇几鞭子，"那泼妇听说太医院院判黄太医在五婶那里，闹着要让黄太医去给那个庶子看伤，说……说我白家仅剩她儿子一个男儿，她儿子就是将来的镇国公！祖母本就悲痛难以自已，蒋嬷嬷都吩咐了不要提这事儿，那母子却到处嚷嚷！祖母一听这话，气得脸色发紫吐血！"

白卿言怒火冲冠死死攥住手炉，只想立时活剐了那对母子！他们果然是祸害，看来留不得了。

两人疾步进了长寿院，仆妇婢子见大姑娘和四姑娘行步如风，忙打了厚毡帘子。

内室里，面色惨白的大长公主正倚窗靠在金线绣制的牡丹大迎枕上，腿上搭着条细羊绒毡毯，接过蒋嬷嬷递来的药丸和水，仰头咽下。

黄老太医将脉枕放入药箱内，抬头就见呼吸急促的白卿言和白锦稚进门，他忙揖手道："大姑娘、四姑娘勿忧，大长公主已无碍！怒火攻心反倒让大长公主将心口郁结之血吐了出来，这也算是好事吧。否则这瘀血不易察觉，长久淤积怕伤了心肺，就是扁鹊在世也无力回天了。只是……大长公主这身子的确是需要好好调一调，必须静养。"

大长公主放下手中水杯，瞧见一向老成持重、稳如山岳的大孙女急白了脸的模样，心头忽而一软，眼泪直掉。即便她们祖孙二人有所分歧，可这骨肉血亲却做不得假，听到自己吐血她还是急吼吼地赶了过来。

她红着眼对白卿言招了招手："阿宝过来！"

听黄太医说祖母无大碍，她这才松了一口气，解开大氅，将手炉递给婢女走至大长公主身前。

"大长公主、大姑娘、四姑娘，老朽这就告退了！"黄太医背起药箱，对大长公主行礼。

"老奴送黄太医！"蒋嬷嬷连忙笑着在前为黄太医领路打帘。

白锦稚看出大长公主有话和长姐说，便悄悄退出内室。

大长公主攥着白卿言玉骨莹彻的手，见她掌心一层细汗，眼眶更红了："你放心，祖母不会有事，祖母还得护着你们这些孩子呢！"

对大长公主的忧心是真的，除却如今镇国公府需要大长公主庇护之外，更多的是白卿言无法割舍的亲情，她已然不能再失去任何亲人！

"刚才在榻上歪了那一小会儿，祖母梦到了好多人，梦到了你祖父……梦到了我的父皇！"大长公主哽咽着红了眼，抬手将白卿言搂在怀里，缓慢又怅然地说着往事，"祖母十六岁嫁做白家妇，除了心甘情愿为你祖父延绵子嗣之外，更有作为大晋公主不可推卸的责任！父皇赐婚前夜……父皇和母后就是这般将我搂在怀中，同我说镇国公府白家……乃国之柱石大晋脊梁，皇室依仗白家也必须防备白家，父皇年岁已高时日无多，望我替他守住林家皇权，防备白家反心，我若不发誓便不能嫁于你祖父。"

这些事，压在大长公主心底多年，如今同孙女徐徐说来，那左右为难之感依旧酸楚难忍。

所以她决定下嫁镇国公世子白威霆后，带着惴惴不安的内疚搬离公主府，如寻常女儿家一般入了镇国公府白家侍奉公婆，妄图以此做那么一点点的补偿，来让自己心安。

祖母难，她知道……

她更知道，祖母这么高高在上、清高坚忍的大长公主，今日同她说这些，何尝不是以低姿态盼她能理解她这个祖母，为了她这个祖母莫生反心。

可真当遮遮掩掩的事情被祖母这么坦然说了出来，她反倒平静了。

"阿宝，你祖父去了，你父亲、叔叔们和兄弟们都去了！我们一家人不可离心呐！"大长公主泪如雨下。

大长公主一番话，怎么能不让她伤怀？与至亲之人的异轨殊途，才是真正的苦如黄连，如钝刀割肉般让人寝食难安。

"祖母，孙女儿知道祖母难！祖母是我们的祖母也是大晋的大长公主，白家是我们的家，皇家也是祖母的家！"她抬头满目猩红地望着大长公主，一字一句，"孙女儿不敢欺瞒祖母，得知我白家男儿死讯，孙女儿恨不得立刻就反，恨不得血洗大晋朝堂！将坑害我白家男儿的那些魑魅魍魉生吞活剥！"

大长公主全身紧绷，目眦欲裂，嶙峋枯槁的手拼尽全力按住白卿言的肩膀："你……"

"可我不能！其一……因我无权无势，武功尽废，只是后宅小小女流之辈。"她没有反抗，任由大长公主将她按住，"其二，这大晋的安稳江山是我白家数代人死战疆场换回来的！浸满了白家先祖，祖父、父亲、叔叔们和弟弟们的血！我白家守的是这大晋的河清海晏，百姓的盛世太平！我怎能因泄一己私恨，让百姓再陷水深火热之中？怎能让老者失子，幼童丧母丧父？怎能让无辜万民承受血亲亡故之痛？怎能让数万将士白骨露野？百姓何辜？将士何辜？他们凭什么要因我白家私仇埋骨？"

她这些话发自肺腑，不到万不得已她不会反。白家忠勇……从不是为了皇室，只为这大晋数万生民！

大长公主如炬的眸子死死盯着白卿言，疑心未解，生怕她爱之重之的孙女儿欺骗于她。

她握住大长公主的手，徐徐开口："孙女儿五岁那年，听祖父与父亲谈起两位鸿儒崔石岩老先生与关雍崇老先生于文贤馆争论始皇是明君还是暴君。孙女说假若始皇能使百姓吃饱穿暖，那他便是明君、圣君。

"孙女八岁那年，祖父拼尽全力将御史大夫简从文旧案翻出，佟贵妃及其母族因构陷忠臣入狱，御史简从文得以昭雪，可九族早已夷尽，当年就连简御史四岁的小孙都跟着上了断头台，懵懂幼童只以为同全家游戏，被斩头之前还同母亲撒娇说一会回家要吃糖酥。"

她哽咽："御史大夫简从文昭雪那日，祖父又问孙女，阿宝以为何为明君！孙女儿答，仁善治国，不使万民含冤便是明君！

"孙女十三岁那年，随祖父战场归来，祖父再问何为明君！孙女见过白骨成山，血流成渠，看过百姓十不存一，妻离子散！知道天下太平之可贵，万金难求。孙女说……还天下以太平的君王，便是明君。

"如今，大晋万民暖饱有余，除却边疆百姓还受连年战火之累，大晋国内尚且安稳太平。若孙女儿因私仇造反……置百姓于何地？置白家世代忠烈于何地？置我白家祖训于何地？孙女要的并非造反，要的是还我白家一个公道！要的……是莫让那些奸佞之徒将'刚愎用军'这样的脏水泼在白家忠骨英烈的身上！要的是让多疑猜忌的今上，念我白家功劳，放我白家遗孀一条生路，莫赶尽杀绝。孙女错了吗？"

她难抑悲痛欲绝的情绪，声音止不住地拔高，说完已泪流满面。大长公主心痛难当，用力将大孙女儿搂入怀中，哽咽难言，竟哭出声来。

她不愿意对祖母说假话，可是却不一定要将所有的真话和盘托出。是，此时她是不打算反，可她已然在为此铺路！她白卿言可以不反，但白家不能没有振臂一挥，足以让皇室更迭的滔天之势来震慑皇室。祖父要的海清河晏天下太平，她要！祖父不敢要的威慑主上之权势，她也要！她白家可以对这林氏皇权俯首称臣，可她也要皇室明白，白家之民心所向……白家之厚德流光，也可将他林姓皇权取而代之！他皇帝不是害怕白家功高震主居功自傲把持朝政吗？那她就把持给皇帝看！让皇帝惧让皇帝怕！她要皇权更替……她白家说了算！天下百姓说了算！

"阿宝没错！是祖母错了！祖母不该疑你！祖母错了……"

门外，蒋嬷嬷听到这祖孙俩交了心，抱头痛哭已然尽释前嫌，她又难过又高兴，用帕子抹了抹眼泪，不知该哭还是该笑。

大长公主年纪大了，哭了一场加上悲伤过度已然体力不支，由白卿言和蒋嬷嬷伺候歇下。

白卿言从大长公主长寿院出来，一身素白孝衣的郝管家迎上前道："大姑娘，我们府上门口突然来了一群自称白家军兵士亲娘老子的刁民，围在我府门口哭骂，称国公爷刚愎用军致使白家军数万将士丧生，致使他们丧子，要让我白家还公道！"

她脚下步子一顿，虽说昨夜国公府门前陪白家等候南疆消息的百姓众多，可若不是有心人背后捣鬼，这些兵士的亲眷哪敢确定自家儿郎已死在疆场，怎敢昨夜得了消息今日便凑作一团，来镇国公府门前大闹？

"那些兵士父母，该如何处置老奴不敢擅自做主。世子夫人刚歇下秦嬷嬷不忍搅扰，老奴只能来大姑娘这里求个主意。"郝管家眉头紧皱。

白卿言一向认为，人言虽可畏，可善加利用引导便可成为她可依仗的势，可以依仗的剑！如今有人亦想以百姓口舌为刃伤她白家，好得很！只可惜，她手中早已攥住了行军记录。

她眸色沉了沉，电光石火之间极快抓住了蛛丝马迹，茅塞顿开……吴哲拼死带回行军记录时曾言，有人追杀护送竹筒的猛虎营营长方炎，阴差阳错被沈青竹一行人救下方炎又得了竹筒。信王鹰犬爪牙怕是因没有能拿到那五册行军记录内心惶恐，所以才想到这个方法来试探白家，甚至逼着白家今日就拿出行军记录自证清白。背后谋划之人想必已有手段，只要白家人敢称行军记录在手，今上便会立即逼迫白家交出行军记录，不让这份记录有公之于世的机会。

她闭了闭眼，如果她是信王幕僚，会怎么做？她会聚人闹事于国公府门前，试探行军记录白家是否已得之余，为白家百年盛誉抹污。心若再狠一点，便会在聚众闹事之后暗中杀掉一两个闹事者，散布流言推波助澜称镇国公府残杀烈士家眷！把镇国公府只许他人言功，不许他人说过这样的言论放出来，将镇国公府置于火上。以保万一行军记录白家已到手，信王扶灵回城时不会被民情民愤迁怒！

郝管家见白卿言闭着眼半晌不睁，像是魂已不在，低低唤了声："大姑娘……"

"派人留心周围看热闹的人，有形迹可疑之人，直接抓了审！"

郝管家立时明白，大姑娘这意思是说有人指使怂恿兵士亲眷前来闹事，对国公府有所图谋。

郝管家神色戒备："大姑娘放心！"

"走，出去看看。"

"大姑娘稍等，我唤上卢平护院，以防万一。"郝管家谨慎道。

她点了点头。

当白卿言在郝管家和卢平陪同下到大前院时，就听四姑娘白锦稚愤怒滔天的声音从门外传来。

"连先皇都说我白家满门从不出废物，个个将才！我祖父平生行军最忌讳的就是冒进贪功！什么刚愎用军全都是放屁！尔等无知宵小再在我国公府门前满口喷粪，我一鞭子送你们去西天！"

双眼通红的白锦稚握住腰后长鞭，怒火中烧，恨不能把这些在国公府门前挑事的愚蠢小人全部抽死。

眼见围观看热闹的百姓，早已将镇国公府里三层外三层围了围，立在白锦稚身旁的白锦绣心头突突直跳。

"四妹妹不可！"白锦绣忙按住白锦稚要抽鞭的手，"这群人围在我国公府门前挑事，怕有所图谋，不可冲动！"

"你们白家是不出废物！你们白家战场上是常胜不败，可你们白家的不败是我们这些平头老百姓的儿子……用命换来的！"一个妇人哭天喊地道，"一将功成万骨枯！主将一声令下，我们的儿子前仆后继往刀刃儿上扑！丢命的又不是你们！你们哪里知道心疼？镇国公只要战功！只要青史留名，就只管用我们儿子的命去建你们的功业！"

"我可怜的儿子啊！"又有妇人痛哭出声，撕心裂肺怒喊道，"镇国公不要脸！活该你们白家男儿都死在了南疆！是你们白家害死了我们的儿子啊！"

"你再满嘴喷粪！"白锦稚蛮力一把甩开白锦绣，扬鞭就朝那妇人抽去，怒火攻心胡言乱语,"你才活该去死!我今天就抽死你!"

"白锦稚!"白锦绣拼死拉住白锦稚,额头伤口迸裂,刺目鲜红顺着额角流了下来。

"你是个脓包软蛋任人欺负!我不是!"白锦稚双眸猩红对白锦绣吼完,愤怒推开白锦绣。

长鞭破空,妇人的惨叫声凄厉。

"小四!不可!"白锦绣本就有伤在身,被白锦稚推开撞于墙上,头痛难当。

青书急得不行:"四姑娘你怎么能和二姑娘动手!二姑娘……您怎么样?"

白卿言加快脚步,拎着素衣下摆踏上台阶,见眼珠猩红的白锦稚铆足了劲儿似是要将那妇人往死里抽。

"白锦稚!你给我住手!"她脸色煞白回头吩咐卢平,"平叔,给我制住四姑娘!"

卢平得令三步并作两步冲上前,生生挨了一鞭这才将暴怒的白锦稚制住。白锦稚如走火入魔般疯狂嘶吼,几度冲开卢平的禁锢,大有要和那群咒骂国公府的小人同归于尽的架势。

随后而来的白锦桐见白锦稚疯魔的模样,端起门房方桌上已凉的茶水,疾步走下国公府正门高阶,一壶水泼醒了白锦稚。

冷水浇熄了白锦稚冲冠怒火,她如梦初醒,胸口起伏剧烈,哽咽看了眼面色煞白的白锦桐,视线转向高阶之上面色铁青的白卿言:"长……长姐。"

"老天爷啊!你睁开眼看看啊!镇国公为了军功害死了我儿子!这镇国公府的姑娘如今也要害死我啊!"

"你胡说八道!我撕了你这张嘴!"白锦稚心头怒火再次被挑起,挣扎着要上前。

立于高阶之上的白卿言,面色沉冷,孝服素衣,脊梁挺直傲然,问道:"敢问这位夫人,如今前线随军史官记录的军情记录信王尚未送回,战报传来,连我白家如今也只知我军惨败……我祖父、父亲叔叔、兄弟皆亡,军队伤亡统计情况如何还未上报!为何你便一口咬定,你儿子就战死了?"

那脸被抽花了的妇人明显露怯慌张,强梗着脖子道:"镇国公都战死了,我儿子还能活吗?"

"那便是你在臆测你儿子已死!我自幼随军出征,也同叔叔们去替阵亡将士家属亲发放抚恤,倒不知哪家兵士的母亲……不盼儿生,反在无任何实证之下一口咬定自家儿子已死,来我国公府门前叫骂。"

那妇人缩在那里,众目睽睽之下,只能胡搅蛮缠:"我……我这是着急了!我可怜的儿子啊！你死了娘该怎么办啊！你说要去军队挣爵位，可爵位没有挣到，国公府的那些将军为了抢功，为了青史留名……拿你的尸骨当踏脚石啊！"

"你哪里是着急，你这分明就是故意来我国公府门前闹事！"白锦稚声嘶力竭，"消息传回我白家男儿皆亡，哪怕是昨日报信的太监说信王不日亲扶灵柩回大都城，我们白家也盼着哪怕消息有误！你倒好……消息都没有就打上门来，痴缠说我祖父害你儿性命，你还是不是个当娘的？你再在我国公府门前胡搅蛮缠，我抽死你！"

原本气势已经弱下去的妇人，抓住白锦稚最后一句，声嘶力竭的哭声又高不知道多少倍："苍天你睁开眼睛看看！镇国公害死我儿子，现在镇国公府的姑娘还要抽死我啊！我们平头百姓真的是没法活了啊！没法活了！"

"你……你个刁妇！"白锦稚双眼通红，激烈挣扎，险些连卢平都按不住她。

"我祖父害死你儿子？"白卿言声音冷冽如刀，熊熊之火在胸腔内燃烧，烧红了她黑亮的双眼，"你儿，难不成是我祖父用刀架在脖子上逼着从军入伍的吗？沙场征战立功得爵，哪一个血性儿郎不想保家卫国光宗耀祖？可爵位是白来的吗？享得了多大的荣耀富贵，就要经得起多大的磨难凶险！只想要爵位不想遇凶险哪来这么大的好事？

"旁的不说，就说我白家！都说镇国公府百年荣耀！可这荣耀是我白家男儿用命血战疆场换回来的！白家祠堂林立的数百牌位，哪一个不是血染黄土马革裹尸？能寿终正寝的屈指可数！

"你说我白家贪功？白家若贪功……宣嘉三年，我祖父何以上表《功爵论》求陛下恩准使沙场立功的平民士兵也可得爵位光耀门楣？白家军功自在人心又何须赘言，祖父何须小人做派贪功冒进？"

见那妇人眼睛珠子滴溜转，她又冷声道："我曾问祖父，为何其他侯爵家的儿女可在这繁华都城拜官入仕，享盛世太平？为何白家儿女十岁便要随军出征，吃苦杀敌？祖父言，因前线艰险总须有人去！因那里数万生民无人护！因不能虚担镇国之名尸位素餐无所作为！镇国二字，当是——不灭犯我晋民之贼寇，誓死不还！

"白家同高祖开国，已得镇国公爵！百年之后的青史……不够留名吗？！我父、叔父、弟弟们尽数封将！爵位加无可加！荣耀高无再高！什么样的军功，比我白家军之威名震慑大梁、大戎十年不敢来犯还高？什么样的军功需要我祖父争到满门男儿皆灭？我白家子孙就是躺在祖宗功劳簿上，在这大都城歌舞升平有何不可？"

白卿言指着头顶黑底金字的御赐牌匾："生为民，死殉国！白家只为不愧对我头顶高悬的这镇国二字！只为护我大晋百姓无忧无惧的太平山河，生死无悔！

"可到头来，在这繁华锦绣的大都城内……吟诗作对吃喝玩乐之人得享荣华！而白家死于护国之战的英灵，却要落得一个为了军功坑害将士之名！这是何道理？"

她侧身，五指并拢指向国公府正门内排放的二十多口棺材："你们告诉我……若是我祖父害死了你们的儿子，谁害死了我祖父？谁害死了我们白家儿郎？白家连十岁的孩子都血洒疆场！你们谁家十岁小儿曾奔赴战场？谁家十岁小儿能驰马举剑杀贼寇？谁家舍得十岁小儿死战殉国？谁家？！"

她声声拔高，接连数问，字字珠玑，声震如雷，却也绞得她心肺撕裂般剧痛难当，全身颤抖发麻。

百姓亦是被白卿言这番话，震得毛发耸立，热泪盈眶，被白家之忠义感佩得心头酸楚难当，义愤填膺地看着前来闹事的宵小之徒。

原本暂居国公府养伤的秦尚志，听闻有兵士家眷在国公府门前闹事，匆匆赶来意图替白家解围以答谢白府收留之恩。

没承想他刚带伤赶到，便听到白卿言这一番感人肺腑、荡气回肠的质问，连他亦是热泪沸腾，恨不能立时提剑与白家男儿同战沙场，热血报国。

脸上带血的白锦绣紧紧攥着胸口衣裳，跪地仰望苍天痛哭："祖父，你睁开眼看看……这就是白家拼死守护的民！白家为万民舍生忘死！长姐为诛杀贼寇身受重伤！白家男儿满门皆死！换来的竟是污名！祖父……你教导我们为民舍生忘死，爱民护民！可谁来护我白家啊！"

听到二姑娘白锦绣跪地痛哭的呼声，白锦稚死死咬着牙，忍耐了多日终于痛哭出声。

身着孝衣的白家家仆，早已经热泪滚滚，有的跪地痛呼喊着国公爷，有的紧攥着手中的木棍恨不得将那些闹事者乱棍打死。

围在国公府门前原本看热闹的百姓已然泪流满面，为白家风骨，为白家这份护天下万民之心。

百姓们用衣袖抹泪，咬牙切齿怒骂在国公府门前闹事的那群兵士家属。

"刚才闹事的那个是王二狗的后娘，就是个见利忘义的……王二狗不是她亲生的她当然盼着王二狗死了！人家镇国公府保家卫国，满门男儿都死了！她倒是好大的脸，竟然来国公府门前闹！分明就是想要讹钱！没心没肺的狗东西……"有百姓怒骂道。

"呸！不要脸的东西！镇国公府护我大晋百姓，人家家里天大的丧事，她还好意思来讹钱！就应该把这些跪在镇国公府门前闹事的都丢到边疆，让他们一家子受受大凉东燕大军的折磨！他们才知道镇国公府的好！"

"镇国公府儿郎皆身死，如今大凉东燕联军大破南疆，大梁、大戎虎视眈眈，以后……有谁能护我大晋啊！"

"怕什么！镇国公府儿郎女子都是顶天立地好样的！还有曾和国公爷上过战场的大姑娘、二姑娘、三姑娘在！大姑娘更是曾手刃大蜀大将军庞平国，踏平辱我大晋的大蜀！"

那人话说完，百姓看向高阶之上的白卿言，只见白卿言双眸含泪面如冰霜，头上带伤的白锦绣紧捂心口，哭得两个丫鬟扶住才勉力立住，百姓心里亦是难受不已。白家大姑娘和二姑娘、三姑娘再厉害，也只是未及桃李之年的女子……

"这群狗东西都不知道什么叫死者为大，这个时候来国公府门前闹，都不怕寒了镇国公府遗孀的心！"

有百姓已经哭出声来，百姓们情绪互相感染，渐有群情激愤之势，狠狠瞪着那群跪在镇国公府门前闹事讨公道的人，跪在最后方的已然悄悄往后挪准备趁人不备溜走。

那位闹得最凶的王二狗继母，惶惶不安，抖成一团。

看着那些恨不得将她吞之入腹生吞活剥的众人目光，她左瞧右看竟然无处可躲，故作强硬道："你们镇国公府功劳是大！可谁还会嫌功劳太多太大！当然是越多越好！"

双眸含泪的白锦桐，上前一步，咬牙切齿："你敢提军功！是什么样的军功，要我白家陡增二十多口棺材，厅堂摆都摆不下，只能委屈放在这光天化日之下？你告诉我什么样的军功！要我年迈祖母痛失丈夫，痛失儿子和孙子？你们既来我镇国公府门前大闹，那你们告诉我……我祖父想要的是什么样的军功？"

在场百姓被白锦桐的话所感，情绪越发激动，有壮年男子已然撸起袖子嘴里骂娘，恨不得将闹事者活撕了。

"娘的！人家全家男儿为国为民而死，你们还没完没了在这里闹事！信不信老子抽死你！"

吕元鹏同萧容衍带着一行护卫，押着两个被绳捆住浑身是血的贼人，牵着马慢悠悠往国公府走。

两人正议着一会儿怎么同镇国公府说这件事时，吕元鹏便远远瞧见国公府门前乌泱泱围了好些人。

"萧兄！我先行一步去看看！你带人随后过来！可别抢我的功啊！"吕元鹏说完一跃上马，腿夹马肚疾驰而去。

萧容衍唇角带着淡淡的笑意，眼神却极为犀利深沉，他已然注意到立在国公府门前一身孝服的白卿言，侧头吩咐："先派两个护卫先将那两人带过去。"

"是！"萧容衍属下应声。

想起字条之事，萧容衍暗敛的眸色越发深不见底。虽不知字条是否出自白大姑娘之手，亦不知这位白大姑娘是否已知他身份。可如今既然送纸条之人按兵不动，不曾挟恩提任何要求，亦没有拆穿他身份，他便以不变应万变，静待便是。不过他猜，纸条之事约莫同这位手段狠辣、城府颇深的白大姑娘，脱不了干系。

"白家姐姐！"吕元鹏驰马快逼近人群时，勒马跳下马背，手里握着马鞭挤出人群疾步冲上高阶，恭恭敬敬对白卿言长揖到底，又转过身看了眼跪在国公府门前闹事的人道，"今儿个一早，我和萧兄得到消息，有两人买通了一些兵士家眷，要来国公府门前闹事，想来就是这些人了……"

听到萧兄二字，白卿言抬眼。

不远处，披着灰鼠皮大氅的萧容衍，在十几名侍卫护卫下，牵马缓缓步行而来，风度翩翩从容悠然。

凑热闹的百姓听到侍卫呼呵声，回头。

只见腰间佩刀、人高马大、面无表情的侍卫，拎着两个全身血淋淋的男人朝国公府走来，百姓纷纷避让出一条路。

"白家姐姐！今儿个一早，我听闻白家十七儿郎的事情难过不已，来国公府的路上遇到了萧兄，正巧萧兄家里的家老正在同萧兄禀报，说今早替萧兄给几户困苦人家送银子，没承想路过城郊破庙时听有人给兵士家眷分发了银子，说让来国公府闹事，就让这群人说国公爷刚愎用军为青史留名，贪功拿兵士的命不当命！说闹完事之后再给他们每人五十两银子！"

"好阴毒的手段！这是要置我镇国公府遗孀于死地啊！"白锦桐身侧拳头紧紧攥在一起。

那群来国公府门前闹事的兵士家眷抖成一团，吕元鹏连地点都说得如此清楚，看来是事情已经败露，有人想要遁走却被百姓和侍卫拦住，扑通一声就跪在了地上，磕头跪求什么都抖了出来。

"大姑娘饶命啊！就是这两个人给了我们一人二十两银子，让我们来镇国公府门前闹事的！"

"大姑娘！大姑娘！我银子不要了！我都给您！全都给您！我知道错了！再也不敢了！您饶命啊！"

"白家姐姐，你猜怎么着？"吕元鹏甩开大氅下摆，用手中马鞭指着地上全身血糊糊的男人，"这两个男人，就在破庙等着这群蠢货回去，准备把这群贪财忘义的蠢货全都宰了！然后再诬赖到镇国公府的头上，以此来抹黑国公府！"

闹事的兵士家眷一听顿时吓得面无人色，惶恐不已，跪爬上前几步，磕头求饶："白大姑娘！是我们猪油蒙了心才收人钱财来镇国公府门前闹事，可是……可是小老儿家中只有那么一子！孩子若是死了，我也想要多拿点儿钱财好养老啊！"

"是啊！我们也是迫于无奈啊，要是儿子真的死了，我们这些老太婆老头子要怎么活啊！"

白卿言脊梁挺直立在高阶之上，望着原本前来闹事言之凿凿说祖父害死他们儿子的人，此时正泪流满面以头抢地求饶，心中并无多大波动，反倒看着那两个被侍卫压住按死的贼人，问："何人指使你们？"

那两人被压得反抗不得，其中一个道："拿人钱财替人消灾，江湖人有江湖人的义气和规矩，我们本应已死，技不如人被人生擒，我们认栽！白大姑娘要杀要剐悉听尊便。"

"帮狼子野心之辈攀诬为国捐躯的忠勇英烈，意图构陷国公府遗孀不仁，你等也配提这义字？"她声音沙哑，似已筋疲力竭，心如寒冬，闭了闭眼后道，"如今白门忠骨未寒，便有冷箭欲置我白家于死地者！罢了！白家一门忠骨，人神共鉴！祖父已死，白门男儿尽损，我白家也算能对得住'镇国'二字了！"

那不悲不喜的淡漠冰冷，充满心力交瘁之感，同刚才满腔义愤，与这围攻镇国公府的贪财之徒据理力争的风骨女子判若两人。却是道不尽的悲凉，如同哀莫大于心死一般心灰意冷。

她福身同吕元鹏行礼："白府大事繁忙，管事、仆从抽不出身。可否劳烦吕公子，将这二人交于京兆尹府，白府深信京兆尹能还白家以公道。"

吕元鹏没反应过来，痴痴应了一声："当然没问题！"

她目光看向从容不迫立在人群之外的萧容衍，他身后十几名带刀护卫，身披大氅，里面是一件青白暗绣团云纹直裰，腰佩翠玉金丝镶边的腰带，清雅至极。

他原本五官轮廓生得极为深邃惊艳，偏偏周身尽是读书人的风雅气度。嘴角总噙着淡淡的笑意，目光沉稳而内敛，儒雅风韵连当世大儒都少有。

她不蠢，相反眼明心亮，今日这两人是萧容衍借吕元鹏之手送到国公府门前的。

白卿言向萧容衍颔首致意，这份情……她白卿言承了。

"四姑娘白锦稚对百姓挥鞭，平叔收缴四姑娘长鞭，押回府，请家法。"

说完，她转身，含泪扶住脸上带泪的白锦绣，无声对白锦绣笑了笑。

"长姐……"白锦绣哽咽，泪如雨下。

"不哭了，走吧！"白卿言声音如同叹息，紧紧将妹妹护在怀中，抬脚朝白府内走去。

白锦桐对吕元鹏行了一礼，亲自押着面有不甘、怒火未消的白锦稚回府。

吕元鹏看着白卿言意气消沉的背影，紧握手中的马鞭，他没想到将这两个人带到白府来向白卿言邀功，竟然让那有着凌霜傲雪之风姿的女子万念俱灰，他似被这国公府门头"奠"白布感染，竟生出痛心疾首的悲凉和愤怒来。曾在满江楼前，这个看似单薄的弱质女流，一身傲骨，发自肺腑忠义之言，拳拳爱民之情，振聋发聩！收拾那个庶子时雷霆之势，何等的魄力？那日大殿之上她消瘦的身姿挺如松柏，一身的浩然正气，铁骨忠胆，仿若任何挫折冲击都不足以压垮她的傲骨，可今日她竟被她白家几代人拼死守护的民击垮了！

"你们这群不忠不义的无耻小人！"吕元鹏用马鞭指着国公府外跪作一团的贪财忘义之徒，义愤填膺，"镇国公府白家用热血用生命捍卫你等在这繁华帝都的安宁，你们不思感恩，竟然为那些黄白之物往忠烈身上泼脏水！你们还是不是人？"

"还有你们！"吕元鹏马鞭指向那两个所谓江湖之人，"若无白家在边疆抵御贼寇，你们谈你娘个腿的江湖！江湖义气？哪儿来的脸！白家男儿为我大晋战死沙场，你们就为了银子……难道连白家遗孀也要逼死吗？"

本就已经激化、相互感染的民愤，被吕元鹏这纨绔的几句话催得悲愤难耐，撸起袖子就打……

"这群狗娘养的！打死他们这群不忠不义之徒！"

镇国公府门前乱成一团，就连吕元鹏也挥着马鞭加入了群殴的队伍。

唯独萧容衍，若方外高人，孑然而立，半晌才回头对侍卫道："去护着那两个人，别让他们死了。"

来国公府闹事的兵士家眷，同那两个所谓的"江湖人"被百姓连殴带打，一路扭送到了京兆尹府。

京兆尹本就因为南疆惨败国公府男儿尽亡的事情，预见到过不好这个年。没承想这大年初一刚到晌午，右相最疼宠的小嫡孙吕元鹏便伙同大都城内百姓，给他送来了这么大一个年礼。

为不惊扰大长公主和各位刚刚歇下的长辈，白锦桐将白锦稚押入了白卿言的清辉院。

白锦稚跪在清辉院青石砖上，梗着脖子，她不怵家法，可她不服。

卢平手握家法军棍，立在一旁尤觉不忍，到底今日是别人先到国公府闹事，四姑娘是为了维护国公府的声誉所以才和人动手。

立在白卿言身边的三姑娘白锦桐负手而立，看了眼泪汪汪的白锦稚，压低了声音求情："长姐，小四知错就行了，今日说到底也是别人挑衅在先。"

见白卿言紧抿着唇，如炬目光望着白锦稚，白锦桐忙道："小四！给长姐认错！"

额头上换完药的白锦绣被青书扶着，匆匆踏入清辉院大门，她看了眼跪在院中的白锦稚，走至白卿言身旁，福身行礼为白锦稚求情："长姐，小四有错，但事出有因，小四也是为维护家声。"

"长姐要打，小四认！可小四不服！"白锦稚咬紧了牙关，含泪直视立在廊下的白卿言，"小四为护我国公府声誉！没错！"

白锦稚瞪向白锦绣："反倒是二姐……那起子贪财忘义之徒污蔑我国公府，二姐就那么眼睁睁看着无所作为！二姐懦弱凫包！小四不齿！"

看着表情倔强的白锦稚，白卿言难耐心痛和失望，道："平叔，你们先在院外等候。"

偌大的清辉院内，只剩下她们姐妹四人。

"你二姐凫包？你二姐若是凫包，能为救你三哥险些被砍断一条手臂，仍手刃敌军前锋？从小到大你二姐为你顶错，累积挨过至少不下两百军棍，凫包了吗？刚才国公府正门，若不是你二姐掐好了时机痛哭，你以为如何能激得百姓忘了你挥鞭之事拥护我白家？就是在忠勇侯府秦家你二姐不出手则已，出手……便将秦朗逼得不得不破釜沉舟搬出忠勇侯府！你二姐是凫包，你动辄伤人逞凶耍狠就是英雄了吗？！"

白锦稚偏过头去，还有不服。

"你二姐拦着你的时候，有没有告诉你那群人围在我国公府门前挑事，怕有所图，不可冲动？"她厉声质问，"国公府门前挥鞭，口口声声叫嚷着杀人！真是好生威风啊！今日若不是吕元鹏生擒那两个贼人，来国公府门前说出那两人图谋，你可想过后果？"

白锦稚想起吕元鹏说，那两个人要将那些兵士家属灭口，然后栽赃到镇国公府的头上，心神不安，却倔强地不肯认错。

白卿言指向国公府正门的方向："那群人若回去后尽数被灭口，京兆尹府怕第一个就得来我国公府抓你！"

想到这事会将之前白家的大好声誉和民心摧毁，她就觉得不寒而栗，形势和民心是她如今唯一能依仗来救白家的利器。

"我身正不怕影子斜！抓就抓！我不怕！大不了入狱一遭，京兆尹查清楚总会还我清白！"白锦稚一副视死如归的强硬模样。

她双目如炬看着眼前这个自负又争强好胜的妹妹，顿时怒火中烧："天真！此事是有人费心布局设套，你以为你进了京兆尹府还能得清白？他们只有把罪名坐实扣死，才能毁向我白家之民心！灭护我白家之形势！你倒好……你二姐提醒不听，偏要往里钻，还同你二姐动手！"

"今日之事……若无吕元鹏擒贼人上门，那些兵士家眷被诛，就单单为泄愤戕杀兵士家眷这一罪……便足以将白家数百年功绩毁于一旦！善百善事不及一恶过的道理你学到狗肚子去了？你一旦入狱，谋划此事的背后之人必会加以煽动，制造流言，再借势栽赃诬扣白家一个灭族之罪，白家男儿皆战死，我们朝堂无人本就举步维艰，若再无民心拥护，那就是万劫不复！这……便是操纵此事的背后之人要看到我白家的结局！"

白锦稚死死攥着身侧衣裳，一身的冷汗，咬着牙不吭声，垂眸不敢再直视白卿言那双清明双眼。

她恨铁不成钢，声音止不住拔高："做人也好，做事也罢！可以锋芒毕露，但前提是你必须有能力和城府将局面把控在你的掌握之中！可你看看你，同泼妇比凶斗狠！与见利忘义之人徒争长短！不顾大局，为泄一己私愤杵倔横丧，逞一时痛快挥鞭，昏头昏脑全无后招！"

见被白卿言如此严厉训斥得白锦稚眼泪直掉，白锦绣看着心疼不已，低声劝她："长姐……小四年纪还小个性直率，此次也是为维护国公府声誉才率性而为，只要小四知错，教训过就算了！"

她紧紧盯着僵硬跪在院中死不认错的白锦稚，心口起伏剧烈："所有不计后果的率性而为，都是草包之人束手无措下的无能放纵！祖父、父亲、叔父和弟弟们身死南疆，朝中心怀叵测之人对我白家虎视眈眈，白家如今是绝处求生，如夜半临渊，你以为还有余地容得她率性而为？"

清辉院内的气氛随着白卿言高昂的声音落下，变得压抑而沉重，姐妹四个人抿唇不语。

除却白锦稚，白卿言、白锦绣、白锦桐三人都看过记录着行军记录的竹简，白家危在旦夕她们三人如何能不知？

白锦绣眼眸立时酸胀难当，转过头泪水涟涟。

白锦桐紧紧攥着拳头，垂眸落泪。

隆冬寒风打旋刮过，艳阳耀目之下，比以往下雪时更冷。

她本就酸胀的双眼受不住光照积雪的耀目，闭了闭眼睑，略略平静了心口翻涌的滔天情绪，哑着嗓音问："你可知……为何你十岁那年求祖父让你去前线历练，祖父未曾准许？"

白锦稚已无刚才钉嘴铁舌的强硬姿态，紧紧攥着身侧的衣裳道："不知。"

"祖父曾说，我们姐妹中，你二姐外柔内刚，看似柔顺，胸中自有乾坤手段。你三姐最为聪慧机敏，心有丘壑内有计谋。而你……是众姐妹中武功悟性天赋最高的一个！也是最像祖父年轻时的一个，争强好胜、睚眦必报又不计后果，你骨子里是桀骜不驯四个字，祖父怕你本就定性不够，沾过血，会变得更加肆无忌惮，这才让你留在大都……同先生多学几年圣贤书。"

白锦稚被白卿言一番话说得脸上血色尽褪，僵直着脊背。

她睁眼望着白锦稚，语气中带着心痛，低声道："骑术、剑法、枪法、箭术、鞭法！你样样比别人学得快，样样比别人精通，你年仅十五，可放眼这大都城有几个人是你的对手？你理应按行自抑，深图远虑，谋定后动！率性于外，沉稳于内。理应以女子之身扬名疆场，成为祖父那样让后人敬仰的将军，成为我国公府乃至大晋国最耀目的女子！而不是争强好胜逞一时之快，陷自己和白家于万劫不复！"

白锦稚原本傲然挺直的脊梁微微塌了下去，表情亦是变得凝重，紧攥的拳头用力到发抖。

她心头难忍情绪，无力道："今日你若知错，自去找平叔领这五十棍！若你还是自觉无错……那便算了。"

不知错，打了又有何用？

白锦稚说不出话来，只死死咬着牙，起身离开清辉院去找卢平领棍。

"锦桐，你去告诉平叔，念在白家大事当前，手下留情。"她压低了声音说。

白锦桐颔首，转身疾步去追白锦稚。

"长姐……"白锦绣攥住她的手，用力握了握，"小四会明白，长姐疾言厉色是因为对她存了厚望。"

白家男儿尽损，徒留满门女儿家，想要撑起白家本就艰难。

白锦绣嫁入秦家，不日白锦桐将会出门经商，她并非觉得白锦稚年纪小所以未做安排，而是想等白家大事过后，再将白锦稚放在身边慢慢管教一两年，便如她所愿让她金戈铁马尽展所长。

可她忘了如今白家已是如履薄冰，前路坎坷紧迫，已没有漫漫时光容白锦稚这个单纯恣意的少女随心放纵。经历失亲之大悲大痛，白锦稚须迅速成长成一个肩有担当、心智刚强、能撑起白家一角的白家女儿郎。

她望着今日这天高云淡、晴空万里，幽沉眸底杀气腾腾。信王鹰爪敢在背后捣鬼，推波助澜意图颠覆白家，如今被戳穿，若还想指望全身而退风平浪静，她可不会给他们这般便利。白卿言武功尽失，便以民言为剑。同是欲用民情民言为利器造势，那便斗斗看……孰优孰劣。

她看向立在清辉院门口，惴惴不安不敢进来的仆妇、婢女，唤道："春桃……"

春桃闻声，疾步进来，见白卿言扶着白锦绣要进屋，忙打帘。

"去叫你表哥过来，我有事吩咐他。"

"哎！奴婢这就去！"春桃点头。

上房内，白卿言同白锦绣坐在火炉旁，她亲自为白锦绣揉胳膊。

在国公府门前，白锦绣拦着四姑娘白锦稚时全无防备，被那丫头不知轻重推撞在铜镶边的门框上，正正好撞在旧伤口上，疼得胳膊都抬不起来。

或许是房间内太过安静，或许是因为在长姐身边就觉安宁踏实，白锦绣不自主开口……

"长姐……"白锦绣垂着眉眼，鼻音尤其浓重，"今早我母亲身边的罗嬷嬷替我外祖家传话，说……白家满门男儿皆灭，我父亲和哥哥弟弟都已身亡，我也已嫁人。今上对白家态度未明，让我母亲早做打算，向祖母讨一封和离书，省得受白家连累。"

鎏金瑞兽香炉里，轻烟飘渺，满室弥漫着一股极为浅淡的馨香。

"二婶不会走的。"她声音很低，却十分肯定，因为梦中便是如此。

她的婶婶们，虽说是在国公府荣耀时嫁入，可在国公府蒙难时，没有一个是软骨头，没有一个弃白家而去，甚至为了替白家求公道，以命相逼今上。

"我知道。"白锦绣低低应声，"我只是觉得世事无常，以前外祖母总教导母亲要恭顺和善，好生侍奉公婆，可为什么白家一出事，便在父亲尸骨未寒之际，让母亲去讨和离书，真的……好生凉薄。"

"慈母心肠，皆希望儿女余生安康顺遂！俗语有言……生儿一百岁，长忧九十九！你莫怪你外祖母。"

白锦绣心中的那点点愤懑和羞耻，因为白卿言一番话消弥，她转过头望着给她揉肩膀的白卿言，泪流满面："不知道其他婶婶的母族，会不会要她们在这个时候离开白家。"

"婶婶们，都不会走的！"她握住白锦绣的手，语重心长，"所以，我们要帮着我母亲和婶婶们，撑起白家！让天下之人看到，即便我们的祖父、父亲，所有的白家儿郎都不在了，也绝无人可以轻贱我白家门楣，无人可以轻贱我们的母亲和婶婶们！"

白锦绣点头："只盼五婶能一举得男！好歹能够支应白家门庭！"

白锦绣说到得男二字，难免想起清明院那个庶子，如鲠在喉："我爹那个庶子……长街之事我已听说，简直是个混账东西！怕是指望不上！"

白卿言不愿再提那个庶子，只道："那个庶子你不必当回事，翻不出什么大浪来！五婶生男生女乃天意，强求不得！我们需按最坏结果来打算。"

"那日后，我白家该怎么办？"白锦绣哽咽。

"等祖父……他们回来，祖母会去求皇帝准许我们举家回朔阳祖籍，祖母会以为我大晋祈福为由清居庆安寺礼佛，身边留你三妹妹锦桐。祖母命三妹妹女扮男装出门行商，为我白家暗中积财……"

白锦绣听到白卿言交底，顿时心惊肉跳。

她同白卿言相握的手收紧，心中颇为混乱，言语上也冒失起来："举家回朔阳？我也想回去！秦朗已搬出忠勇侯府……朔阳人杰地灵适合读书！我……"

比起留于大都，白锦绣总觉得姐妹齐心在一起，才更让人觉得安稳温暖。

她拍了拍白锦绣的手，将白锦绣稳住，才对她摇头："先不说你已经嫁于秦朗，就单说我们白家……能不能安然退回朔阳还两说，若真能安然退回去，那大都城这里……我们绝不能全瞎全盲，你可懂我的意思？"

白锦绣一怔，隐约察觉白卿言似乎在部署谋划着什么："长姐……"

白卿言用力捏住白锦绣的手："此次，我白家若能全须全尾退回朔阳，大都这里需要有人来经营。你一向内秀，稳重。有你在大都……长姐才能放心。"

白锦绣抿着唇，陡然明白了白卿言的意思，长姐这是为白家将来打算，白家退回朔阳只是暂时，将来长姐还要带着白家回来！

既已知白卿言有所布局，白锦绣绝不会做那个拖后腿的，她抬眼眸色沉稳，颔首："长姐放心，锦绣必不辜负长姐期望，在大都城内等着长姐回来。"

"大姑娘，我表哥来了！"春桃在门外低声道。

白锦绣闻声用帕子擦干了眼泪，整理仪容端坐在雕花铜罩的火炉旁。

"让陈庆生进来。"白卿言开口。

陈庆生进门，见白锦绣也在，忙行礼，低着头规规矩矩不敢抬起："大姑娘安，二姑娘安。"

白卿言坐于软榻小几旁，没有避开白锦绣便问："今日国公府门前的事情听说了吗？"

陈庆生眼明心亮，既然大姑娘唤他过来不避二姑娘，必是不怕二姑娘知晓，老老实实应道："听说了，大姑娘只管吩咐！"

她垂着眸掀开鎏金香炉盖子，手里捏了根素银签子去拨弄香炉的香灰，克制着眼中滔天的骇人杀意："'刚愎用军'这四个字，是信王传回来的！背后之人敢对我白家出手，无非就是希望替兵败回都的信王将罪责开脱至白家身上，再坐实白家戕害兵士家眷的罪名，推波助澜垮白家声誉。既然他们出手又未成功，那接下来我白家就该有所作为，好让他们知道这潭水他们既然出手搅动起来，想要风平浪静没那么容易。"

"大姑娘放心，小的知道该怎么做！他们想用流言攻击我们国公府，我们国公府大可以牙还牙，这种事小的在行，熟门熟路！必不会让大姑娘失望……"陈庆生保证。

白卿言盖上香炉盖子，郑重望着陈庆生："辛苦你了！去忙吧！"

白锦稚领棍，虽说卢平手下容情，可还是难免皮开肉绽。

白锦稚到底硬骨，心底知错，咬着牙一声没吭领完了棍，也不让人抬，起身自己走回了院里。

拿了金疮药去看白锦稚的三姑娘白锦桐进门时，见白锦稚正趴在软榻上偷偷掉眼泪，听到门响她忙低头用枕头悄悄蹭去泪水。

"长姐让平叔手下容情，你这伤算轻的了。"白锦桐净了手在床边坐下，将火盆挪近揭开被子给白锦稚涂药。

"长姐今日罚你，你可服气？"白锦桐看了眼趴在那里偷偷掉眼泪的白锦稚问。

不知道是不是白锦桐擦药的手重了，白锦稚身体一僵，闷闷应了一声："嗯，我知道！我会改这冲动行事的毛病！以后当谋定后动。"

"你可理解，长姐那句……率性于外，沉稳于内是什么意思？"白锦桐有意提点白锦稚。

白锦稚单臂撑在枕头上，回过头望着白锦桐。

白锦桐替白锦稚擦好药，盖上被子一边用毛巾擦手一边道："长姐没有让你改行事作风的意思！旁人皆说外圆内方乃处世之道，但你大可反其道而行之！大都城人人皆知你侠义直肠，行事冲动，你若能以此来伪装扮猪吃老虎，便可行旁人不可行之事，旁人也不会对一个心无城府之人多加提防。"

听到心无城府四字，白锦稚险些发怒，眉头紧皱。

"外人如何看你不重要，只要你自己心里要清楚，你是何人，清楚你是镇国公府白家四姑娘！我们既无谋士之大智慧，内里便更需谨慎沉稳，谋定后动。外方内圆，做到心中有数，你便大有可为，好好悟一悟你该怎么做！"

"沉舟侧畔千帆过，病树前头万木春！虽然白家男儿都不在了，可还有长姐……还有我们！我们虽为女子但也得撑起白家门楣！我白家人可身死，但……精气不可灭，硬骨不能折，锐气不可沉！"

白锦桐一双同白卿言极为相似的眸子泛红，抬手用力捏住了白锦稚的肩膀："三姐知道，白家上至祖父下至十七弟都回不来了，你心里害怕、无措，也恨毒了那些意图污蔑祖父的宵小之徒！其实三姐同你一样！可如今我白家危如累卵，摇摇欲坠，我们不能怕不能乱，更不能如同莽夫只顾泄愤！我们要给大伯母和长姐帮忙，不要添乱。"

白锦稚心事被戳穿顿时热泪盈眶，再想到今日之事险些给白家酿成大祸，羞愧爬上心头，用力攥紧身下床单："三姐放心！锦稚知道了！"

白府四姑娘在国公府外对贪财忘义的闹事者挥鞭，领家法五十军棍的消息在市井流传开来。有人赞国公府高义，宁天下人负我，不负天下人！也有人觉得国公府太软弱，怎得旁人欺上门自家女儿反抗，还要领受家法。

可提起此事，百姓便不免想到国公府门前，白家大姑娘振聋发聩的怒问，一时间，镇国公刚愎用军以致南疆惨败的言论遭人唾弃。

有百姓想到活命而归的信王，不知是谁先猜测起，这国公爷刚愎用军的说法，约莫是信王为自保，将败军过错推至已故英烈身上。还有人怀疑，今日买通那些兵士家属前去国公府门前闹事的背后之人，便是信王。

传言愈演愈烈，三人成虎，百姓笃信此为真相。不过半天的工夫，大都城各家各户时时能听到有百姓压低声音唾骂信王，言辞十分激烈。

还有胆子大的汉子，专程跑到信王府门前啐一口，才愤愤抄袖离开。

信王府留在府中的幕僚如热锅蚂蚁，聚在议事厅半天商讨不出一个章程。

"不过好在已经试探出，白家如今也没有得到行军记录！目下……我们得好生找到行军记录才是！"信王府幕僚立在明灯之下皱眉道。

"只能先这么办了！还是让人加紧盯住国公府，有什么形迹可疑的人进出，立刻来报！"

立在灯下的青衫老者摇了摇头："此番上报军情，信王急于遮掩过错，用了'刚愎用军'四字，推脱之心太显眼，失策！太失策了啊！"

初五信王便要扶灵而归，镇国公府突逢大丧，所幸董氏平日治家严整，白家上下齐心，虽是年节，除夕夜里得了消息至今不过三天的工夫，国公府该准备的都已准备妥当。

只是关于灵前摔盆一事，大长公主和母亲还有诸位婶婶，迟迟定不下来。如今白家满门男儿皆亡，只剩一个还没有来得及记入族谱的二房庶子，五夫人肚子里的是男是女还犹未可知。一旦让这庶子白卿玄摔盆，就表示白家承认了白卿玄的身份，甚至将白家满门的荣耀托付交于白卿玄，镇国公之位若是能保住便必是此子继承。可此子出手便见血，个性暴虐，毫无仁义之心，不论是大长公主还是董氏和其他夫人，都不甚放心将白家交于白卿玄之手。

几位夫人在大长公主的长寿院商讨了一个下午，也没能拿出一个章程来，可下面心思活络的下人倒是捧高踩低，巴巴跑到清明院去献殷勤。

就连白卿玄的母亲也端起了未来镇国公生母的款儿，在国公府白事当前的节骨眼儿上，无视世子夫人董氏国公府上下食素的禁令，一会儿要厨房给她儿子送血燕，一会儿又要吃蜜汁蒸火腿，一会儿子又要胭脂水晶肘，一会儿子嫌糖蒸酥云糕太腻，一会儿子又嫌伺候的婢女不够漂亮白白污了她儿子那双尊贵的眼。

偏偏就是有下人有心讨好这对母子，变着花活地偷偷往清明院送山珍海味。也有听说白卿玄贪好颜色的婢女，动了不该动的心思，仗着有几分美貌便往清明院凑。

白卿言立在铜罩火炉前，听着被她安插在清明院的管事嬷嬷规规矩矩立在面前，说起这几天清明院的事情。

"二房那位姨娘在清明院中放言……说谁让她儿子伤了,等将来定都要一棍不少地讨回来。"管事嬷嬷心里清楚,这话说的是大姑娘,她不能不报。

"嬷嬷辛苦了,清明院还需嬷嬷多多看着,不能在这个当口闹出什么乱子来。"她抬头望着那位老成的管事嬷嬷,叮嘱。

"大姑娘放心!有什么事,老奴会立刻遣人来报大姑娘。"管事嬷嬷道。

春桃将管事嬷嬷送到门口,正要打帘进去伺候白卿言,就见佟嬷嬷臂弯里挎着包袱匆匆踏入清辉院大门。

春桃眼眶一热,忙快步迎上前,福身行礼,红着眼哽咽道:"佟嬷嬷,您可回来了!"

虽说,平日里清辉院里佟嬷嬷不苟言笑规矩也大,将她们一众下人管得死死的,可佟嬷嬷到底是老姜,越是遇事越是沉稳。如今国公府出了天塌般的大事,佟嬷嬷回来她们这些下人也就有了主心骨。

佟嬷嬷一把将春桃扶起,眼眶发红,本就生硬的五官越发肃穆:"大姑娘怎么样?身体可还撑得住?"

"嬷嬷放心!大姑娘一切都好!撑得住!"春桃眼泪吧嗒吧嗒掉。

佟嬷嬷不在这段时间事情一件接着一件,春桃看起来同大姑娘一般撑得住,可佟嬷嬷一回来她就撑不住了,再想到春妍那个骨头轻贱的下作东西,想到国公府满门男儿结局,春桃就忍不住哭了起来。

佟嬷嬷还没回来时,在外面已经听到了很多关于大姑娘的传闻,可心里还是惶惶不安忍不住担心,如今听春桃这么说才放下心来。

"我先整理一下,再去见姑娘!"佟嬷嬷说完,进了偏房整理衣容,立在火盆前驱散了一身的寒气这才进门给白卿言请安。

佟嬷嬷骤闻国公府出了大事,风尘仆仆而归,一见白卿言便红了眼,好生将白卿言看了一番,见白卿言好似比她走时身子骨还强一些,这才放下心来。

她让春桃扶着佟嬷嬷坐在绣墩上,问:"嬷嬷匆匆回来,家中可安顿妥当?"

佟嬷嬷的儿子病重,这才回去照看儿子,原本她已让人带话给佟嬷嬷让她过完年再回府,想来是听说了白家男儿尽损的事,立刻匆匆赶回来,忠心可鉴。

"已经安顿妥当了,大姑娘莫要担心,老奴此次回来,还受大姑娘乳母金嬷嬷所托,将您的两位乳兄一起从庄子上带了回来!金嬷嬷说如今白家大事当前,正是用人之际,让您的两位乳兄回府来为世子夫人和大姑娘效力。金嬷嬷让我转告大姑娘,大姑娘莫怕,白家忠仆都在,听凭世子夫人同大姑娘调遣。"

是啊,白家忠仆都在!他们还没有为了护送她们姐妹逃生,天涯分散。她眼眶发红,梦中母亲得到消息,刘焕章要回大都告祖父通敌叛国,就是两位乳兄肖若江、肖若海,护白锦稚离开大晋国去了大魏。白锦稚投身大魏,成为大魏最骁勇的战将,肖若江、肖若海兄弟俩,亦是白锦稚身边最得力的智囊和战将。

"这个时辰我不便见两位乳兄,烦请嬷嬷先替我好生安顿他们,你们连夜赶路风尘仆仆,先好生歇息!一切明日再说。"白卿言看着佟嬷嬷带着血丝的眼仁,便知佟嬷嬷这一路怕是没休息好。

佟嬷嬷颔首,为着赶路一天一夜都没睡,到了国公府看到白卿言安然无恙便松了一口气,倦意就来了,到底年纪大了经不起折腾。

出了门,佟嬷嬷看到院子里的生面孔银霜正坐在廊下吃松子糖,皱眉着只觉好没规矩,侧头问春桃:"咱们院子里添人了?"

春桃望着银霜的目光带着几分爱怜,忙道:"忘了同嬷嬷说……银霜是大姑娘让进清辉院的,这孩子脑子不大灵光,可却有一把子好力气,之前一直跟在沈青竹姑娘身边当差。大姑娘的意思是只要不犯大错,不必用规矩约束那孩子。"

佟嬷嬷点了点头,心里却不大赞同。无规矩不成方圆,即便是大姑娘有心抬举也不能这般坐在院中大大咧咧吃东西,叫旁人看去了还以为清辉院内连个规矩都没有。

佟嬷嬷面上不显,心里盘算着回头还是得和大姑娘讲讲,等了大姑娘的首肯再开始教这孩子规矩。在佟嬷嬷看来,银霜脑子不好不打紧,规矩学得慢也不打紧,慢慢来多教几遍就是了,可不能因为怜悯就放纵,这反倒是害了那丫头。

"你去伺候大姑娘吧!"佟嬷嬷对春桃道。

春桃点头,进门时见白卿言拿出狐毛大氅,忙替白卿言穿好:"大姑娘要去哪儿?"

"去祖母那里看看。"

白卿言踏入长寿院时,见大长公主同蒋嬷嬷正立在屋檐灯笼之下,她将手炉递给春桃疾步上前:"祖母怎么在外面立着?"

大长公主双眸发红像是哭过,见白卿言前来唇角勾起一抹笑意,伸手将白卿言揽入怀中,指着院中那棵松树笑道:"那棵松树,是你祖父亲手种下的!那年我和你祖父迁入这长寿院……"

大长公主说到这儿,低头望着怀里的孙女儿,笑中含泪:"那时这儿叫荣寿院!

可你祖父说……他不求荣寿,只求我们夫妻俩能够如松柏长寿,大笔一挥改了院名叫长寿院。"

立在一旁的蒋嬷嬷忍不住别过脸去,捂着嘴眼泪如同断线珠子。

大长公主鼻翼翕动,整个人如同嚼了酸李子一般,绵绵苦涩袭上心头。

"祖母,回吧……院内风大。"她垂着湿润的眼眸,将大长公主扶回上房内,摆了个热帕子让大长公主擦了脸,大长公主这才缓过来。

"这么晚冒风过来,是不是有什么事?"大长公主将热帕子递给蒋嬷嬷,拉着白卿言的手让她坐在自己身边,又让蒋嬷嬷去给白卿言端一碗热姜汤来。

"关于二叔的那个庶子,如今阖府上下都在传白卿玄会继承镇国公之位,祖父、父亲、叔父和弟弟他们还有三日就回来了,孙女儿来问问祖母对此子有何打算。"

大长公主心里一团乱麻,想起今日几个儿媳妇在这里商讨不下的情景,反问白卿言:"阿宝以为呢?"

她握着大长公主的手,徐徐开口:"此子……性情暴戾,心无仁义,当不起镇国二字不说,若将他放在这个位置上,怕白家百年名声毁于一旦,甚至还会为我白家招来灭顶之灾!"

大长公主点了点头,可白家数代粉身糜骨换得镇国公的爵位,难道就这么舍了?

"那日有人买通兵士家眷来我国公府门前闹,反倒是给我们国公府提了醒,有人暗处盯着我们白家,意图栽赃白家置白家于死地!孙女儿私以为,白家荣耀自在人心,自请去镇国公爵位,保全白家才是当务之急!"

"自请去爵位……"大长公主不是没有想过这个。

她点头:"在其位谋其事,白卿玄没有这个能耐。与其将镇国公变成一个虚爵,不如急流勇退迁回朔阳祖籍,让陛下看到我们白家俯首甘退的姿态,以保全我白家众人性命,保全白家百年声誉。"

"至于白卿玄,若祖母有这个精力……可以留在身边教养,若将来他能有所成就,能凭本事挣得前程,那我白家今日之退成就的好名声,必会成为他来日仕途上莫大的助力!即便是白卿玄此子无可救药,那我白家还有五婶肚子里的孩子,如若五婶得男,白家重建辉煌指日可待!"

白卿言一席话,让大长公主豁然开朗,是啊……她怎么忘了,还有五儿媳妇肚子里的孩子!退,白家的出路多一条!不退,白家拼死一争即便让那庶子拿到爵位,他怕也不能延续白家满门荣耀。

大长公主点了点头，泛红的眼睛望着轻声细语的白卿言，抬手摸了摸孙女一头乌发，心里不住感慨，她的孙女儿要文能文，要武能武！城府手段，谋略胸怀，样样超尘拔俗，若大孙女儿是一位儿郎，那白家何愁后继无人啊？

白卿言从大长公主院子里出来，本想去陪一陪董氏，走到董氏院子门口，她未让秦嬷嬷通传，刚打了帘进门，就听到母亲压得极低的哭声。

透过十二幅的碧玉楠木屏风，白卿言隐约看到坐在铜花镜前的母亲，一手攥着父亲为贺她生辰亲手做的簪子，怀里抱着今年新为胞弟白卿瑜做好的衣裳，抑制不住低低地哭。

母亲的哭声让她的心如同被蜇了一般，内蕴刚强的母亲，一夜之间痛失丈夫和儿子，该是怎样撕心裂肺。

她不曾打扰母亲，只是在屏风后站了半盏茶的时间又从房内出来。

"大姐儿……"秦嬷嬷迎了上来，见她双眸通红地嘱咐让人好好照顾母亲，眼泪一下就涌出来了，"大姐儿放心，世子夫人要强，今早上还同老奴说，她是国公府的主母，是大姐儿的母亲，必须得撑住了……她若连白家都撑不住，她又怎么护自己的女儿？"

听到这话，白卿言手心用力收紧，心里酸涩无比。

她想起爹爹来。

想起曾经踏平大蜀那场血战，她围追堵截三日斩下大蜀大将庞平国头颅，一举击溃大蜀战心。

得胜之后，她喜不自胜，爹爹却说她不得军令擅自去追庞平国，让她自去领五十鞭！

她不服气，梗着脖子和爹爹争辩，问："我取下大蜀大将军首级有功，爹爹为何罚我？"

爹爹双眸通红，气得摔了手中马鞭，一脚踢飞她手中一杆银枪，吼道："因为我是你爹！不论在别人眼里你是多么智谋无双，骁勇善战，对我而言你只是我丢命都不能舍的女儿！"

父母于子女之爱，便是……不论什么时候都想舍命英勇地护在孩子前头。

可以后，她再也没有爹爹了！也没有弟弟了……

她的爹爹，死在了凤城。

她的弟弟，死在了南疆。

她点了点头，哑着嗓子同秦嬷嬷道："嬷嬷别同阿娘说我来过。"

秦嬷嬷替白卿言拢了拢大氅，点了点头，哽咽难言："大姐儿这几日好生歇着，等国公爷和世子爷他们……他们回来，大姐儿还有得忙。"

她颔首，扶着春桃的手，迎着刺骨寒风慢慢走出院子。

望着高悬于廊檐之下的白色灯笼被吹得胡乱摇曳，她攥紧了春桃的手。

风起云涌，大都城终究还是要变天了。